O verão de 1985

JOHN AJVIDE LINDQVIST

Autor de *Deixa ela entrar* e *Estou atrás de você*

O verão de 1985

Tradução de **Helena Hilden**

TORDSILHAS
Rio de Janeiro, 2025

O verão de 1985

Tordesilhas é um selo da Alaúde Editora Ltda, empresa do Grupo Editorial Alta Books (Starlin Alta Editora e Consultoria LTDA).

ISBN: 978-65-5568-248-9.

Translated from original Sommaren 1985. Copyright © 2023 by John Ajvide Lindqvist. ISBN 978-91-7775-336-0. First published by Ordfront förlag, Sweden. Published by arrangement with Nordin Agency AB, Sweden, the owner of all rights to publish and sell the same. PORTUGUESE language edition published by Alaúde, Copyright © 2025 by STARLIN ALTA EDITORA E CONSULTORIA LTDA.

Impresso no Brasil – 1ª Edição, 2025 – Edição revisada conforme o Acordo Ortográfico da Língua Portuguesa de 2009.

Dados Internacionais de Catalogação na Publicação (CIP)
(BENITEZ Catalogação Ass. Editorial, MS, Brasil)

L723v
1.ed. Lindqvist, John Ajvide
O verão de 1985 / John Ajvide Lindqvist ; tradução de Helena Hilden. - 1.ed. - Rio de Janeiro : Tordesilhas, 2025.
288 p.; 15,7 x 23 cm.

Título original: Sommaren 1985.
ISBN 978-65-55682-48-9

1. Ficção sueca. I. Hilden, Helena. II. Título.

01-2025/78 CDD 839.73

Índice para catálogo sistemático:
1. Ficção : Literatura sueca 839.73
Aline Graziele Benitez - Bibliotecária - CRB-1/3129

Produção Editorial: Grupo Editorial Alta Books
Diretor Editorial: Anderson Vieira
Vendas Governamentais: Cristiane Mutüs
Gerência Comercial: Claudio Lima

Produtora Editorial: Mariana Portugal
Tradução: Helena Hilden
Copidesque: Evelyn Diniz
Revisão: Rafael de Oliveira
Diagramação: Rita Motta
Capa: Karma Brandão

ALTA BOOKS
GRUPO EDITORIAL

Rua Viúva Cláudio, 291 – Bairro Industrial do Jacaré
CEP: 20.970-031 – Rio de Janeiro (RJ)
Tels.: (21) 3278-8069 / 3278-8419
www.altabooks.com.br – altabooks@altabooks.com.br
Ouvidoria: ouvidoria@altabooks.com.br

Editora **afiliada à:**
abdr ASSOCIAÇÃO BRASILEIRA DE DIREITOS REPROGRÁFICOS
ASSOCIADO CBL Câmara Brasileira do Livro

Para Peter, Micke, Patrik, Poa, Tom, Nic,
Mange, Ulrika, Steve, Mickey, Madde,
Hans, Anders, Jonas, Anna e os gêmeos.
O verão foi minha melhor época.
Fazemos carpintaria.

"Akta dig för havet, akta dig för havet
Havet är så stort, havet är så stort
Vilse kan du fara, vilse kan du fara
Liten som du är, liten som du är"

(Cuidado com o mar, cuidado com o mar
O mar é tão grande, o mar é tão grande
Pode se perder, pode se perder
Sendo tão pequeno, sendo tão pequeno)

Astrid Lindgren – *Vi på Saltkråkan*

PRIMEIRA PARTE

ACHADOS NA PRAIA

I

A VELHA TURMA

1

Foi *naquele* verão. O verão de 1985. O verão do *Live Aid*.

É fácil culpar os processos biológicos quando não queremos assumir a responsabilidade por nossas ações, mas acho que muito do que houve no verão de 1985 aconteceu porque todos tínhamos treze ou catorze anos e porque os hormônios nos levaram a Svärtan.

Logo que nos encontramos pela primeira vez naquele verão, já sabíamos, com certeza, que as coisas seriam diferentes. Sim, as meninas começavam a desenvolver o corpo e alguns dos garotos tinham espinhas no rosto, mas havia outra coisa também. Algo sobre como víamos uns aos outros e a nós mesmos. Onde antes havia brincadeira, agora havia um elemento de *competição*.

Como sempre, demorou algumas semanas antes que todos chegassem à barca, ou nos próprios barcos. Os barcos dos pais, quero dizer. Na nossa turma, apenas o Mattias tinha o próprio barco. Isso tem um significado para a história, mas chegaremos lá aos poucos.

2

Desde quando conseguimos nos lembrar, nós sete estávamos destinados uns aos outros durante as férias de verão, já que éramos os únicos com a mesma idade em Särsö. Havia uma turma de adolescentes mais velhos e alguns garotos e meninas mais jovens, mas o contato entre os grupos era quase inexistente.

Para quem não conhece Särsö – e realmente é a maioria – trata-se de uma ilha na parte mais externa do arquipélago de Estocolmo.

No início da década de 1900, grandes áreas foram compradas por um corretor que depois vendeu as terras divididas em lotes e construiu cabanas que eram alugadas para o pessoal de Estocolmo com bons lucros. O Evert Taube visitou Särsö no início da década de 1950, mas felizmente nunca fez uma música com suas vivências, de modo que a ilha é um segredo bem guardado mesmo com o acesso das barcas da Vaxholm. Durante o inverno, há doze pessoas residindo em Särsö, durante o verão, cerca de cento e cinquenta. Existe uma loja sazonal que é frequentada principalmente por marinheiros em busca de delicatéssen.

Vamos simplificar. *Vi på Saltkråkan** foi ambientado nas ilhas do Norte, mas dizem que foi em Särsö que Astrid Lindgren se inspirou para escrever sua obra. Então precisamos apenas imaginar Saltkråkan, mas quase duas vezes maior, e temos Särsö.

Mattias, o do barco, era o único da turma que tinha ligação sanguínea com a ilha. Seu pai nasceu em Särsö, mas, quando adulto, foi para Estocolmo onde fez carreira no ramo de ar-condicionado. Porém, voltava sempre no verão com sua esposa e seu filho. Sua casa era a única que tinha a moderna bomba de calor instalada. Frequentemente, Mattias citava seu avô, amante do folclore, que nos chamava de *fracos* e *privilegiados*, embora ele passasse a maior parte de seus dias em Östermalm, um elegante bairro de Estocolmo.

Meus pais alugavam uma casa desde antes do meu nascimento, portanto meu relacionamento com Särsö era quase tão antigo quanto o de Mattias. Nossos vizinhos mais próximos moravam em uma casa idêntica trinta metros distante da nossa. Mas tinham o sobrenome exótico de Bradbury e o pai da família era originário do Canadá. Sua filha, Felicia, tinha quase a minha idade e nossos pais diziam que costumávamos acenar um para o outro de nossos carrinhos

---

* *Vi på Saltkråkan* é um livro infantil que conta a história da família ***Melkersson em suas férias na ilha Särsö***. [N. da T.]

de bebê. Logo que aprendemos a andar, procurávamos a companhia um do outro para brincar.

Helena e Maria ficavam no outro lado da ilha, aquele que o corretor havia sido dividido em lotes simétricos e onde as pessoas eram chamadas de *Nybygget* (novas construções). Suas mães eram amigas e as famílias moravam cada uma do seu lado de uma cerca viva de lilases.

Costumavam dizer que poderiam se comparar comigo e com Felicia em relação ao tempo de amizade porque haviam *engatinhado* juntas.

O terceiro par eram Mattias e Hasse. Não gostavam de ser chamados de Matte e Hatte. Os pais de Hasse alugavam uma casa do avô de Mattias e sua amizade começou porque Hasse chutou uma bola de futebol no terreno de Mattias quando os dois tinham cinco anos. Mattias se recusou a devolver a bola, em parte porque estava no seu terreno, em parte porque não era um *fraco*. Os dois se encontraram e brigaram um pouco, depois pegaram a bola e foram para o campo jogar juntos.

Por último, o Wille. Sua procedência era menos clara. Mattias e Hasse alegam que o sujeito comprou sua participação na turma oferecendo guloseimas, mas, sobre isso, até Felicia e eu havíamos brincado com Wille sem oferta de guloseimas. Foi através do Wille que Felicia e eu conhecemos Matte e Hatte. Quando eles tinham seis anos e nós, cinco.

No mesmo verão, conhecemos, Helena e Maria e começamos a nos encontrar na praia. O grupo ficou completo e passávamos o verão com brincadeiras, dramatização pique-pega, passeios, banhos, jogos de cartas e muito mais. Quando tínhamos onze anos, lançaram o *Drakar och Demoner* (Dragões e Demônios) e eu era o mestre do jogo. E, por falar nisso, eu sou o Johannes.

3

Mas agora falaremos do verão de 1985, o verão quando nós, os garotos, fizemos algo inédito e fomos até Svärtan. Felicia e eu já estávamos juntos há alguns dias quando Matte e Hatte chegaram. Começamos logo com nosso jargão particular, nossas piadas privadas. Por que *Cederroth's blodstoppare* (curativo de sangue do Cederroth) é tão divertido? Só nós sabemos.

Na mesma tarde, o Wille também veio balançando na sua bicicleta que era muito grande para ele. Era o único do grupo que ainda não havia completado catorze anos e, pelo seu corpo miúdo, podia-se imaginar que tinha onze anos ao invés de treze. Seu pais compraram a bicicleta grande para que Wille pudesse "crescer nela", mas Wille não cresceu.

Wille tinha cabelos ruivos e era um pouco dentuço. Contou-me em segredo que na cidade era chamado de Ville Vessla (cara de fuinha). Eu nunca espalhei a informação para ninguém além de Felicia e não somos de fazer bullying. Aliás, ninguém no grupo era, mesmo o Hasse que tinha algumas tendências, mas raramente aparecia. Sempre fomos legais uns com os outros e isso nos permitia ser como somos.

— Merda, Wille — disse Hasse. — Foi você quem encolheu ou a bicicleta cresceu?

Como eu disse: tendências.

— Merda pra você, Hatte dos infernos — disse Wille e jogou a bicicleta na sarjeta. — O que tá acontecendo?

Acontecia que, no momento, jogávamos cartas na varanda do Mattias. Quando Hasse completou doze anos, havia ganhado um jogo de poker com fichas de plástico e, desde então, havíamos abandonado o Casino e o Skitgubbe em favor do Texas hold'em.

— Nada demais — respondi e fiz um gesto para as apostas na mesa. — Mas a emoção tá alta.

— Merda — disse Wille. — Tão jogando cartas a esta hora? Tá um dia lindo.

— Também acho — comentou Felicia. — Mas esses aqui...

Felicia era muito ruim no poker e consequentemente achava o jogo chato. Dizia que não podia jogar mal em um jogo que só dependia de sorte, o que resultava nos meninos balançando a cabeça duvidosamente. Se dependia apenas da sorte, por que sempre perdia? Porque sempre estava sem sorte, era sua resposta constante.

Eu não queria abandonar a partida porque o valete e o ás que tinha na minha mão combinavam bem com o valete e ás na mesa. O valor era mais de cinquenta coroas em dinheiro de plástico. Propus um aumento cauteloso, o que fez Felicia desistir jogando as cartas na mesa. Caíram com a face para cima. Levantei as sobrancelhas.

— Você tinha uma *escada*! Não pode desistir quando tem...

— Posso fazer o que eu quiser, quando quiser — disse Felicia cruzando os braços sobre o peito. — Diferente de alguns. Este ano você vai ter que voltar pra casa cedo pra dormir?

Wille levantou as mãos e Felicia as tocou sem entusiasmo. Fiquei um pouco vermelho. Aos dez anos, Felicia já tinha liberdade para dormir a hora que quisesse, mas, no meu caso, demorou até completar doze anos.

Tentei encontrar alguma resposta legal, mas a única que conseguiu foi:

— Não. Este ano, não.

Felicia franziu os lábios e disse:

— De qualquer jeito, eu jogo como quiser.

— Diabo, como você tá chata — disse Mattias para Felicia. — O que foi? Tá menstruada?

Wille achou isso muito engraçado e riu alto, mais porque sabia que seria melhor não tentar desafiar o Mattias. Eu *nunca* teria dito aquilo, especialmente porque Felicia havia confidenciado no dia anterior que *ainda* não ficara menstruada, embora a maioria das meninas na sua classe já.

Olhei para Felicia que olhava para a mesa e rolava os dedos. Durante os dias de verão, quando estávamos sozinhos, ainda éramos amigos e confidentes, mas alguma coisa havia mudado.

Sempre fomos muito físicos um com o outro, desde pequenos. Lutamos, socamos e empurramos e seguramos as mãos. Dormimos juntos algumas vezes e, nos dias chuvosos, ficamos enrolados no sofá e assistimos algum filme meio assustador, até comemos doces da mesma tigela. Nossos pais contavam que, no verão, quando tínhamos cinco anos, nos beijávamos tanto que quase parecia incorreto, mas deixaram continuar.

Mas, naquele verão, apareceu uma distância. Ao abraçar Felicia pela primeira vez quando nos encontramos, ela ficou rígida e, mais tarde, quando toquei seu ombro, se encolheu e se distanciou. Será que achava que agora a proximidade física comigo seria perturbadora somente porque eu era um rapaz? Não entendi e fiquei um pouco aborrecido.

Ganhei a partida e peguei minhas fichas com as duas mãos. Era totalmente insignificante e muito satisfatório. Hasse bocejou e tentou parecer indiferente, mas eu sabia que ele estava aborrecido. Julgava-se o melhor nos jogos de cartas. Quando terminou o bocejo, questionou:

— Helena e Maria, então? Alguém sabe delas?

— Passei por suas casas de bicicleta agora há pouco — respondeu Wille. — Pareciam vazias.

Mattias, que nunca perdia uma oportunidade de mostrar seu relógio digital com minicalculadora, olhou para o relógio e disse:

— Talvez venham no barco das três, vamos até lá dar uma olhada?

A minha coisa era um canivete suíço que eu carregava sempre, mas não via nenhum motivo para mostrar.

Era uma caminhada de apenas cinco minutos até o cais, então abandonamos as bicicletas. Wille deixou sua bicicleta destrancada na sarjeta. Agora eu consigo me recordar desses detalhes, mas, naquele momento, era algo muito natural. Ninguém trancava sua bicicleta, apenas a porta de casa, e, ainda assim, nem todos.

Matte e Hatte foram na frente, mas Felicia ficou por último, então Wille e eu ficamos no meio. Ele jogou sua franja ruiva para o lado e questionou:

— Sabia que não existe fuso horário no Polo Sul porque todas as longitudes se encontram lá?

— Então como acertam o relógio lá?

— Depende do país, da estação de pesquisas ou coisa parecida. Usam o fuso horário do seu país.

— É igual no Polo Norte?

—Acho que sim.

Wille era o único que tinha um computador, um Commodore 64, e costumava ler o dicionário. Até onde eu sabia, ele nunca havia lido um livro sobre um assunto específico, então seus conhecimentos eram superficiais, mas diversificados. Sabia sobre o motor Wankel, baleias assassinas e índios do Amazonas. E outras coisas mais. Wille respirou fundo e seus lábios formaram um V como quem diz *você sabe*, mas eu o interrompi perguntando:

— E como vai o resto?

Wille sacudiu os ombros.

— O de sempre. Entrei para um clube de xadrez. Minha irmã tá no caratê.

— A Lovisa? Caratê? Mas ela só tem... quantos anos? Dez?

— Tá começando. Quase quebrou o nariz de outra garota.

— Elas podem fazer isso?

—Claro que não. Você joga xadrez?

Eu sabia as regras e havia jogado com meu pai algumas vezes, mas ficava confuso quando pensava em todas as possíveis combinações e entrava em pânico, então eu respondi para Wille:

— Não.

— Posso ensinar.

— Veremos.

— Então podemos preparar algum cenário também.

Eu disse:

— Hum, talvez — e olhei para longe, tentando escapar do olhar suplicante de Wille.

4

Durante o verão passado, eu me tornei muito popular jogando Dragões e Demônios. Sem querer me gabar, posso dizer que sou muito bom em criar situações emocionantes para fazer o jogo fluir. Brincar de personagens frequentemente é coisa de rapazes, mas as meninas também participavam, mesmo que Helena tivesse perdido o interesse depois de algum tempo.

Quando existem muitos jogadores fica bastante confuso e pode demorar antes que cada um possa realizar sua façanha. O sonho do grupo no verão passado era conseguir jogar em um cenário sozinho comigo e ter toda a atenção do mestre do jogo. Fiz isso uma vez com Felicia para que ela aprendesse e uma vez com Mattias para... bem... sim, por uma questão de status.

Nosso grupo, na realidade, não tinha um líder, mas Mattias era, sem dúvida, o *cão alfa, o top dog*. Era o mais bonito e o mais forte entre os rapazes, era o melhor no futebol e tinha o próprio barco. Se o jogo comigo era um sonho, a outra *coisa* era poder dormir na casa de Mattias e assistir filmes de terror proibidos no videocassete que ele tinha *no próprio quarto*.

Preparei uma variante simplificada de uma aventura e deixei Mattias encontrar um tesouro razoável. Depois, ele se sentou na cama e eu fiquei em um colchão enquanto assistimos *Holocausto Canibal*.

Poderíamos ter parado por ali. Quando fui dormir na noite seguinte, não conseguia me livrar da imagem de uma mulher empalada em um poste e só consegui dormir quando já estava clareando o dia.

— Filme legal, hein? — comentou Mattias pela manhã.

— Aham. Um baita filme de terror.

— Fazemos a mesma coisa esta noite? Eu tenho *I Spit on Your Grave*. Tem uma longa cena de estupro.

— Bem, seria ótimo, mas... eu não tenho mais cenários.

— Você não consegue encontrar um?

— Não é tão simples, foi mal.

Na verdade, era muito simples. Eu precisava apenas ler os cenários e depois improvisar. Poderíamos jogar uma noite inteira sem que eu precisasse consultar o manual. Era como brincar com as expectativas dos jogadores. Digamos que se alguém resolvesse pesquisar um corredor escuro buscando uma armadilha, eu poderia colocar uma armadilha lá, para que os jogadores se considerassem espertos. Ou poderiam entrar em um quarto e, por algum motivo, tinham muito medo da Hidra. Então haveria uma Hidra no quarto. E assim por diante.

Sem dúvida, eu poderia improvisar um cenário do nada, especialmente quando se tratava de apenas *um* jogador. Alguns corredores, algumas armadilhas, um par de monstros e um tesouro. Mamão com açúcar. Mas eu não sentia nenhuma atração por uma "longa cena de estupro" então fiquei na minha.

Também não tinha vontade de sentar na frente de um tabuleiro de xadrez com o pulso acelerado enquanto Wille me arrasava, daí minha resposta evasiva durante a caminhada. Felizmente, Wille não insistiu e começou a falar de ursos polares. Como eles tinham a pele negra. Ouvi pela metade e depois questionei:

— Você ouviu alguma coisa sobre o Danne?

— Aham.

— Tão estranho.

— O quê?

— Ele simplesmente... tipo, sumiu.

5

Daniel Eklund – sempre chamado de Danne ou Eken – pertencia a uma das turmas de adolescentes mais velhos e era o melhor amigo do Krille, o irmão mais velho do Hasse. No início do verão, Danne havia se afogado durante uma pescaria. Que ele havia *sumido* era e não era verdade. Seu corpo foi encontrado flutuando mais tarde no mesmo dia, usando um colete salva-vidas, deitado de bruços sem possibilidade de ser salvo. Ao mesmo tempo, ele havia realmente sumido porque não era mais visto nos caminhos de cascalhos de Särsö dizendo "boa" quando alguém passava por ele.

Até mesmo a morte de Danne deixou uma marca especial no verão de 1985. Não era normal uma pessoa se afogar e quando se tratava de uma pessoa tão jovem tinha um peso maior. Parecia um assunto proibido naquele verão. As conversas nos encontros ocasionais eram menos alegres e as pessoas andavam com menos vivacidade nos passos. Uma seriedade havia invadido o sentimento mais leve do verão.

6

Havia algumas pessoas no cais, mas apenas dois estavam com bagagem de modo que a maioria estava lá para receber alguém, como nós. Atualmente poderíamos ter enviado uma mensagem a Helena e Maria para saber exatamente quando chegariam, mas naquele tempo só esperando para ver. Realmente parece que *esperávamos* mais antigamente. Então esperamos. Sentamo-nos em uma fila na borda do cais e balançamos as pernas sobre a água.

Não sei quão estranho é isto, mas, desde os doze anos, eu tenho a capacidade de me observar do lado de fora. Dar um passo para trás e refletir sobre a situação em que me encontro. Enquanto estávamos sentados na borda do cais, fiz exatamente isso. Era uma tarde de verão, no cais, meus amigos enfileirados ao meu lado e as pernas balançando. O cimento áspero do cais contra minhas pernas. A barca apareceu entre Tranholm e Grimör, o sol refletido em suas janelas.

A vida é boa. Mas isso não é tão óbvio. Aproveite a vida.

Provavelmente não pensei exatamente essas palavras, mas o sentimento quando me vi pelo lado de fora foi este: que aquele era um dos muitos momentos fugazes que nunca se repetiriam, mas que, de alguma forma, me formavam. De vez em quando tirava uma dessas fotografias internas para meu álbum emocional de fotos que sempre levo comigo.

— Imagino como elas se parecem agora — disse Mattias sem dirigir sua pergunta para alguém em particular. Era o único entre nós que estava bronzeado porque costumava frequentar o solário.

— Pra que possamos reconhecer quando chegarem? — retrucou Felicia ainda com um tom amargo na voz.

— E daí? Devem parecer como sempre, ou não?

— Não necessariamente.

Talvez porque Felicia não havia mudado nada desde o verão passado, achava difícil imaginar que as outras pessoas poderiam parecer diferentes.

7

Acho que não poderíamos reconhecer Helena e Maria se estivessem separadas, mas juntas mantinham características suficientes para permitir a identificação.

Maria havia tingido os cabelos castanhos de preto, cortado com uma longa franja, começado a usar delineador nos olhos e batom rosa shock. Estava mais ou menos tão alta ou baixa como no verão passado e usava roupas largas. Suas bochechas estavam cheias de espinhas, que não conseguia disfarçar totalmente com a maquiagem.

Se vamos falar de opostos entre as pessoas, Helena agora era o oposto de Maria. Crescera pelo menos dez centímetros em todas as direções. Altura, busto, quadris. Seu cabelo era louro e descia até o meio das costas e suas bochechas antes redondas haviam se retraído sobre os maxilares e seus olhos azuis pareciam maiores. Havia simplesmente enlouquecido e usava uma camiseta curta que deixava aparecer a barriga.

Helena e Maria saíram do barco acompanhadas de suas mães. O pai de Maria era médico e trabalhava muito no exterior, de modo que não era anormal ficar ausente todo o verão. Em contrapartida, Helena vinha sem o pai, algo que nunca acontecera. Talvez fosse uma explicação para seu comportamento nervoso e inseguro.

Mattias e Hasse ficaram estranhos na presença de Helena. Rindo alto demais e mais lerdos e "atrapalhados" nos movimentos. Wille era infantil demais para ser influenciado e eu... não seria impossível pensar que, pela primeira vez, comecei a pensar que as meninas não são a minha praia. Não me alterei quando abracei Helena e senti o odor de algum perfume de verão. Talvez não totalmente indiferente porque alguma coisa em mim queria *ser* como Helena. Andar como ela, ter o seu perfume.

Tinham muita bagagem e, como os dois carrinhos estavam ocupados, ajudamos a carregar. O sentimento de constrangimento não queria ir embora. Helena falava rápido e de modo forçado e Matte e Hatte estavam ansiosos para ajudar. Eu seguia atrás, ao lado de Maria. Quando tínhamos dez anos, descobrimos que compartilhávamos um interesse pela leitura e isso nos aproximou. Durante os verões, emprestávamos livros um ao outro. Portanto, comecei a conversa com este assunto:

— E então, tem lido alguma coisa boa ultimamente?

— Durante um tempo, li bastante Stephen King, mas agora tô lendo *O estrangeiro,* de Camus e... — Maria olhou ao redor para controlar se ninguém estava ouvindo e disse em voz baixa: — ...*Hollywood Wives*.

— Aquele com... — eu sabia da reputação do livro e fiz um gesto que poderia significar qualquer coisa.

Maria enrubesceu um pouco e disse:

— Sim, aquele *com*... Mas não conta pra minha mãe. Ela pensa que só leio Camus, Kafka e essas coisas.

— E por que eu faria isso? "Olá, senhora Dahlberg. Sabia que sua filha lê pornografia?"

O rubor nas bochechas de Maria aumentou.

— Não é... nesse caso, acho que *A tribo da caverna do urso* foi mais... bem, você sabe.

— Não li esse.

— Posso te emprestar, se você quiser.

— Hum, talvez. Mas prefiro *Hollywood Wives*. Fico um pouco curioso em todo caso.

— É realmente bem emocionante.

Se Helena estava mais nervosa, Maria, como seu oposto naquele verão, havia... sossegado um pouco. Falava mais devagar, em um tom mais baixo e havia uma aura de tristeza ao seu redor. Nunca fora muito falante, mas agora parecia... mais profunda, mais séria.

Andamos bem devagar porque a mãe de Maria tinha algum tipo de doença reumática. Costumava passar os verões na varanda onde lia livros, e, de vez em quando, nadava na baía para movimentar o corpo. Maria sempre parecia ter uma tristeza nos olhos quando falava da mãe, de quem ela gostava muito. Talvez a doença estivesse pior naquele verão e daí a tristeza.

8

Era uma caminhada de pouco mais de um quilômetro até a casa das meninas do lado das construções novas, chegamos bem suados. A mãe de Helena ofereceu um suco e aceitamos. Depois que nos sentamos à mesa do jardim, Yvonne, a mãe de Helena, disse:

— Talvez tenham estranhado, mas o Åke e eu nos separamos durante o inverno. Sim, então está dito.

Concordamos silenciosamente e não sabíamos o que dizer porque nenhum de nós tinha experiência com pais separados. Olhei para Helena, que olhava para o mar como uma indicação de que não tinha nada a acrescentar. Entendi que era difícil para ela. Depois de beber o suco, nós nos despedimos porque a situação ficou um pouco desconfortável.

— Vamos mais tarde — disse Helena. — Onde vocês estarão?

— Nos lugares de sempre — respondeu Mattias indiferente.

— E alguns diferentes. A pilha de esterco atrás do celeiro verde, entre outros.

Mattias olhou aborrecido para Wille, mas como achei legal ele dizer aquilo e gostava de chatear um pouco o Mattias, acrescentei:

— Não falamos do mastro da bandeira atrás da loja também?

— Isso mesmo — Wille estalou os dedos. — E *no mar*.

— Alguma parte especial do mar? — perguntou Maria e uma luz pequenina acendeu nos seus olhos enquanto Helena sorria com incerteza. Wille foi surpreendido pela resposta, abriu os braços dramaticamente e disse:

— Não. *Todo* o mar. *Todo* o tempo.

— Merda, vocês são ridículos — disse Hasse.

— Vamos agora?

Felicia mal havia dito uma palavra desde que encontramos Helena e Maria. Não era do seu feitio, então talvez ela também havia mudado de alguma forma desde que nos vimos pela última vez, mesmo que não na aparência.

9

Depois que deixamos Helena e Maria com a promessa de um encontro mais tarde, Mattias, Hasse e Wille foram para suas casas, e Felicia e eu ainda tínhamos uma caminhada de cerca de cem metros até as nossas. Quando todos desaparecem de nossas vistas, Felicia parou no meio do caminho e disse:

— Tenho pensado.

— Sim. Parece que sim.

— Helena... — começou Felicia, mas parou, colocou a mão na garganta e tossiu como se o que pretendesse dizer exigisse pensar melhor.

— O que tem ela? — estranhei.

— Aparentemente, ela fez tudo certo desde a última vez, se você parar pra observar, ela tá mais para um...

— *Sex simbol*?

Felicia riu para a expressão antiquada, mas concordou e disse:

— Hum, exatamente. E o caso é que... — com um movimento de provocação inconsciente, Felicia empurrou um cacho de cabelo para trás da orelha antes de continuar: — ...eu não sei se consigo acompanhar a coisa.

Não pude deixar passar, então eu disse:

— A coisa é que você não tá acompanhando a coisa?

Felicia empurrou meu ombro como costumava fazer antigamente e disse:

— Você entende o que eu quero dizer.

— Não, eu não entendo.

— Ser mulher. Isso que a Helena faz tão bem. Ok, eu não sou tão bonita quanto ela, eu sei disso...

— Claro que você é bonita.

Felicia piscou.

— Obrigada, querido, mas sabemos que não é verdade. Acho que pareço totalmente ok, mas a coisa é que... — Felicia deu uma pausa. — *Tudo bem*, eu digo *coisa* um pouco demais, mas...

— Fala da coisa *mulher*.

— Sim. Eu acho que poderia muito bem fazer um pouco de... — a palavra estava saindo da sua boca mas ela mudou para: — ...*sedução*, mas não sei se quero, você entende?

Cocei minha nuca e respondi:

— Acho que sim. Porque eu... eu também não sou muito chegado a coisas de homem. Igual ao Matte e Hatte, por exemplo.

Felicia concordou e olhou para o chão. Ficou um longo tempo assim e eu estava quase dizendo "nos vemos então" quando ela levantou a cabeça e perguntou:

— Você já ficou com alguém?

— Hum, duas vezes.

— Quanto?

— Como assim quanto?

— Você sabe... — Felicia balançou as mãos bem perto das curvas do seu corpo. Entendi o que ela queria dizer e disse:

— Não. Somente beijos.

— De língua?

— Uma vez.

— Como foi?

— Foi ok. Você nunca fez isso?

— Não.

Eu pensei em me oferecer, mas, no mesmo instante em que pensei, percebi que seria absurdo. Quando disse que Felicia era bonita, veio de um modelo padrão, um conhecimento teórico. Felicia era apenas *Felicia* e colocar a língua na sua boca ou tocar nela *daquele jeito* seria como fazer aquilo com minha mãe ou com um cão. Seria simplesmente *errado*.

Talvez fosse minha imaginação, mas pensei que havia algo no ar entre nós que eu não queria sentir, então me apressei em dizer *até logo* e *nos vemos por aí* antes de poder dizer ou fazer qualquer coisa.

Depois do jantar, fiquei na minha cama por um tempo antes de sair para encontrar os outros. Pensei em coisas de mulheres e coisas de homens e em como encarar tudo aquilo. Se Felicia não queria fazer suas coisas e eu não queria fazer as minhas, como ficávamos? Em algum lugar intermediário? Talvez devêssemos ficar juntos de alguma forma, mas não *fazer as coisas*? Não, isso também parecia impossível.

10

O caso da língua foi um baile à fantasia na escola alguns meses antes. Estava fantasiado de Darth Vader e Anita, uma menina da minha classe, era a princesa Leia. Talvez fosse porque havia algo que proibia os dois de ficarem juntos, a atração nisso.

Depois de uma confusão, acabamos juntos embaixo de um banco no canto. Eu já não estava usando a máscara e Anita havia removido os coques de cabelo das orelhas. Beijamo-nos. Seus lábios tinham um gosto de morangos sintéticos. Quando sua língua entrou na minha boca, fiquei paralisado porque: primeiro não entendi o que era essa coisa quente que entrava em minha boca.

Depois entendi e lambi de volta. Era molhado e desconfortável, mas, de alguma forma, gostoso. Gostei de fazer aquilo, mas aqui está *a coisa*: *não tive nenhum desejo* de fazer algo mais.

Já tinha visto filmes de terror proibidos para menores suficientes para saber aproximadamente o que vinha depois, mas tinha zero vontade de fazer aquilo.

Anita também não fez nada para continuar. Então ficamos deitados lá mordiscando nossos lábios e chupando nossas línguas por um tempo e depois saímos. Nunca falamos sobre isso e não ficamos mais juntos. Talvez houvéssemos realizado inconscientemente um rito de iniciação e agora estava tudo meio confuso.

Enquanto estava deitado na cama com o braço sobre os olhos, pensava naquele baile. Lembrava exatamente o sabor dos lábios de Anita e a sensação de sua língua, mas parecia desconectado do resto e apenas uma lembrança na boca. Acho que foi lá que, pela primeira vez, realmente me atrevi a pensar que poderiam ser os lábios e a língua de um rapaz. Sacudi a cabeça para mim mesmo. Não a Felicia, mas um *rapaz*? Sim, realmente. Uma coisa estava clara: não pretendia contar isso para ninguém, nem mesmo para Felicia.

Aqui eu preciso me distanciar do presente. Pelo que sei, o conceito de LGBT não existia em 1985 e, no meio da epidemia de AIDs, a homossexualidade era algo a ser discutido em voz baixa. Atualmente, talvez Felicia e eu teríamos discutido a hipótese de ambos sermos não binários e tudo bem, mas, como os conceitos ainda não existiam, os pensamentos não podiam ser pensados.

11

O fato de a casa de Felicia e a minha serem iguais era devido aos dois irmãos que as construíram no início dos anos 1900. Para evitar discórdias ou ciúmes, se ajudaram nas construções e fizeram casas idênticas. Depois encontraram duas irmãs, casaram-se e viveram em paz e harmonia a uma curta distância uns dos outros. Depois de alguns anos assim, os dois casais decidiram fazer uma troca. As mulheres trocaram de marido, ou os homens trocaram de mulher, dependendo de qual sexo queremos afirmar, e a vida continuou.

As fofocas da vila contavam que havia alguns problemas na permanência das trocas. Esgueiravam-se entre as casas e alguém podia acordar na cama antiga antes de ir para a casa do seu atual. Assim a vida continuou e nem as fofocas podiam alegar que havia conflitos. É uma história muito apreciada em Särsö.

Por que estou contando isso? Porque foi no verão de 1985 quando comecei a pensar pela primeira vez sobre essa história. Que existem alternativas para viver seus dias e seu amor. Se nenhum dos modelos prontos servir, podemos criar o nosso próprio.

12

Não nos encontramos no mar nem no mastro da bandeira, mas sim no mais comum dos lugares comuns: o velho pátio de latões de leite no lado de fora da loja. Havia lugar para todos se sentarem, ficava mais ou menos na mesma distância de todas as casas e de lá se podia ver o caminho se alguma coisa acontecesse. Nunca acontecia nada.

Ainda distante já se podia ouvir as vozes altas de Matte e Hatte, o que me fez assumir que Helena também estava lá. Muito correto. Ainda mais maquiada do que quando desembarcou do barco, estava sentada no primeiro degrau enquanto os dois rapazes faziam o que parecia uma representação do vídeo de *Duas tribos*. Hasse estava com uma camiseta com o texto ***Frankie say Relax*** e seu cabelo, arrumado e penteado em um estilo Nik Kershaw. Maria estava sentada no último degrau e assistia tudo com um sorriso irônico. Subi até ela.

— Oi, qual é a situação?

Maria apontou para Mattias e Hasse como se fosse o que podia dizer sobre a situação. Estavam rodando um ao redor do outro como dois lutadores de sumô que não conseguiam decidir como começar a luta. Alguma coisa brilhou no canto do meu olho. Helena levantou uma garrafa com um conteúdo escuro e questionou:

— Você quer?

Peguei a garrafa e olhei a etiqueta. Era uma garrafa de conhaque, mas o conteúdo era alguma outra coisa.

— O que é? — perguntei.

Helena sacudiu os ombros.

— Tudo que você imaginar.

Tirei a rolha e cheirei. Provavelmente era álcool, mas como eu nunca havia bebido antes, o cheiro não me dizia nada. No verão passado, Felicia e eu encontramos duas latas de cerveja forte em um saco plástico na pista de dança e tomamos um gole cada um. Ficamos muito alegres e falantes, mas aquela era toda a minha experiência com o álcool.

Olhei para Maria e ela olhou de volta com um olhar vazio. Como disse, o álcool nunca fez parte dos hábitos do grupo. Levantei a garrafa para Maria e perguntei:

— Você já...? — Maria acenou com a cabeça — e... foi tristeza que vi nos seus olhos?

Respirei fundo, olhei ao redor e tomei um gole cauteloso. O líquido era bastante grosso, tinha sabores variados, queimava muito na garganta e continuou queimando até o estômago. Consegui evitar a tosse e devolvi a garrafa para Helena com um curto:

— Obrigado.

Um sorriso espástico apareceu na boca de Helena, que tomou um gole e depois lambeu os lábios demoradamente. Meus pensamentos anteriores foram atualizados quando pensei que, não, essa língua eu não quero na minha boca. Mattias claramente tinha outra atitude. Viu a garrafa e fez sua imitação picante dizendo:

— Vamos lá, seu pirata! Posso pedir um trago?

Mattias tinha o rosto vermelho e deu uns passos cambaleantes para a garrafa que Helena estendia. Em sua situação excitada, tomou um grande gole que o fez congelar. Engasgou e tossiu e Helena mal conseguiu evitar que a bebida derramasse.

Hasse soltou uma gargalhada e gritou:

— Matte, seu idiota. Não aguenta nada?

Também tinha o rosto vermelho e sua franja caía enquanto uma gota escorria por sua testa.

Mattias tossiu umas duas vezes com as mãos apoiadas nas coxas. Quando se endireitou, seu olhar era negro. Deu uns passos para Hasse e o empurrou forte com as duas mãos no peito. Hasse arregalou os olhos quando tropeçou dando alguns passos para trás e caiu de costas. Gritou quando o cascalho arranhou suas costas e cotovelos e questionou:

— Que merda tá fazendo? Eu só tava brincando...

— Você só precisa calar a boca — Mattias apontou com o dedo indicador esticado. — Ou então esmago você, entendeu?

Hasse parecia que ia responder alguma coisa, mas se contentou em inspecionar seu cotovelo direito, que estava sangrando. Mostrou o cotovelo acusativamente para Mattias.

— O que tá acontecendo aqui? — perguntou Felicia que havia chegado sem ser percebida e agora estava encostada no suporte de leite. Mattias e Hasse se fitavam sem dizer nada. Helena cruzou as pernas e, da bolsa de onde havia tirado a bebida, tirou um pacote de Camel e acendeu um cigarro.

— Você *fuma*? — perguntou Felicia.

— O que você acha?

— Parece que você fuma.

Helena apontou o cigarro para Felicia e disse:

— Bem observadora.

— Por que você tá tão chata?

— Por que você faz perguntas tão bobas?

Felicia franziu as sobrancelhas e olhou para Helena como se não pudesse acreditar nos seus olhos. Helena soprou a fumaça e olhou para longe. Felicia me procurou com o olhar e eu fiz um gesto de subir de ombros para dizer: *não faço ideia.*

Ouvimos um barulho e uma respiração ofegante e logo depois Wille apareceu na sua bicicleta no topo da colina que descia para o porto. Veio até o suporte de leite em alta velocidade e freou bruscamente espirrando o cascalho. Deve ter percebido a situação tensa olhando para todos tentando entender. O olhar parou em Helena.

— Merda — disse Wille. — Você *tá fumando*?

— Não — respondeu Helena. — Tô cheirando.

— Você não tá *fazendo isso*.

Helena balançou a cabeça e olhou para os pés. Ninguém disse nada. Wille fez uma careta de concentração e desta vez se contentou em revirar os olhos, mas balançou a cabeça em todas as direções para mostrar que achava tudo muito estranho.

— Ok — disse finalmente e bateu as mãos uma contra a outra. — Fazemos alguma coisa?

— Como o quê? — perguntou Felicia.

— Não sei. Pique-esconde?

Todos olharam com pena para Wille, menos Helena, que apenas parecia indiferente.

13

Lá estávamos nós. Durante os primeiros dias daquele verão surgiram mais alguns conflitos antes de nos acostumarmos com a nova situação. O que podíamos ou não podíamos dizer, quais atitudes e ações eram aceitáveis. O relacionamento funcionava, mesmo com um pouco de cuidado sob a superfície.

Quando as antigas brincadeiras ficavam desatualizadas, passávamos os dias tomando banho no cais dos barcos, jogando badminton e bocha, circulando na vila ou na casa de Helena, ouvindo música e conversando. Logo descobrimos que sua mãe, Yvonne, agora sozinha, era quem menos se importava se ouvíamos música alta ou se conversávamos até tarde. Ela apenas dizia que era bom ter gente em casa.

Considerando o comportamento de Helena, não era uma surpresa descobrir que Yvonne bebia. Ela não falava ou reclamava de nada – nesse caso, não ficaríamos lá –, mas, no final da noite, seu olhar ficava vidrado e ela soltava suspiros profundos quando achava que ninguém estava ouvindo. Helena costumava aumentar o volume da música. Não comentávamos o assunto.

Aquela coisa de homens e mulheres se manifestava quando Mattias e Hasse, mais ou menos, continuavam se exibindo para Helena, sem sucesso aparente. A maneira como eles andavam, ficavam parados e falavam mudava quando ela estava perto, tudo com a intenção de demonstrar que "eu sou bom em tudo" –, mas acho que apenas Helena tinha esse dom. Não demorou muito para que o Wille, realmente sem perceber, começasse a imitá-los. Além de ficar grudado neles, claro.

Felicia e Maria se aproximaram e frequentemente se sentavam de cabeças juntas e conversavam enquanto uma das fitas gravadas por Mattias tocava ao fundo. Ele tinha um gravador de cassete duplo e podia fazer as próprias mixagens, em sua maioria com ênfase na discoteca italiana. Eu chamava aquela época de verão do *Live Aid*, mas poderia chamar de verão do *Tarzan boy*. Ouvimos *Oh-oh-oh-ohoh-ohohoh-OOOHHH-oh-oh-oh!*, não sei quantas vezes. Certamente algumas centenas.

Fiquei um pouco de lado, virei um observador e não tinha nada contra isso. Sim, continuava conversando com Felicia, principalmente quando voltávamos juntos para casa e peguei o *Hollywood Wives* da Maria emprestado. Claro que não era tão bom, mas bastante interessante, exatamente como ela dissera. Não participava do jogo e por isso foi uma surpresa quando uma noite Matte e Hatte anunciaram que no dia seguinte haveria um passeio até Svärtan. Provavelmente mais uma tentativa de provar que eram machos despreocupados.

Pode-se dizer que Svärtan é uma anomalia no arquipélago Roslagen, ou, que parece um lugar muito estranho, como se tivesse conseguido evitar ser arrasado na idade do gelo. Penhascos pontiagudos sobem direto do mar e não há lugar para atracar. Ninguém nunca esteve lá e por que deveria? Não há nenhuma praia, nenhuma árvore, nem mesmo um arbusto. Apenas as pedras estranhas.

Como era o Mattias que tinha o barco e portanto era o capitão da expedição, perguntei:

— Você combinou com seu pai?

Mattias bufou e retrucou:

— E por que deveria?

— Mas ele não falou alguma coisa sobre Svärtan, algo sobre...

— Ah, é só alguma merda que meu avô contou pra ele.

— Mas o que era?

— Eu sei lá. Alguma maldição ou monstros que vivem por lá. Um fantasma, pelo que sei. Aquelas coisas que eles acreditavam antigamente.

— Lá nunca tem ninguém.

— Exatamente, e por isso vamos até lá.

Provavelmente Hasse achou que Mattias estava exibindo sua masculinidade por um tempo longo demais então sorriu e me questionou:

— Você tá amarelando por medo de *fantasma*, é?!

— Não disse que tô com medo. Apenas perguntei.

— Você pode usar sua *jaqueta do Caça-fantasmas* por segurança — disse Hasse. — Certamente ficarão com medo.

Muitos riram com o comentário. Hasse parecia satisfeito e olhou para Helena, que apenas sorria. Todos sabiam do meu fascínio pelo filme que assisti três vezes durante o inverno. Tinha a camiseta, o disco e, no meu quarto, uma pirâmide de latas de Coca-Cola com o emblema.

— Quando vamos? — perguntou Felicia.

Mattias balançou o dedo e disse:

— Só os meninos.

— Como? Mas por quê?

— Porque é perigoso, claro.

Felicia cruzou os braços sobre o peito, pigarreou e disse:

— E daí? Não é perigoso pra vocês?

— Sim — respondeu Mattias e adotou um tom pedagógico, — mas eu não posso assumir a responsabilidade se você cair em uma fenda ou coisa parecida.

— Exatamente — concordou Hasse para mostrar que fazia parte da liderança.

Então Felicia ficou realmente zangada.

— Ah, e se o Wille for? Você assume a responsabilidade por *ele* então?

— Neste caso, ele deve subir sozinho, se conseguir.

— Sim — disse Hasse. — Vamos levar o curativo de sangue do Cederroth.

Embora fossem rivais, Mattias não podia evitar dar nota dez para Hasse. Um "curativo de sangue do Cederroth" bem aplicado sempre deve ser premiado, assim seja.

— Posso assumir a responsabilidade pelo Johannes — disse Wille.

— Bom — comecei, — então, eu assumo a responsabilidade por você. E o curativo de sangue.

O clima animado que surgiu entre os rapazes fez Felicia se sentir ainda mais provocada. Com as bochechas vermelhas, ela questionou:

— Helena? Maria? Vocês concordam?

Helena balançou os ombros e respondeu:

— Não quero ir pra essa merda de ilha.

— Não — respondeu Maria. — Não tenho nenhuma vontade de quebrar a perna pra que vocês possam usar o curativo de sangue.

Diferente de Felicia, que fazia ginástica, Helena e Maria não estavam em boa forma. Pelo que eu havia visto de Svärtan à distância, imaginava que seria uma subida bem íngreme, de modo que a animação incluía uma dose de ansiedade.

Como eu era a última esperança, Felicia virou para meu lado.

— Johannes? Você acha que tá certo?

Levantei as mãos.

— Não é meu barco.

Felicia balançou a cabeça e olhou feio para Matte e Hatte.

— Merda, que droga de homens porcos vocês são.

Mattias e Hasse sorriram encantados para Helena. Ouviram isso? Tudo bem serem porcos, mas Felicia os chamou de *homens*. Helena não demonstrou estar impressionada.

II
SVÄRTAN

1

No dia seguinte, Helena e Maria desceram para o cais, mas Felicia ficou em casa se lamentando. Quando voltamos para casa na noite anterior, tentei flertar com ela e dizer que nem o passeio nem a segregação de gênero – não usei essas palavras – foram decisões minhas. Felicia não se deixou convencer e disse que eu era *cabeça de merda* como todos os outros garotos. Era raro Felicia usar palavras chulas, então provavelmente estava realmente aborrecida. Foi para casa sem ao menos dizer até logo.

A verdade é que eu achava bom fazer algo somente entre os rapazes. Especialmente Helena conseguia criar um ambiente pesado. Mesmo que Svärtan fosse impossível de escalar, era bom fazer um passeio de barco sem as tensões recentes.

Helena usava uma blusa muito decotada sem sutiã. Quando se inclinou para frente para soltar o barco... sim, vocês entendem, olhei para o outro lado enquanto Matte e Hatte ficaram parados parecendo petrificados. Wille não percebeu nada. Acho que Helena fazia aquilo para flertar, uma forma de comunicar alguma coisa.

Quando ela se endireitou, a paralisia de Mattias foi embora e ele se sentou no posto de direção. Ligou a chave na ignição e o motor de cinquenta cavalos respondeu. O barco era um Buster de modelo menor e Mattias poderia ter alegado falta de espaço para excluir as meninas, mas ele queria comunicar alguma coisa. Houve muita comunicação sem palavras naquele verão, muita coisa acontecendo sob a superfície e as entrelinhas.

Era um belo dia para um passeio de barco. Vento de dois, três metros por segundo, céu azul-claro, talvez vinte e cinco graus de temperatura. O motor de popa rugia quando Mattias apertava o acelerador até o fundo. A partida foi dada e quase caímos dos bancos. Ele não era um bom condutor. Depois de um tempo na baía, Wille iniciou a canção de luta do grupo. Matte e Hatte ficaram com pena dele e começaram a cantar também, assim como eu.

Frequentemente não lembramos como as piadas internas aparecem e aquele também foi o caso. Na melodia de *Vår busschaufför* [Nosso motorista de ônibus], cantamos: *En Cederroth, en Cederroth, en Cederroths blodstoppare. En Cederroth, en Cederroth...* [*Um Cederroth, um Cederroth, um curativo de sangue do Cederroth. Um Cederroth, um Cederroth*], e de preferência com um sotaque americano. Totalmente sem sentido. Sempre atual.

2

Demorou apenas quinze minutos para chegarmos a Svärtan. Quando o contorno estranho surgiu no mar parecia um pouco o desenho do álbum do Tintin, "A ilha negra", mas sem o castelo. Até o nome é do mesmo estilo. Mattias lançou a âncora e reduziu a velocidade na frente dos grandes penhascos escuros procurando um lugar para atracar. Não havia nenhum. Lá embaixo, no nível da superfície da água, as rochas eram praticamente verticais.

— Precisamos usar cunhas — disse Mattias, pegando um martelo e duas cunhas no espaço atrás do posto do condutor, e lançou as ferramentas na minha direção. — Você faz isso, Hannes?

Mattias ganhou o barco do pai no verão passado e foi comprovado que eu era o melhor na amarração. Não sei o por quê, era apenas um talento natural. Era bom na amarração ao redor de árvores ou rochas e era bom para encontrar fendas e prender cunhas para amarração.

Svärtan era uma noz muito dura de roer. Enquanto Mattias tentava ajustar com precisão para o barco ficar baixo contra o rochedo, eu olhava o penhasco quase completamente liso. Era a minha primeira vez tentando encontrar uma fenda em uma parede vertical e precisava encontrar uma boa fenda porque o barco puxaria *direto para fora* ao invés de para o lado, como normalmente.

Vi uma linha tracejada na superfície escura, um risco negro irregular, uma sombra. Passei os dedos sobre a linha. Sim, havia uma fenda, mas seria suficientemente profunda? Quando tentei enfiar a cunha na parte escura, o barco se afastou do rochedo.

— Mantenha o barco parado, que diabo! — gritei para Mattias.

— Segura firme!

— Sim, sim, sim... — respondeu Mattias, tenso, e acelerou para a frente. O barco bateu no rochedo e quase caí para frente sobre a amurada.

— Segura aí! Agora! — gritei.

— Tá bom, tá bom — disse Mattias. — Tô tentando.

Ele continuou acelerando o barco enquanto a proa roçava e batia na rocha. Consegui enfiar a cunha novamente e dei uma batida com o martelo. A cunha entrou. Mais algumas batidas e o som oco foi substituído por um som surdo satisfatório. A cunha estava fixa. Dez centímetros acima, coloquei uma cunha de reserva, caso a primeira soltasse. Puxei as cunhas e não consegui soltar. Deveriam segurar se não ventasse muito. Amarrei o barco e Mattias desligou o motor. Ficamos parados em silêncio olhando para o rochedo que tinha aproximadamente dez metros de altura.

— Sim — disse Wille. — E agora?

— Hoje vamos tentar escalar — Hasse imitou o dialeto de Karlstad do Bengt Alsterlinds em *Hajk*. — E não é uma escalada qualquer, é *escalar um rochedo*!

Rimos e coçamos a cabeça. Talvez porque meu papel no grupo estivesse um pouco indefinido ou porque eu era o primeiro, decidi tentar. Comecei dando um passo grande para apoiar o pé direito na cunha mais alta.

Olhando de perto, o rochedo não era tão liso quanto parecia. Havia irregularidades e partes salientes. Apoiado apenas nas pontas dos pés, consegui me arrastar dois metros para a esquerda.

— O que tá fazendo? — perguntou Mattias. — Precisa ir pra cima!

Sem me virar, com medo de perder o equilíbrio, exclamei:

— Melhor cair no mar do que no barco, seu QI de gaivota!

— Vai em frente então, merda.

Mais fácil falar do que fazer. Precisava ficar colado contra o paredão de rocha para não cair de costas enquanto me arrastava um centímetro de cada vez para cima com os pés apoiados nas asperezas e os dedos procurando e encontrando suporte nas fendas. Depois de subir alguns metros, ouvi os resmungos e suspiros abaixo quando Mattias começou a me acompanhar no paredão de rocha.

Depois de subir mais alguns metros, os ruídos abaixo indicavam que toda a turma estava subindo, e tive um pensamento. *Se* eu perdesse a pegada e soltasse os pés, seria obrigado a chutar o rochedo antes de cair, ou poderia arrastar os outros na queda, provavelmente causando ferimentos.

— Escutem! Vocês que estão embaixo de alguém, assegurem que...

— Cala a boca! — gritou Matte abaixo de mim. — Tô me concentrando aqui.

— Cala a boca você! *Se* vocês caírem...

— Cala a boca duas vezes, idiota. Não fala nada. Ainda mais sobre cair.

A autoconfiança normal havia desaparecido totalmente da voz de Mattias quando deu a ordem. Talvez tivesse medo de altura. Mesmo assim, fiquei chateado. Se tinha força para insultar, também teria força para ouvir.

Respirei fundo e gritei:

— Escutem agora, merd... — a expansão do meu peito me afastou alguns centímetros fatais da parede do rochedo e meu corpo começou a cair para trás. Tensionei os músculos das coxas para chutar, mas antes de cair meus dedos encontraram uma fenda. Voltei para a pedra com o suor escorrendo pela testa e pensei: *deixe os idiotas caírem uns sobre os outros se é isso o que desejam*. Cerrei os dentes e continuei subindo.

A última parte da subida era mais fácil porque o rochedo não era tão íngreme e, depois de alguns minutos, consegui me arrastar sobre a borda e ficar deitado um pouco de costas deixando a respiração normalizar. Tinha sangue na ponta de alguns dedos, mas as unhas estavam intactas.

3

Demorou um bom tempo antes que o rosto vermelho de Mattias aparecesse. Ele se esforçava e se arrastava sobre a pedra para conseguir uma pegada e eu me levantei e dei a mão para ajudar. Ele rolou para segurança, olhou para mim e resmungou:

— Que merda foi aquilo? Hein?

— Eu queria dizer...

— Tô cagando pro que você queria dizer, precisa aprender a ficar calado de vez em quando.

Olhei para Mattias e contive um forte impulso de responder feio, ao mesmo tempo lamentei não ser uma pessoa que faria isso. Mas Mattias seria muito pior comigo se eu me rendesse, então me contentei em dizer:

— Você às vezes é tão estúpido.

Mattias resmungou e espetou um dedo no meu peito.

— Melhor do que ser estúpido o tempo todo.

Mais um conflito com uma *aspereza* que teria sido impossível até o verão passado. Claro que brigamos antes do verão de 1985, mas não tão intensamente, não tão profundamente.

Até mesmo Hasse e Wille conseguiram chegar ao topo sem acidentes, mas nenhum deles estava tão assustado quanto Mattias. O corpo mais leve de Wille provavelmente o ajudou na subida, porque parecia totalmente despreocupado quando virou para mim e disse:

— Que merda você pretendia naquela hora.

— Apenas queria dizer — comecei com um olhar oblíquo para Mattias — que se alguém tivesse outra pessoa embaixo deveria empurrar contra o rochedo para se afastar se caísse.

Wille, que subiu por último, balançou a cabeça e perguntou:

— Mas como assim?

Suspirei e apontei para a borda do rochedo.

— Digamos que eu caísse, arrastasse o Mattias, e depois arrastasse o Hasse e você receberia todos os três na sua cabeça, acha que seria uma coisa boa?

— Não, obviamente, não.

— Não. E era só isso que eu queria dizer.

— E só agora você disse isso? — questionou Hasse. — E agora estamos aqui. Que lugar é este afinal?

Olhamos ao redor. Svärtan não se parecia com nenhuma outra ilha que havíamos visitado, parecia importada de um arquipélago estranho ou, por que não, de outra dimensão. Wille teve mais ou menos o mesmo pensamento quando disse:

— Parece algum jogo do D&D.

No verão passado, realmente havíamos organizado um cenário em Dragões & Demônios que se passava em uma ilha vulcânica com penhascos negros e pontiagudos. Se me lembro bem, mais ou menos metade dos personagens foram embora quando os demônios de fogo saíram da montanha.

O mais notável em Svärtan era que nada crescia por lá. De longe já se podia ver que não havia árvores ou arbustos, mas assim de perto podíamos constatar que não havia nenhum capim ou flor crescendo em alguma fenda. A única coisa que havia era a pedra escura.

— Uma excursão de descoberta? — perguntou Wille e olhou esperançosamente para os outros. Mesmo quando tentava imitar Matte e Hatte havia algo infantil que ele não conseguia controlar. Eu começava a gostar dessa característica e, apesar de tudo, pensei em fazer um cenário com ele.

Levantamos e olhamos ao redor na ilha que tinha no máximo uns mil metros quadrados. No platô alto onde estávamos havia apenas picos isolados subindo da rocha e as fendas estavam cheias de cascalho escuro.

— Olhem — disse Hasse apontando para o lado norte. — Parece alguma coisa como aquele... como se chama, onde a Brooke Shields...

— Nadou pelada? — sugeriu Mattias. — Vocês sabem, quando aceleramos...

— Sim, mas como se chama?

— O quê?

— O filme!

— *A lagoa azul*, ou algo a...

Hasse bateu palmas.

— Lagoa! Olhem, parece uma lagoa.

Usamos as mãos para proteger os olhos e olhamos para o mar brilhando com o sol. Parecia que Hasse estava certo. No lado oeste da ilha havia uma fenda profunda na rocha com a abertura protegida por um promontório com um braço para fora e, portanto, não podia ser vista pelo lado de fora. Um porto pirata em miniatura.

Talvez tenha sido o pensamento sobre Brooke Shields que fez os outros acelerarem o passo para a lagoa, algo que foi confirmado quando Wille perguntou:

— Mattias, o que você queria dizer com acelerar?

Mattias murmurou algo sobre precisar de um videocassete para entender e eu calei a boca. O que eles imaginavam? Que a garota em questão ficaria sentada lá embaixo como veio ao mundo com o cabelo protegendo seu corpo?

Passamos pelo lado norte da ilha e olhei sobre a borda. O que vi me fez parar. Lá embaixo, na superfície da água, havia uma praia mínima de cascalho, não mais do que dez metros quadrados. Também seria quase impossível ver de fora porque tinha a mesma cor do resto. Alguma coisa brilhava no cascalho.

— Hey! — gritei para os outros. — Olhem aqui! O que é aquilo?

Os outros viraram de má vontade e vieram para meu lado. Apontei para baixo.

— Tem uma praia! E tem alguma coisa lá, o que é?

— Parece um peixe — respondeu Wille, que era cem por centro uma criança da cidade e não conseguia distinguir entre uma perca e um esturjão.

— Um peixe bem grande em qualquer caso — complementou Mattias.

— Atum ou como se chama aquele... bagre.

— Lúcio? Podre e sangrento. Agora vamos ver a lagoa.

— Será que brilharia então? — perguntei, não querendo abandonar minha descoberta.

— E daí? — perguntou Wille que já estava a caminho da lagoa.

— Se estivesse morto e podre, será que brilharia?

— Você pode muito bem descer e lutar com ele — disse Hasse.

— Só toma cuidado pra ele não morder seu focinho.

Os outros riram e continuaram sua busca pelos prazeres com Brooke Shields. A última notícia que eu ouvira era que ela estava namorando o Michael Jackson, de modo que era mais provável que estivesse no espaço sideral do que em Svärtan. Olhei sobre a borda. A descida até a praia me parecia tão difícil quanto a subida. Ali seria para baixo e não havia o mar para me receber no fundo, de modo que toda a manobra era realmente perigosa.

O peixe, se realmente fosse um peixe, não se movia e parecia que Wille tinha razão. A última coisa que um peixe em terra faria seria ficar imóvel. Até morrer, ele fica pulando na tentativa de chegar ao mar de alguma forma.

As escamas que refletiam o sol não eram verdes, mas variavam em tons de cinza. Então não era um lúcio. Uma pequena baleia? Uma foca! Deveria ser... mas as focas não têm escamas? Então? Não havia nada a fazer, eu seria obrigado a investigar.

4

O paredão de rocha não era tão alto no lado norte quanto era no lado sul, talvez oito metros em vez de dez. Depois de descer apenas três, quatro metros não precisaria mais me preocupar em quebrar nada se caísse. Pelo outro lado havia o risco de cair sobre o peixe possivelmente podre.

"Risco e peixe, peixe e risco", murmurava para mim mesmo enquanto deitava de barriga para baixo e me jogava de costas pela borda apalpando a parede rochosa com a ponta dos pés. Encontrei um ponto saliente e ousei soltar a pegada das mãos.

Logo depois de descer um metro, comecei a me arrepender. Aquilo era uma loucura, tão estúpido quanto correr por um corredor escuro no D&D sem verificar as armadilhas, sem fundo, mas a diferença era que era *real*. Não poderia assumir um novo personagem se perdesse a pegada.

Olhei para cima da parede rochosa e vi bordas e fendas onde poderia prender os dedos. Ok. A retirada estava garantida. *Poderia* me arrepender e esse conhecimento me encorajou a continuar descendo.

Mais um metro. Pensava em Felicia, poderia contar sobre isto para ela. Não para me gabar, mas para provar que esta expedição realmente fora perigosa. Tinha uma tristeza no peito desde a noite anterior, mesmo que não estivesse pensando naquilo enquanto descia o paredão de rocha arriscando a vida. Risco e peixe.

Os dois joelhos e as palmas das mãos estavam bem arranhados quando cinco minutos mais tarde consegui colocar os pés na praia de cascalho fazendo barulho. Virei para o outro lado. Minhas pernas dobraram sob meu peso e caí de costas, batendo a cabeça em uma pedra. Esfreguei as mãos ensanguentadas sobre meu rosto suado e meus olhos e depois olhei novamente.

Não é possível. Deve ser algum tipo de... o quê?

O rabo de peixe de brilho cinzento que vimos era a parte inferior de um corpo que estava deitado nas pedras. A outra metade pertencia a uma pessoa. Pela formação do corpo, a uma menina ou uma mulher. Estava deitada com o rosto para baixo contra as pedras. A cabeça era calva.

Uma sereia.

Balancei a cabeça e sussurrei para mim mesmo:

— Uma sereia. Um diabo de uma... sereia.

Pigarreei e perguntei com voz baixa:

— Oi? Oi? Você tá viva?

Contive um impulso de pegar uma pedra pequena e jogar para ver se teria alguma reação. Com as pernas trêmulas me aproximei, pronto para fugir. Mesmo sendo bizarro, o que sabia sobre as sereias? Algo me dizia que tinham mais a ver com contos de fadas.

Andei ao redor do corpo estirado na maior distância permitida pela praia apertada e quando cheguei de frente para ela me aproximei com um passinho de duende de cada vez. Agora podia ver seu rosto. Tinha apenas dois furos onde temos as orelhas e a pálpebra de seu único olho visível estava fechada e era redonda.

— Olá? — repeti. — Olá?

Nenhuma reação. Inclinei-me sobre ela. Quatro rasgos ao longo de sua garganta.

Guelras.

E foi ali que vi um movimento pela primeira vez. Palpitações fracas e um assobio quase inaudível. Sem pensar mais, corri para a borda da praia e peguei um pouco de água do mar com as mãos em cuia. Voltando, eu tremia tanto que perdi metade da água.

Coloquei as mãos ao lado do seu pescoço e abri cuidadosamente de modo que um pouco de água escorreu sobre as guelras. Abriram um pouco e a água borbulhou. Corri de volta para a borda da praia.

Depois de quatro ou cinco vezes, percebi que aquilo não estava funcionando. Era como manter uma pessoa viva soltando um pouco de ar de um balão. Agachei-me ao lado da sereia e disse:

— Vou tentar levar você pra água, ok?!

Quem disse que ela entendia sueco, ou qualquer língua humana? Mesmo assim, sentia que seria obrigado a tentar comunicar minhas intenções. Nesse ponto, já havia abandonado todos os pensamentos sobre brincadeiras, absurdos, alucinações. O que tinha na minha frente era um ser vivo, tipo humano, como se diz, um *humanoide,* que precisava ser salvo. Isso era tudo.

Respirei fundo, agachei-me e coloquei as mãos nas suas axilas. Eram lisas, sem pelos. Os braços que saíam do corpo pareciam humanos, sem contar que tinha membranas entre os dedos e garras nas pontas. Puxei com cuidado e descobri que não era muito pesada, talvez tivesse um esqueleto oco como as aves. Tentei levantar seu corpo tanto quanto podia para não arrastar sobre as pedras pontiagudas e percebi que provavelmente era uma mulher porque tinha seios. Pequenos, pontudos e mais parecidos com mamilos. Olhei para o lado e continuei puxando.

Andei apenas alguns metros quando fui parado por um puxão que fez minhas mãos deslizarem das axilas da sereia. Cambaleei, mas consegui manter o equilíbrio. Somente então vi a corda. Estava amarrada com força na ponta da cauda da sereia e a outra ponta estava presa em uma fenda no rochedo.

O que é isso? Alguém...?

Havia decidido ajudá-la e por isso outras considerações não significavam nada no momento. Corri para o rochedo, sacudi e puxei a corda sem conseguir soltar. Limpei o suor da testa, procurei no bolso da calça até encontrar meu canivete suíço e quase quebrei a unha do polegar abrindo a lâmina maior.

A corda era trançada de algum material duro. Demorei bastante para cortar as fibras, mas, no fim, a longa ponta da corda caiu na praia enquanto cerca de meio metro ficou pendurado no rochedo. Com o coração na boca, corri de volta para a sereia, peguei novamente nas suas axilas e a puxei.

Onde a praia encontrava a água, havia um par de metros rasos antes de chegar à parte mais profunda. Levei a sereia tão longe quanto consegui e afundei sua cabeça no mar. Parecia – existe uma boa palavra para isso – sim, parecia totalmente *contraintuitivo,* mas deveria ser o certo a fazer.

Sua cauda de peixe e uma parte do corpo superior ainda estavam na praia, mas os ombros e a cabeça estavam sob a superfície. Ajoelhei-me para ver as guelras. Sim. Abriram um pouco como os bicos de aves famintas, buscando a água vital. Esperei alguns minutos. Nada mais aconteceu. Talvez estivesse inconsciente, mas igual a uma pessoa que continua respirando, seu sistema fez o que deveria fazer.

Voltei para a parte inferior do seu corpo e passei um bom tempo cortando cuidadosamente a corda que estava amarrada. Estava tão apertada ao redor de sua cauda que algumas escamas haviam soltado. Joguei o resto da corda para o lado, levantei-me e olhei para o corpo meio jogado no mar, achei que eu parecia um assassino de filme. Depois corri para o paredão de rocha.

5

Subir foi consideravelmente mais fácil do que descer, havia uma excitação no sangue e ansiedade nos dedos. No meio da subida, fui obrigado a parar e descansar com o rosto apertado contra o rochedo. Na minha excitação, comecei a ofegar e isso fazia meu peito se mover de forma arriscada. Pressionado contra o rochedo me concentrei em respirar com calma com a visão da sereia queimando na minha mente.

Um personagem de conto de fadas.

Acabara de contatar, *tocar* em um ser mitológico que somente poderia existir nos contos de fadas. Será que haveria outros? Duendes, gigantes, vampiros? Será que *existiram* alguma vez, mas agora haviam desaparecido? Considerando o que acabara de ver não seria um pensamento irracional. E alguém tentara matar aquele ser.

A respiração acalmou. Mais cuidadosamente, subi mais um metro antes de parar novamente. Percebi que os outros inicialmente duvidariam e ririam, mas depois que conseguisse fazê-los ver seria diferente. Como havia arrastado a sereia até a água, agora estava totalmente visível desde a borda do rochedo.

O que faríamos? Realmente?

Estava tão ocupado em subir para contar para os outros – "venham ver, venham ver!" – que não pensei como *seria.* Uma parte de mim não queria nem sequer contar.

Havia encontrado a sereia, ela era *meu* segredo. Se tivesse meu próprio barco talvez tivesse ficado calado. Então poderia voltar para vê-la mais tarde, se possível fazer algo para ajudá-la. Agora não havia alternativa.

Será que estava sendo razoável? Pensava na sereia como um passarinho ferido, algo que poderia colocar em uma caixa, alimentar com minhocas e esperar pelo melhor. Mas ela era mais uma pessoa do que um animal e portanto deveria ser levada para um hospital. Ou não? Era algo como uma situação de *E.T.* Tinha certeza de que as "autoridades" – quaisquer que fossem – a assumiriam imediatamente, talvez esconderiam tudo. Pelo menos era o que acontecia nos filmes. Mas e na realidade?

Não havia outra possibilidade, seria obrigado a discutir com os outros, se não por outro motivo por causa do barco. Depois de decidir, fiquei ansioso novamente e continuei subindo. Estava tão concentrado em meus pensamentos que esqueci completamente que estava cinco, seis metros acima do solo. Então perdi a pisada e fiquei pendurado pelas pontas dos dedos e fui lembrado com um choque. Encontrei uma quina para apoiar o pé e subi a última parte com mais cuidado.

6

Quando cheguei à borda, os outros voltavam de sua expedição à lagoa. Pareciam animados e antes de poder falar qualquer coisa, Wille acenou exaltado para o lado oeste da ilha e exclamou:

— Foi muito bacana! Tem um tipo de pequeno porto que é totalmente protegido, você pode tipo...

— Wille! — gritei e fiz um gesto de parada com as mãos. — Cala a boca um minuto!

— Mas que merda... — Wille buscou apoio dos outros para assegurar que se tratava de uma coisa legal. Mattias e Hasse olhavam para mim com a testa franzida porque meu comportamento era estranho.

— Sorry. Mas isto é realmente... vocês não vão acreditar se eu contar, então venham até aqui para ver.

— Não tô interessado na merda do seu peixe morto — disse Wille.

— Só olha! — gritei e acenei com a mão para a borda do penhasco.

Hasse percebeu que meu comportamento era realmente esquisito e algo estranho estava acontecendo. Foi até a borda e olhou.

Como gosto de pensar em temas de filmes, percebi que este seria o minuto quando todos olhariam e o que havia lá embaixo teria desaparecido. Não tive tempo para pensar mais antes que Hasse gritou:

— Merda! O que é aquilo? Parece uma... o que é aquilo?

— Acho que é o que parece ser — respondi.

Até o Mattias veio olhar. Não foi até a borda do penhasco, apenas o suficiente para conseguir ver. Fez uma careta e questionou:

— Mas assim... o quê? Não é verdade ou o quê?

— É verdade — respondi. — Ela tava deitada na praia e ia morrer, então eu a arrastei pra água.

O detalhe da corda que a prendia não parecia ser apropriado para compartilhar com os outros no momento.

Wille continuava parado no mesmo lugar, com os braços cruzados sobre o peito, sorrindo ironicamente e disse:

— Brincadeira muito engraçada. Vamos embora?

— É sério. Você precisa ver isso — disse Mattias.

— Hum, claro. Wille Bobo acredita em qualquer coisa, contamos que havia um terrível monstro marinho em Svärtan e ele acreditou. Tá com medo de descer ou o quê?

Mattias deu um par de passos rápidos até Wille, pegou sua mão direita e dobrou atrás das costas enquanto empurrava Wille para a borda. Ele arregalou os olhos com medo e gritou:

— Que merda você tá fazendo, ficou maluco, me solta, que merda pretende fazer, tem uma longa distância... até... lá embaixo...

Wille baixou a voz quando Mattias empurrou sua cabeça para baixo para que olhasse para a praia. Ele ficou calado. Mattias bateu na sua nuca com a palma da mão e disse:

— Só não vai cagar nas calças.

Wille ficou parado um longo tempo olhando com a boca aberta. Depois se virou lentamente e olhou para mim, para Mattias, para Hasse. Sua boca tremia nervosa quando ele questionou:

— É uma brincadeira, não é? Algum tipo de brincadeira?

— Por que seria uma brincadeira? — perguntei.

— Não, mas... você inventaram isso pra brincar comigo.

Hasse bufou.

— Você realmente pensa que teríamos esse trabalho dos infernos somente para brincar com *você*?

— Não, mas... o que é isso?

Ninguém ainda havia dito a *palavra* de modo que mesmo com o risco de risadas decidi quebrar o gelo de qualquer forma.

— Parece uma sereia. Ou coisa parecida. E está doente ou ferida. Estava morrendo antes que eu jogasse água nas guelras e depois a arrastasse pra água.

Nós quatro ficamos parados olhando para o ser lá embaixo que não havia se movido da posição onde a deixei.

— Guelras — disse Mattias sem desviar o olhar da sereia.

— Ela tem guelras?

— Sim.

— É bonita?

Dei uma risada. *Isto* realmente não era o mais relevante no momento, mas mesmo assim, entendia o Mattias. Praticamente não havia nenhum rapaz da nossa idade que não havia assistido *Splash* e sonhado ficar embaixo da água com a Daryl Hannah.

— Não — respondi. — Não como você pensa, em todo caso. Parece um peixe.

Mattias torceu o nariz.

— Um *peixe*?

— Podemos parar de discutir agora. E decidir o que fazer. Ela precisa de ajuda.

— Vamos pra casa — disse Wille. — E ligamos para a guarda costeira. Ou a ambulância marítima, ou qualquer diabos! Eu sei lá... Alguém que... — sua voz perdeu a força quando terminou — ...possa cuidar de algo assim.

— Wille, não existe ninguém que pode *cuidar de algo assim.*

— Não, mas você sabe. *Adultos.*

— Veja o *E.T.* Quem diz que os adultos podem fazer alguma coisa boa nesse caso?

— Ok, Hannes — disse Hasse. — Não acho que seu jeito de usar o *E.T.* e os *Caça-fantasmas* como manual de instruções pra resolver as coisas seja tão infalível, mas você tem razão.

Tinha uma vaga esperança de que as coisas melhorariam se discutíssemos juntos. Que a visão coletiva do grupo seria melhor que a das partes. Mas nada indicava isso. Poderíamos ficar parados discutindo sem resolver nada e a sereia morreria se ninguém assumisse o comando. Eu tinha alguma vantagem porque, afinal de contas, a encontrei, então em uma tentativa de assumir a liderança eu disse:

— Levaremos ela.

— O quê?

— Pra onde?

— Pra casa.

— Como?

— Com o barco.

Desde que havia perguntado sobre a aparência da sereia, Mattias estava parado com as mãos nos bolsos da calça olhando para a sereia. Acordou com a menção do barco, tirou as mãos dos bolsos, abriu os dedos e fez um gesto de afundamento.

— Uou, pera aí. Como sabemos se não é perigoso?

— Não sabemos. E por que você diz *isso* assim repentinamente?

— Para... olha — Mattias apontou para a praia lá embaixo. — Parece mais um peixe do que uma pessoa, você mesmo disse isso. E quem pode confiar em um *peixe*?

— O que sabemos? — perguntou Hasse. — Talvez morda as pessoas.

Acho que grande parte da discussão poderia ser evitada se a sereia tivesse cabelos louros ondulados vistos de cima do penhasco. Então corresponderia às representações românticas em lugar de uma entidade estranha com sua cabeça calva e brilhante.

— Tão esquecendo de uma coisa.

— O quê? — questionou Mattias desconfiado.

Não podia mais me conter. Abri os braços e minha voz quase falhou quando gritei:

— Que essa coisa dos diabos é *enorme*! Que diabos tão pensando? Uma maldita *sereia!* As pessoas comentam sobre homens de neve e OVNIs e tudo o mais com fotos borradas e merda, mas olhem!

Apontei com as duas mãos na direção da praia.

— Ela é de verdade! Tá *deitada* lá!

— Continuo achando difícil de acreditar — disse Wille.

Segurei a cabeça com as duas mãos e disse:

— Eu cago no que você acredita, Wille. Agora vou buscar o barco e...

— Ei, ei — Mattias me interrompeu. — O que você disse?

— Eu *sei* que é *seu* barco, Mattias, mas tudo bem se eu for buscar o barco?

Gostaria de acrescentar algo que de outra forma nada aconteceria já que Mattias – o machão que propôs a expedição – tinha medo de subir e medo da sereia, mas percebi que não seria boa ideia nesse caso. Vi Mattias cerrando os dentes antes de concordar com um aceno breve.

7

Houve mais alguns protestos e questionamentos do Wille e Hasse, mas nada que valha a pena mencionar. Corri para o lado sul tão rápido quanto o terreno irregular permitia com uma mão gelada apertando meu coração. A discussão com os outros demorou vários minutos e talvez já fosse tarde demais.

Em muitas ocasiões ajudei meu pai a puxar redes. Assumia a tarefa de soltar os peixes imprestáveis como pigo e bagre já no barco para jogar de volta na água o mais rápido possível. Às vezes não conseguia e somente quando a rede estava pendurada em terra eu conseguia realizar minha tarefa autoimposta. Os linguados muito pequenos não costumavam ser um problema, saiam nadando logo que caiam na água, mas o pigo e o dourado ainda tentavam aspirar o oxigênio e depois flutuavam para a superfície sem salvação.

Não tinha como saber qual seria a resistência de uma sereia, mas esperava que sua semelhança com os humanos a tornasse mais tolerante ao ar do que um peixe. Por outro lado, ela tinha guelras e não era um anfíbio, mas... estava quase chegando à borda do penhasco no lado sul quando parei subitamente.

Mas?

Aqui havia um "mas" mais profundo que a Andorinha do Mar: *Mas o que podemos fazer?* O que eu sabia, ou qualquer um de nós, sobre como cuidar de uma sereia? Por outro lado, provavelmente não existia *ninguém* que soubesse, exceto se meu pensamento sobre as "autoridades" estivesse correto e esses seres fossem um segredo bem mantido sobre o qual haveria pesquisas.

Era uma objeção significativa, mas no final não fazia diferença. O que significava alguma coisa era meu impulso original quando a encontrei: era um humanoide e eu faria o possível para ajudá-lo. Além disso, tinha algumas ideias românticas que não tinham nada a ver com *Splash*.

Fui até a borda e olhei para baixo. Dez metros abaixo, o mar brilhava azul-cinzento contra o paredão rochoso. Levaria pelo menos cinco minutos para descer até o barco, provavelmente mais.

Cerrei os punhos e respirei fundo algumas vezes. Cinco metros era o mais alto que já havia pulado de um trampolim, mas havia visto pessoas pulando do décimo de modo que teoricamente não deveria ser perigoso, mas dizer isso para seu corpo quando cada nervo e músculo está gritando *não, não, não era diferente.*

Vi a imagem de um peixe flutuando na superfície, os olhos globulares vermelhos cegos contra o sol. Depois afastei o peixe e substituí a imagem pela sereia, flutuando de costas com as guelras imóveis, um personagem de conto de fadas obliterado devido a minha covardia. Dei alguns passos para trás e comecei a correr.

Mesmo o penhasco sendo muito íngreme, sua inclinação ficava longe dos noventa graus, então pulei o mais longe que consegui.

Somente quando já estava no ar percebi que não estava totalmente certo de que não haveria uma região mais rasa perto do paredão de rocha, como havia na praia. Fiquei com um nó na garganta quando entendi que poderia estar a apenas um ou dois segundos de ser amassado. Alguns centímetros de águas tranquilas e depois a rocha. Teria sorte se apenas quebrasse as pernas.

É incrível o que os instintos primários como o medo podem provocar. Não era religioso, não rezei, não pretendia fazer a primeira comunhão. O que passou por minha mente durante a queda contra a superfície que se aproximava rapidamente não foi uma oração e nem mesmo a palavra *Deus,* mas apenas um tio simpático com uma longa barba branca. Não tenho certeza, mas *poderia* ser o Papai Noel.

Para onde quer que fosse, minha prece visual, foi ouvida. Depois de considerar, por um segundo, tentar frear se a água fosse rasa, decidi arriscar e apontei as pontas dos pés para baixo, estiquei os braços acima da cabeça e cortei a água como uma faca. O ar escapou dos meus pulmões e a cabeça foi para trás quando mergulhei na profundeza. A água gelada rasgou meu rosto e entrou no nariz como um caldo frio. O movimento para baixo cessou. Solucei e consegui evitar aspirar água do mar enquanto nadava para cima.

Cheguei à superfície bem ao lado do barco, tossi algumas vezes, nadei algumas braçadas e me joguei sobre a borda do barco. Vestia apenas calções curtos e camiseta, então não tinha muitas roupas molhadas para atrapalhar. Sentei no banco e respirei um pouco antes de mudar para o posto do condutor.

A chave estava na ignição. Mattias já havia deixado que eu dirigisse o barco algumas vezes no verão passado, mas nunca havia dado a partida. A única coisa que sabia é que o câmbio deveria ficar livre, ou no neutro. Talvez fosse a mesma coisa. A alavanca do câmbio estava reta para cima e isso deveria estar correto? Mattias não ficaria satisfeito se eu danificasse seu barco. Agachei-me como se estivesse esperando um golpe e virei a chave na ignição.

Nenhum problema. O motor partiu. Fui até a proa e soltei as cunhas com o martelo e abaixei o pino de amarração antes de voltar para o posto do condutor e engrenar a marcha a ré. Depois de me afastar alguns metros do paredão de rocha, empurrei a alavanca para frente, virei o volante e pressionei o acelerador.

Sim, hoje falaremos sobre profissionais, e não de qualquer profissional, mas do profissional do barco.

Não fui muito longe na autopromoção antes do barco parar. Fui lançado para frente e pela segunda vez fiquei sem ar quando meu peito bateu no volante. Tossi, quase vomitei e bati na minha testa.

A âncora.

Esqueci de recolher a âncora. Nada de elogiar os profissionais. Olhei para o alto do penhasco para assegurar que os outros não estavam olhando e coletando material para gozação. Felizmente, não. Dei ré e tomei cuidado ao recolher o cabo da âncora para que não ficasse enrolado na hélice. Depois de torcer e puxar, consegui soltar a âncora que havia sido enterrada profundamente com o meu puxão. Coloquei no barco e apertei o acelerador com cuidado para frente.

8

Em baixa velocidade, dei a volta na ilha até chegar perto da praia de cascalho. A sereia continuava onde eu a havia deixado e Wille estava do seu lado mexendo na sua cauda de peixe. Hasse estava descendo no meio do rochedo e Mattias continuava lá no alto. O maior problema parecia ser fazer *ele* descer.

Coloquei o motor no ponto morto e deixei deslizar lentamente para a praia enquanto fui até a proa e peguei o cabo de amarração. Levantei sobre a cabeça e gritei para Wille:

— Pega!

Wille balançou a cabeça e se levantou. Primeiro achei que ele se negava a fazer o que pedi, mas deveria ser algum pensamento próprio de que ele negava porque levantou as mãos para pegar o cabo.

— Tá viva? — gritei.

— Acho que sim. Ela moveu um pouco... a nadadeira.

Como a palavra não significava a mesma coisa para ela como para uma pessoa, Wille apontou para a nadadeira da sereia para esclarecer. Senti um pouco de alívio e joguei o cabo. Quando Wille pegou a corda, exclamei:

— Cuidado pro barco não encostar nela!

— Tô vendo — murmurou Wille e puxou o barco de modo que a proa encostou na rocha com um metro de distância até a figura deitada.

Desliguei o motor, inclinei-me sobre a borda e estudei suas guelras. Sim. Abriam e fechavam. Por que ela não se movia? Os braços ainda estavam moles e caídos ao lado do corpo.

Saí do barco com o martelo e a cunha nas mãos, encontrei uma boa fenda e prendi. Depois de tudo resolvido, até Hasse havia descido. Ajoelhou-se ao lado da sereia e passou a mão nas suas costas.

— Merda, parece um monte de nós — comentou. — Puxa, é frio...

— Os peixes têm sangue frio — explicou Wille. — As cobras também.

Hasse passou o dedo indicador ao longo da linha onde a pele da sereia se transformava em escamas como se procurasse uma emenda. Wille sorriu e disse:

— Fiz isso também. Verifiquei se não seria uma fantasia.

Hasse olhou ao redor e seu olhar passou na corda pendurada no penhasco, continuou até o pedaço maior que estava na praia. Apontou e perguntou:

— O que é aquilo?

Pensei em não contar, mas decidi que seria melhor que todos soubessem dos fatos se deveríamos fazer isto juntos, então disse:

— Ela estava amarrada. Por isso não conseguia ir para a água. Eu cortei a corda e soltei.

— Ela tava presa? Com a corda?

— Sim.

— Por quê?

— Como diabos eu vou saber?

Hasse passou as unhas sobre a parte da cauda onde a corda estivera presa fazendo um som de arranhado quando uma escama soltou. O pedaço cinza brilhante era quadrado e diferente de qualquer escama que eu já havia visto. Cheguei para a frente e afastei a mão de Hasse.

— Para, diabo. Faria isso se ela fosse uma pessoa?

— Mas não é uma pessoa. E acho um pouco estranho quando você diz *ela*.

Eu até entendo o Hasse. A sereia deitada com a cabeça na água realmente parecia mais um peixe. Mas vi seu rosto e era mais humano do que um anfíbio ou um peixe.

— Bem... Você já pensou em tudo então?

— Não tenho um plano definido. Mas de alguma forma precisamos...

— Vamos rebocar — disse Wille.

— *Rebocar*?

— Sim. Tipo prender o cabo da âncora na nadadeira e...

— De jeito nenhum. Não vê que ela tá machucada ali?

— Mas então, se dirigimos devagar...

— Esquece.

Wille fez uma careta ofendido e disse:

— O quê? Você tá tipo *apaixonado* por essa coisa ou o quê?

Balancei a cabeça duvidosamente.

— Então, Wille, o que você não percebe é que encontramos uma *sereia* e isto é tipo um milagre e devemos ter muito, mas muito medo dela?

Hasse coçou o queixo e disse:

— Talvez seja valiosa.

— Como assim?

— Bem, você sabe. As pessoas podem estar dispostas a pagar bastante por isso, ou talvez apenas para *ver* isso. Talvez estivesse aí porque foi capturada.

— Quem poderia ser essa pessoa?

— Eu sei lá. Americanos, talvez.

Antes que eu pudesse dizer algo inapropriado sobre a inteligência ou moral do Hasse, Mattias gritou no alto do penhasco.

— Olá! O que tão fazendo?

— Carpintaria! — gritou Wille. Mais uma das piadas próprias do grupo. Cada vez que alguém perguntava o que estávamos fazendo, fizemos ou iríamos fazer, "carpintaria" era sempre uma resposta apropriada. — Vai descer, ou não?

Mattias andou para cá e para lá, deu um passo cauteloso mais perto da borda e fez uma tentativa de começar a descer, mas voltou e gritou:

— É muito perigoso! Posso até morrer!

— Pode ficar aí! — gritou Hasse. — Comendo gaivotas e bebendo água da chuva!

— Foda-se!

— Foda-se você também! — exclamou Hasse antes de baixar a voz e dizer: — O que vamos fazer com esse idiota? *Eu* não pretendo descer carregando ele nas costas.

Wille reiterou sua solução padrão e disse:

— Quando chegarmos em terra vamos telefonar para a Guarda Costeira...

Eu o interrompi e gritei para cima:

— Você pode pular!

— Ficou maluco ou o quê? — gritou Mattias e segurou a própria cabeça. — Vou virar uma merda de uma *paçoca* se pular daqui!

— No mar! Pular no mar! Eu fiz isso do outro lado e era ainda mais alto!

— Foda-se, seu diabo!

Não se pode negar que a situação me dava um certo prazer. Gostava do Mattias, mas ele podia ser bem rude. Ele podia e sabia mais porque era o Rei de Särsö, pelo menos entre os da nossa idade. Era totalmente inesperado que poderia hesitar como fazia agora e eu pensava como isso afetaria sua posição no longo prazo.

Hasse sorria maliciosamente olhando para cima. Helena provavelmente receberia um relato detalhado do que aconteceu durante o dia e assim Hasse teria uma chance de enfiar a mão naquela blusa decotada. Hasse tinha um olhar suspeito, de modo que talvez fosse *exatamente* nisso que estava pensando.

— Ok — disse eu. — Se ele não descer ou pular vamos ligar para a Guarda Costeira, mas agora...

— Peguem! — gritou Mattias lá do alto. Tirou toda a roupa menos a cueca e juntou as roupas em uma trouxa que jogou para baixo. Ninguém fez nenhuma tentativa para pegar o bolo que caiu sobre algumas pedras. Lá no alto, Mattias avançou, hesitou, avançou novamente, olhou sobre a borda, hesitou. Estava realmente petrificado.

— Tem uma lona no barco — continuei. — Enrolamos ela e depois... tava totalmente seca quando a encontrei então deve ter ficado em terra um bom tempo. Dirigimos rápido e eu vou jogando água nas guelras o tempo todo. Acho que vai funcionar.

— Sim, sim — disse Hasse. — E depois?

— Depois... precisamos colocar ela na baía da casa dos barcos ou algum outro lugar. Ver se ela melhora, se podemos fazer alguma coisa ou... precisamos telefonar para alguém.

— Pra polícia? — perguntou Wille.

— Em todo caso, o telefone de emergência e depois...

Não tinha mais nada a dizer, de modo que não houve nenhuma perda quando minha resposta foi interrompida por um barulho de queda na água. Mattias finalmente se atreveu a pular. Sua cabeça apareceu na superfície e ele gritou:

— Uau! Que *explosão dos diabos*!

A liga Jönsson.

9

Depois que Mattias conseguiu se arrastar para terra, levantou-se e olhou para a sereia com os braços cruzados sobre o peito. Olhou para seu corpo e disse:

— Não tem uma... vocês sabem... bunda?

Podia ver o contorno do pênis de Mattias na cueca molhada e fiquei ofendido com ele olhando para a sereia tão perto e dizendo essas coisas. Peguei a trouxa de roupas do Mattias, joguei para ele e disse:

— Vista-se. Vamos embora.

— Oi? — começou Mattias. — É você quem dá as ordens agora?

— Sim, *você* não estava aqui.

A referência à covardia do Mattias fez com que ele se afastasse sem mais objeções. Talvez como uma forma de compensação, tirou a cueca molhada sem tentar se esconder para demonstrar que os pelos e o tamanho haviam aumentado desde o verão passado. Como de costume, olhei para o outro lado.

— Sobre a bunda... — começou Wille e certamente tinha a intenção de demostrar algum conhecimento léxico, mas eu o interrompi dizendo:

— Vamos fazer isso logo. Hasse, pega a lona no barco.

Não sei como aconteceu, mas, pelo menos naquela situação, eu realmente me tornei o líder porque Hasse fez o que pedi sem discutir. Ajoelhei-me ao lado da sereia e disse:

— Vamos virar você, ok? Depois vamos levar você para um lugar onde... onde vai ficar bem.

— Ela entende o que você diz? — perguntou Wille.

— Não faço ideia, mas acho que preciso...

— Precisa o quê?

— Não sei. É simples assim.

Atualmente acho que teria dito alguma coisa sobre *dignidade*, mas não era um termo usado naquela época. Por exemplo, eu percebia que a sugestão de Wille de rebocar a sereia possivelmente era melhor, mas a questão da dignidade estava no caminho. Não podíamos rebocar essa criatura de conto de fadas com um cabo como se fosse um peixe morto. Seria equivalente a outra palavra que não costumava usar: *blasfêmia*.

Peguei a sereia cuidadosamente pelas axilas. Através da pele nodosa podia sentir que era pequena, mas musculosa. Um pouco de cada vez fui virando até todo o rosto aparecer sob a água.

Como disse, ela ficava muito mais humana quando se via suas características faciais. A boca parecia exatamente como a de uma pessoa e também o formato do rosto. Não tinha nariz nem narinas, mas uma protuberância sugestiva. Os olhos eram redondos e estavam fechados.

Wille se inclinou para frente para ver seu rosto e disse:

— Que merda! Ela tem pálpebras.

Fiquei satisfeito porque até Wille começava a reconhecê-la em termos humanos e perguntei:

— Isso é estranho?

— Bem... sim. Servem para umedecer os olhos e os peixes não precisam disso, então não têm pálpebras. Bom, os tubarões têm, acho eu. Não sei porquê.

Hasse colocou a lona na praia e perguntou:

— Por que tão falando de tubarões?

— Olha. Pálpebras. Só os tubarões têm isso entre os peixes.

— Ela não é um peixe — disse eu.

— Não, então é o quê? — perguntou Mattias que havia vestido seus jeans e camiseta e chegado para frente.

— Não é um peixe em todo caso.

— Tava presa — disse Hasse e apontou. — Com aquela corda lá. Então é alguma coisa.

Mattias colocou as mãos nos bolsos da calça e olhou para a sereia com olhos apertados. Acenou para ela e disse:

— Mesmo se de repente você virou o chefe aqui, Hannes, ainda é meu barco e agora você precisa fazer uma coisa.

— O quê?

— Abrir a boca.

— De... dela?

— Dessa coisa, sim.

— Por quê?

— Vocês tão falando de tubarões e outras merdas. Que tava amarrada. Antes de levar isso para o barco, quero ver os dentes.

Percebi que seria inútil argumentar, até porque ouvi os murmúrios de Hasse e Wille concordando. Entrei na água até ficar ao lado da cabeça da sereia. Desde que a encontrei pela primeira vez, fiquei profundamente fascinado para não dizer enfeitiçado e não podia entender as objeções sarcásticas dos outros.

Quando aproximei minha mão do seu rosto, a coisa ficou diferente. Tinha visto suas garras afiadas e sentido a dureza dos seus músculos sob sua pele. Pensei pela primeira vez que eventualmente estava ao lado de um *predador* bastante grande, embora tivesse uma fisionomia parcialmente humana. Será que teria enfiado a mão no focinho de um tubarão? Dificilmente.

Não era hora de recuar. Minha recém conquistada autoridade podia aumentar ou cair com minha relação destemida com a sereia. Engoli e coloquei a mão na água e encostei o polegar no seu lábio superior. Os lábios eram a parte mais humana de seu rosto e, quando a pele do meu dedo entrou em contato com a carne macia, vi duas imagens simultâneas. Como eu encostaria meus lábios nos seus e como meus dedos seriam cortados e transformados em cotocos sangrentos.

Engoli seco e puxei o lábio superior para cima. Os outros se inclinaram para frente para ver melhor. Dentro dos lábios da sereia havia duas fileiras de dentes pequenos e afiados, não muito diferentes de uma perca. Ou de um tubarão. A esperança de que ela se alimentasse de vegetação marinha se desfez. Ela *era* um animal predador no topo da cadeia alimentar. Soltei seu lábio, tirei a mão e recuei.

— Ok — disse Mattias. — Isso resolve o assunto. Eu *não* vou levar isso no meu barco. Pode muito bem nos matar.

— Quer dizer que simplesmente vamos deixar ela aqui? — perguntei.

Mattias apertou a cauda de peixe da sereia como se testasse um abacate.

— Senta aqui! — exclamou, tirando a mão rapidamente. — Parece um único grande *músculo* dos diabos, pensa como deve ser forte!

Até mesmo Wille e Hasse começaram a pegar e beliscar de uma forma diferente que me ofendia. Como se uma barreira de humilhação fosse liberada, Mattias apontou para o peito da sereia e disse:

— E que teta dos diabos é essa, não é uma teta, parece mais algum tipo de... mamilo.

Então vamos deixar ela aqui para morrer porque não tem um peitão?, pensei.

Então, lembrando de um de um poster que Mattias tinha no seu quarto, acrescentei:

— Se ela fosse tipo a Samantha Fox, você pensaria diferente, não?

— Talvez — respondeu Mattias e sorriu antes de ficar sério novamente e disse: — Sério, Hannes. Eu vi uma vez quando o vovô veio com algumas enguias que ele pescou.

— Uma se soltou e ficou boiando na rede. Então o vovô colocou em um saco plástico, uma sacola de compras. Segurou a abertura. Sabe o que a enguia fez? Você sabe, as mãos do vovô, são como um grampo. Mas o diabo da enguia esticou como uma lança para o fundo e conseguiu *pressionar* através do seu punho, mesmo com o vovô segurando com toda força. São muito fortes, e isso aí... — Mattias apontou para a sereia. — É tipo umas *cinquenta* enguias. Não teríamos nenhuma chance se tentasse alguma coisa.

— Tudo bem. Tudo bem. Ouvi o que você tem a dizer e existe um risco. Mas eu não posso deixar ela aqui.

— Você pode ficar aqui e... o que você disse, Hasse? Comer gaivotas e beber água da chuva.

Wille virou para Mattias e perguntou:

— O que aconteceu depois?

— Como assim?

— Com a enguia.

— Oh, o vovô atravessou a cabeça dela com um prego. Continuou brigando, mas com menos força.

Percebi que estava a ponto de ser voto vencido e sugeri algo que não teria feito de outra forma:

— E se a amarrarmos? Com o cabo da âncora? As mãos atrás das costas. Então ela não vai poder fazer nada.

— Ouviu o que eu contei sobre a enguia? Ela não precisou do diabo das mãos.

— Mas não atacou, apenas se libertou.

— O que nos diz que isso aí fará a mesma coisa?

É impossível argumentar contra sentimentos. Uma hora Mattias usava a enguia para mostrar quão perigosa a sereia poderia ser, outra hora o risco era que ela *não* se comportaria como a enguia.

— Ok. Fazemos assim. *Eu* levo ela para casa. Sozinho. Vocês esperam aqui. Eu deixo ela em casa e volto pra buscar vocês.

— Ah sim — disse Hasse. — E quem vem nos buscar depois que isso aí comer sua cabeça?

— Vocês realmente acham que devemos entrar no barco e ir embora e depois agir como se nada tivesse acontecido? Não acha que isso pareceria um pouco como... um assassinato?

Não sei exatamente o que provocou a mudança. Talvez fosse algo heroico na minha oferta de levar a sereia sozinho para casa. Dada sua covardia anterior, talvez Mattias se sentisse obrigado a reagir. Levantou as mãos como se rendendo e disse:

— Ok. Vamos levar isto. Mas *você* precisa amarrar, Hannes. De qualquer forma, você é melhor nisso. E *você* pode dirigir o barco com isto na sua frente. *Eu* ficarei sentado pronto com um remo e se ela abrir a boca eu bato na cabeça dela. Combinado?

— Combinado.

10

A sereia não pesava mais do que uns quarenta quilos de modo que não foi nenhum problema rolá-la para a lona e colocá-la no barco. Porém tudo foi complicado porque os outros estavam com muito medo de ficar perto de sua cabeça ou de suas mãos. Não teríamos conseguido se o Wille não tivesse sido um pouco mais corajoso e se arriscasse pelo menos a ser arranhado. Finalmente a colocamos a bordo.

Os outros ficaram olhando da praia enquanto eu a amarrava com o cabo da âncora. Parecia errado, mas não tinha outro jeito se queria tentar salvá-la.

Se pudesse ser salva.

As minhas ações eram motivadas por vontades e impulsos sobre os quais não tinha controle. Talvez a esperança de um milagre, que o mundo se mostrasse maior e mais mágico do que acreditávamos. Que muitos dos nossos sonhos impossíveis pudessem se tornar realidade. Algo assim.

Ao amarrar os pulsos da sereia com um par de nós firmes, percebi que tudo isso em certo nível era incompreensível.

Ali estava uma criatura marinha ferida ou doente sobre a qual eu não sabia *nada*. Talvez fosse muito perigosa, talvez estivesse morrendo, em coma e nada mais pudesse ser feito por ela. Mas não fazia diferença. Afinal, tudo se resumia na certeza que senti logo que a encontrei: *não posso abandoná-la*. Isto era tudo.

Não podia nem adivinhar sua idade. Como os peixes envelheciam? O "velho lúcio" era conhecido, e sua característica especial era ser *grande*. Mas o que eu sabia? As crianças e os jovens de sua espécie poderiam ser minúsculos e ela um ser feminino com centenas de anos.

No entanto, havia algo em seu corpo esguio e magro que me fazia pensar que seria jovem, talvez da minha idade. Provavelmente apenas um desejo. Mas o que eu realmente desejava? Que de alguma forma fôssemos *iguais*?

Como estava deitada abaixo da borda do barco e não era visível da praia, me atrevi a tocar seu ombro com o dedo indicador e sussurrar:

— Farei tudo o que puder. Eu prometo.

Depois peguei o balde de plástico, enchi de água do mar e deixei cair sobre suas guelras, que abriram e fecharam.

— Subam! — gritei para os outros. — Vamos logo para que ela não fique muito tempo fora da água!

— Deveríamos rebocar ela — murmurou Wille enquanto soltava as cunhas.

— Sim — disse Hasse. — Por que não fazemos isto?

— Mas que merda! — exclamei. — Subam logo a bordo!

Para reforçar que estava falando sério, liguei o motor, o que fez os outros subirem a bordo apressados. Matte e Hatte se sentaram um ao lado do outro no banco dianteiro enquanto Wille se arrastou para a proa. Mattias realmente pegou um remo e ficou segurando na sua frente como uma lança, pronto para lançar ou bater.

Fiz o possível para parecer heroico, mas coloquei a sereia de modo que sua cabeça ficasse o mais longe possível dos meus pés. Embora parecesse errado, era um alívio saber que suas mãos estavam amarradas. Aquelas unhas pareciam bem *afiadas*.

Derramei mais um par de litros de água sobre as guelras, enchi o balde e nos afastamos de Svärtan. Depois virei o barco e apertei o acelerador até o fundo. O casco saltava e batia nas ondas sacudindo o corpo da sereia, mas a prioridade era colocá-la na água o mais rápido possível.

Estávamos no meio do caminho para casa quando Matte e Hatte juntaram as cabeças e começaram a discutir alguma coisa que não conseguia ouvir por causa do barulho do motor. Além disso, estava ocupado dirigindo e jogando água nas guelras. Quando o balde ficou vazio, levantei-me sobre a borda e levei um pequeno susto quando quase caiu da minha mão com a força da água.

Idiota.

Os outros olharam espantados quando reduzi a velocidade e Hasse questionou:

— Pensei que havia pressa?

— Preciso encher o balde. E não tenho ninguém para ajudar.

— Eu posso fazer isso — disse Wille.

— Molhar as guelras?

— Não, quero dizer, encher o balde.

— Já tá feito.

Levantei o balde cheio de água do mar, derramei um pouco no pescoço da sereia e apertei o acelerador novamente. Para minha satisfação, os outros pareciam um pouco envergonhados. Mas continuaram sentados nos mesmos lugares.

11

Eu não tinha um plano sobre o que fazer se houvesse gente no cais em Bodviken, mas felizmente não havia ninguém lá. As antigas casas de barco eram usadas para guardar todo tipo de sucata, há muitos anos foram usadas pelos pescadores, mas agora raramente havia alguma atividade na baía.

Dirigi para o cais que pertencia ao avô de Mattias, reduzi a velocidade e deixei o motor no neutro.

O barco deslizou perfeitamente. Estava ficando bom nisso. Quando Wille pulou fora e atracou, eu disse:

— Vocês acham que seria melhor colocar ela sob algum cais para não ficar visível, talvez no...

— Espera — disse Mattias. — Hasse e eu conversamos um pouco.

Agora seria revelado o que tinham conversado durante a viagem. Mattias apontou para a casa de barcos que ficava na ponta do cais e disse:

— A casa do vovô. Lá tem uma jacuzzi velha que ele usava como um tanque...

— Funciona? — perguntou Wille. — A jacuzzi?

— Não, tava com defeito e por isso ele trocou por outra merda qualquer. Uma furadeira, acho eu.

— Mas tem tanque? — questionou Wille. — Um tanque é...

— Pode calar a *boca?* — pediu Mattias e mostrou o punho para Wille. — Ele tinha peixes que queria manter vivos e lá, sim, vocês entendem. É tipo uma banheira grande, então é um bom lugar. Ele não usa mais.

— E tem água nela? — perguntei.

— Não. Precisamos encher.

Eu sentia que havia algo vagamente errado com o plano, mas não consegui formular nenhuma objeção. Seria excelente se a sereia pudesse ser protegida e não corresse o risco de ser encontrada por qualquer um. Talvez fosse o elemento de *cativeiro* que não me deixava confortável, mas a verdade é que também não queria que ela nadasse para longe antes de ter a oportunidade de entendê-la melhor. Ficar perto dela.

— Ok — disse eu. — Isso é um plano.

Hasse riu e disse:

— Não tem uma história dessas em Saltkråkan? A Tjorven encontra uma foca que ela e alguns outros escondem na casa de barcos e depois... como termina?

— A foca come o barqueiro — disse Wille.

III
A CASA DE BARCOS

1

Acho que está na hora de contar um fato que provavelmente influenciou minhas ações naquele verão. Não sei exatamente *como* e por isso também me contento com *provavelmente*.

Eu tinha uma irmã três anos mais jovem do que eu, a Olivia, que morreu com ALX (doença de Alexander) quando eu tinha sete anos. Febre e convulsões aumentando gradualmente. Foi horrível ver aquele pequeno corpo... não, eu não suporto escrever sobre isso. Talvez, eu fosse mais apegado a ela do que o normal entre o irmão mais velho e a irmã mais nova e sua morte realmente me deixou sem palavras durante alguns meses. Eu não conseguia falar.

Nossos pais foram muito afetados e ficaram imersos em sua própria dor. No outono, quando Olivia morreu, houve um profundo pesar em nossa família. Refeições silenciosas, caminhadas silenciosas, noites silenciosas em frente a TV. Meus pais podiam falar, mas conversavam muito pouco, era como se tivessem medo do que poderiam dizer.

De minha parte, as palavras desapareceram. Não sei se foi porque Olivia e eu costumávamos falar tanto e, quando ela se foi, levou consigo o significado das palavras. Eu não conseguia dizer as palavras, não conseguia pensar nelas, não conseguia lê-las. Estranhamente, entendia o que as pessoas diziam, mas não conseguia responder.

Tive um pedagogo especial na escola e durante o inverno a fala retornou gradualmente. Quando chegou a primavera estava restaurado verbalmente, mas tinha um vazio do tamanho do corpo de um bebê. Este, foi se enchendo lentamente, mas nunca completamente. Olivia sempre faria falta.

Acho que ninguém – e muito menos uma criança – pode testemunhar a morte de um ser querido sem se culpar. Eu sabia, e sei, que não fui culpado pela doença de Olivia, mas mesmo assim, eu *sentia* como se fosse. Quando ficava sentado na sua cama e via seu corpinho em convulsões, era como se eu *devesse fazer alguma coisa*. Uma mágica, um toque curativo, descobrir um remédio que ninguém havia descoberto ainda, qualquer coisa menos ser tão inútil.

Já disse que não acredito em nenhum Deus, e acho que isso está relacionado à morte de Olivia. Claro que tentei o truque mágico e pedi a Deus, mas foi tão inútil quanto eu poderia ser.

É difícil escrever sobre isso, então pararei agora, mas acho que o que aconteceu com minha irmãzinha influenciou meu relacionamento com a sereia. Também havia considerado minha irmã como uma coisa mágica quando ela nasceu, e o que não teria feito para ajudá-la? Acrescente minha interpretação de personagens e leitura de romances de fantasia e terão um candidato para a salvação de seres fantásticos em perigo.

Nunca disse isto a ninguém, mas desde que encontrei a sereia, pensava nela como sendo Olivia. Claro que sabia que não *era* ela, mas... bem, talvez isso torne minhas ações em Svärtan e depois um pouco mais compreensíveis.

2

Depois de desamarrar suas mãos, soltamos a sereia perto da borda do cais, escondida atrás de um barco. Ainda não havia se movido nem aberto os olhos e temi que seu estado fosse igual ao dos peixes que passaram tempo demais em terra e não conseguiam mais assimilar o oxigênio da água. Pelo menos não ficou boiando na superfície.

Mattias pegou a chave do cadeado da casa de barcos embaixo de uma telha e entramos para inspecionar. A casa tinha talvez quinze metros quadrados e um quarto do espaço era ocupado pela velha jacuzzi.

Uma mesa e três cadeiras, uma cama frágil, algumas redes e peneiras, equipamentos de pesca. Não havia eletricidade e a única luz vinha da porta aberta e de uma pequena janela onde batia o sol.

O plástico da jacuzzi estava arranhado e desbotado, coberto com um filme verde que cheirava a mofo e peixe podre. Passei o dedo e um pó cobriu a ponta dos meus dedos. Cheirei o pó e fiz uma careta.

— Isso é nojento. Não podemos colocá-la aqui.

— Não? — indagou Mattias. — Você tem uma sugestão melhor?

Eu não tinha, e enquanto os outros foram buscar mais baldes, peguei o que já tinha e fui até orla da água e enchi. Antes de subir para a casa de barcos, verifiquei a sereia. Deitada alguns centímetros abaixo da superfície da água parecia apenas um peixe grande, mas um anjo também poderia ser confundido com um pássaro. Voltei para a casa de barcos, encontrei uma escova e comecei a esfregar a parte mais descolorida, enxaguei com a água do balde, tirei a água suja, trouxe mais água. No meio do processo, os outros chegaram com mais baldes. Sentaram-se na borda e ficaram me olhando enquanto eu ficava de joelhos na jacuzzi e esfregava.

— *Oh, oh, oh, como uma velhinha pode trabalhar, trabalhar, trabalhar...* — cantava Hasse.

— *Limpar, limpar, toda sexta...* — começou Wille, mas joguei água nele, reclamando: — Vê se me ajuda, então resolvemos mais depressa.

— Só tem uma escova — respondeu.

— Traz mais água então.

Wille fez o que pedi e levou o balde com água suja e trouxe cheio de água limpa. Na mesa, Matte e Hatte começaram a jogar cartas.

— Vocês tão mal da cabeça, ou o quê? Vão *jogar cartas* agora?

— O quê? — questionou Hasse. — O que devemos fazer então? Aplaudir?

Balancei a cabeça e continuei escovando. Admirava a atitude despreocupada dos outros com o milagre que era a sereia. O que fariam se Jesus voltasse? Pediriam para esperar até Dallas terminar? Simplesmente não ansiavam por magia e quando apareceu era apenas um problema prático.

Quando Wille voltou com o quarto balde de água, disse:

— Olha, não tenho certeza, mas acho que ela se mexeu.

Agora a jacuzzi já estava limpa, então pulei fora e corri para a praia. *Poderiam* ser as correntes na água e o reflexo do sol, mas até eu achei que nadadeira da cauda se movia ondulando.

— Vamos encher.

Matte e Hatte abandonaram seu jogo de Skitgubbe e formamos uma corrente passando os baldes cheios para cima e os vazios para baixo. Levamos um quarto de hora e talvez uma centena de baldes antes de encher a jacuzzi o suficiente.

Wille correu até a estrada e ficou vigiando para ver se não vinha ninguém, então Matte e Hatte e eu entramos na água. Sem dizer nada, peguei as duas pontas da lona que estavam mais perto da cabeça da sereia enquanto os outros pegaram os cantos da cauda. Depois levamos para a casa de barcos e deixamos escorregar para a jacuzzi.

— Ótimo! — exclamou Mattias. — Resolvido. E agora?

Sentei na borda da jacuzzi e olhei para a figura sob a superfície. Agora não havia mais dúvidas. A nadadeira realmente se movia lentamente. Queria tocar a cauda, mas tinha medo.

3

— Pensei em uma coisa — disse Hasse.

— As meninas.

— O que tem elas? — perguntou Mattias.

— Acho que não devemos contar isto pra elas.

— Como assim?

— Elas vão comentar.

Eu concordei. Felicia era muito próxima dos seus pais e contava tudo para eles. Por exemplo, havia contado sobre nossa descoberta das latas de cerveja no verão passado, o que chegou ao conhecimento de *meus* pais e fiquei de castigo em casa durante duas semanas enquanto Felicia escapou do castigo. Helena parecia instável com sua bebida e seus pais separados, não sabia exatamente sua posição. Maria talvez fosse a mais certa no grupo, mas não seria mais correto contar só para ela do que não contar para nenhuma das meninas.

— Concordo — disse. — Talvez mais tarde quando... sim, quando soubermos um pouco mais. Mas não agora.

Wille voltou de sua vigilância e perguntou do que estávamos falando. Contamos para ele. Wille fez um sinal de alívio e disse:

— Legal. Segredo. Vamos bater palmas?

Como Wille foi o único que me ajudou a lavar a jacuzzi, fiquei com pena e bati palmas com ele enquanto Matte e Hatte olhavam pela janela. Depois que bati palmas com Wille, Mattias olhou no seu relógio e disse:

— Preciso ir pra casa jantar.

— Eu também — disse Hasse.

— O que vamos fazer? — perguntei. — Com ela?

— Bom, Hannes — começou Mattias e coçou a nuca. — Eu não sei, mas parece que isto se tornou seu projeto.

— Mas tô participando também — disse Wille.

— Sim, sim — disse Mattias. — Estamos todos juntos, mas agora parece que é o Hannes quem manda, então...

Mattias fez um gesto com as mãos de alguma coisa solta no vento. Indicando que ele não se responsabilizava por aquilo.

— Então nos vemos depois de comer? — perguntou Hasse.

— Verificamos a situação?

— O que falamos pras meninas? — perguntou Wille.

— Talvez... que vamos assistir a um filme de terror? — sugeriu Mattias.

— Maria gosta de filmes de terror — disse eu.

— Ok, filme lixo então. Tipo *O massacre da serra elétrica*.

— Maria gosta...

— Então encontra alguma coisa melhor! Filme pornográfico! *Sem calcinha no Tirol*, que diabos! Eu que sei? Preciso ir agora.

Matte e Hatte foram embora sem dar mais atenção para a sereia. Wille foi até a jacuzzi e olhou.

— Será que tem mais? Como ela.

— Talvez tenha.

— Mas por que nunca ouvimos falar disso? Será que é somente uma, tipo o monstro do *Lago Ness*.

Apesar de sua relativa infantilidade, Wille apresentava as ideias mais sensatas. Cheguei para seu lado e olhei para a figura quase imóvel sob a água. Sim. Será que ela era a única de sua espécie, uma mutação estranha que só acontecera *uma* vez. Nesse caso não seria uma sereia e sim uma... aberração. Eu não queria isso.

— Deve haver mais. Ela é muito perfeita pra ser apenas um acaso.

— Você acha que ela é *perfeita*?

— Como uma criatura, quero dizer.

— Hum, hum. Não é que ele sente algo lá embaixo também?

— Não fala assim. Deixa essas coisas pro Matte e Hatte.

— Ok, sorry. Preciso ir também. Nos vemos às oito então.

4

Comíamos mais tarde na minha família do que na dos outros e não tinha importância se eu chegasse tarde para o jantar, apenas pegávamos o que tinha na geladeira. Acho que essa dissolução das regras sociais da família estava relacionada com a doença de Olivia.

Depois que Wille se foi, sentei na borda da jacuzzi e passei os dedos pela água. Tudo estava parado, apenas a cauda da sereia balançava para frente e para trás como movida por uma corrente lenta. Senti uma tristeza.

Será que erramos? Será que a única coisa que eu poderia fazer era ficar ao seu lado e observá-la respirando pela última vez antes de cessar para sempre, como aconteceu com a Olivia? O pensamento era quase insuportável. Coloquei uma mão sobre o coração e corri o olhar lentamente sobre seu corpo híbrido. As escamas cinzentas brilhantes, uma indicação de quadril, a barriga sem umbigo, os peitos pequenos, o queixo pontudo, a saliência similar a um nariz, os olhos...

Levantei tão rápido que quase caí para trás e bati o cotovelo em uma cadeira que caiu enquanto a batida paralisava meu braço. Seus olhos estavam abertos! Afastei-me de costas, para longe da jacuzzi, até encostar as costas na porta que estava trancada pelo lado de dentro.

Não desviei o olhar da jacuzzi enquanto o coração batia forte no peito e minha boca ficava seca. Os olhos redondos da sereia eram pretos, com apenas uma borda fina amarela, não lembrava de forma alguma um olho humano. Um olhar totalmente frio. Fiquei olhando parado arfando. Ouvi um respingar de água. Lenta, muito lentamente, a sereia levantou a cabeça para fora da água e me olhou.

— Oi...? — sussurrei. Nenhuma resposta, apenas o olhar preto, imóvel, fixo em mim. — Eu... me chamo Johannes. Como você se chama?

Suas pálpebras fecharam e abriram novamente. Talvez pudesse ficar fora da água por algum tempo e por isso precisava das pálpebras. Antes eu dissera que ela ficava mais humana quando podia ver seu rosto. Quando abria seus olhos era *menos* humana porque seu olhar era vazio e animalesco.

Apontei para minha boca e questionei:

— Você pode... falar?

A sereia abriu os lábios e soltou alguns sons estalados e raspados, similar aos golfinhos de Kolmård. Na única vez que vi um show de golfinhos, o tratador explicou que tinham uma linguagem avançada, adaptada para se ouvir sob a água. Talvez aquilo fosse algo similar.

— Amigo — apontei para mim. — Não sou perigoso.

Mais alguns estalos e ruídos em tons subindo e descendo. Sim, definitivamente era uma linguagem e isto indica uma inteligência, ou não? Até mesmo as abelhas, por exemplo, tinham uma linguagem manifestada através de movimentos, Wille havia contado algum dia.

Movimentos.

Apontei para minha boca e fiz alguns movimentos como se estivesse comendo e depois apontei para a sereia e perguntei:

— Tá com fome?

A sereia levantou uma mão e fez uma série de movimentos breves com os dedos. Linguagem de sinais para comunicação sob a água? Balancei a cabeça. Nada dizia que ela entendia o movimento de negação, dizendo que eu não entendia. Apontei para minha boca e fiz o movimento de mastigar novamente. Ela apontou para a própria boca e mastigou. Levantei com um pulo.

Conseguimos nos entender! Fiz uma pergunta e ela respondeu! Então podia presumir que tinha uma inteligência similar a minha, um *sapo* nunca entenderia o que eu queria dizer. Cocei a testa. Era fantástico, mas...

Comida?

Afinal de contas, o que ela comia? Provavelmente peixe. Onde poderia encontrar peixes? A sereia emitiu um som que parecia um rangido e mergulhou novamente. Meu coração se acalmou. Ela não fez nenhuma tentativa de sair da jacuzzi, talvez ainda estivesse muito fraca. Ou simplesmente não conseguia se mover em terra.

Peixe, peixe, peixe...

Olhei ao redor na casa de barcos e meu olhar parou em uma velha vara de pesca de bambu. Minhas pernas ainda pareciam uma gelatina, então me arrastei para frente e investiguei. Sim, a vara tinha linha, flutuador, chumbada e anzol.

Minhocas.

Levantei apoiado na parede e dei alguns passos para frente para olhar a jacuzzi. A sereia estava como antes, com os braços ao longo do corpo e os olhos fechados. Sem o olhar preto, ela parecia sossegada.

Sabia que não podia me ouvir ou entender, mas como antes, senti-me obrigado a informar minhas intenções, então disse:

— Tentarei conseguir comida pra você, ok?

Nenhuma reação, então saí da casa de barcos com a vara na mão. Quando fechei a porta, hesitei um pouco, mas tranquei o cadeado e guardei a chave embaixo da telha. *Não para impedir que fugisse, mas para que ninguém pudesse entrar*, disse a mim mesmo.

5

Atrás da casa de barcos havia um lugar com terra preta e solta. Cavei com um pedaço de telha e consegui encontrar duas minhocas razoavelmente gordas. Coloquei-as junto com um pouco de terra em uma lata de verniz vazia. Depois fui para o cais.

Sentei na ponta mais distante do cais e fiz o que me havia feito parar de pescar há muitos anos. Espetei a minhoca no anzol. Era nojento ver a gosma clara que saía quando espetava a minhoca, como ela se movia e contorcia para se soltar. Mas era justamente esse movimento que atraía os peixes. Com um nó na garganta fiz o que era necessário.

Calculei a profundidade ao lado do cais e ajustei a linha abaixo do flutuador e lancei. Depois era só esperar. A paciência não era algo que eu tinha em abundância no momento e sussurrei para os pequenos peixes que nadavam vigilantes ao redor do anzol:

— Vem logo, vem logo.

Pensei que a sereia devia estar acostuma com comida viva, então prendi a vara e busquei um balde que enchi de água e coloquei ao meu lado.

— Vem logo, vem logo...

Um peixe chegou perto da minhoca e a vara tremeu antes de o peixe perder o interesse. A impaciência me fazia suar, eu queria pular na água e lutar selvagemente, *pegar* os peixes e jogar no balde. Ao invés disso, apenas podia esperar, esperar.

— Oi. O que tá fazendo?

Assustei-me quando ouvi a voz de Felicia nas minhas costas. Ela frequentemente andava descalça e não ouvi quando se aproximou do cais. Procurei alguma coisa para dizer, e felizmente havia uma resposta padrão, então disse: "Carpintaria."

— Sempre engraçado. Achei que você não gostasse de pescar.

— Sempre podemos mudar de ideia.

Felicia sentou-se ao meu lado no cais. Olhou para o flutuador que balançava enquanto mais um peixe covardemente tocava o anzol e se retirava.

— Então... Como foi em Svärtan?

— Ainda tá zangada?

— Igual ao diabo. Então conta logo!

Tossi e fiquei com a cabeça vazia quando precisava contar sobre Svärtan sem revelar o mais importante. *Havia* algo que havia pensado, algo a ver com Felicia. Consegui lembrar.

— *Foi* difícil pra cacete subir. Estive muito perto de cair.

Felicia inclinou a cabeça e questionou:

— Por que ficou vermelho?

— Eu não fiquei vermelho — respondi com minhas bochechas esquentando.

— Você ficou vermelho. Igual ao diabo. O que foi?

— Nada, apenas pensei... que eu fosse, tipo morrer.

— E tem vergonha disso?

— Hum.

Aquilo estava ficando perigoso. Não gostava de mentir para Felicia e se ela continuasse me pressionando havia o risco de revelar tudo. Ou sair correndo dali, o que não era uma alternativa. Comida! Eu precisava arranjar comida.

Felizmente a natureza veio me salvar. O flutuador foi puxado para baixo quando um peixe de uns dez centímetros pegou o anzol e começou a se debater para se libertar.

Levantei a vara com cuidado mordendo os dentes, com medo de que o peixe escapasse. O peixe se movia loucamente quando saiu da água e caiu no cais com um movimento pendular.

Agora para o *próximo* momento que eu detestava. Peguei o peixe, prendi o polegar na nadadeira dorsal e comecei a soltar o anzol que estava bem preso. Fiquei com os olhos cheios de água enquanto o peixe abria a boca e se debatia em agonia.

— Quer que eu faça isso? — perguntou Felicia.

Acenei concordando e chupei uma gota de sangue do polegar. Felicia pegou o corpo fino com firmeza e puxou o anzol sem mais cerimônias. Senti um refluxo ácido. Quando Felicia mudou a pegada para quebrar o pescoço do peixe, eu disse:

— Não, só coloca no balde, por favor.

— No *balde*? O que é, tá juntando para um aquário?

No momento não consegui inventar nada melhor, então respondi:

— Aham.

— É um tipo de crueldade animal. Tá ferido.

— Só coloca no balde.

Felicia balançou os ombros e colocou o peixe no balde com um respingo. Começou a nadar aos trancos, de modo que "não estava *muito* ferido", disse me reafirmando.

— Então... onde vai ficar esse aquário?

Não suportava mais. Logo Felicia se ofereceria para ajudar com a minhoca. Depois esperar até o próximo peixe para me ajudar com *ele*. Então perguntaria mais sobre Svärtan e o aquário e minhas bochechas ficariam como um fogão em brasa antes de terminar tudo.

— Então... — disse olhando para o balde para esconder meu rosto vermelho — eu queria... ficar sozinho.

— Por quê? Você nunca quer isso.

— Não, mas agora eu quero.

Felicia empurrou meu ombro.

— Johannes. O que você *tem*?

— Nada. Apenas preciso... pensar um pouco.

Felicia ficou quieta. Sentia seu olhar enquanto continuava olhando para baixo, para o balde onde o peixe havia se acalmado e resignado. A roupa de Felicia fez um barulho quando ela se levantou e disse:

— Bons pensamentos.

Desta vez, ouvi seus passos no cais quando ela pisava com força.

6

Talvez não fosse uma boa decisão não contar para as meninas. Segredos e mentiras criam atritos e suspeitas. Eu não queria isso, muito menos com Felicia. Pensei, olhando para ela enquanto subia a ladeira para a estrada.

Um presente, pensei. *Vou comprar um presente pra ela.*

Balancei a cabeça para meus pensamentos. Novamente um pensamento de filme. Era o que faziam quando se desentendiam nos filmes. Nunca havia comprado um presente para Felicia, nem mesmo no seu aniversário, porque era no inverno quando não estávamos juntos.

Concentrei-me e coloquei a outra minhoca no anzol, sentindo um grito silencioso se propagando da ponta dos meus dedos para meu corpo que estremecia. Isto *não* se sustentaria no longo prazo. Joguei o anzol na água e retornei para minha espera enquanto tentava ouvir algo da casa de barcos. Não ouvi nada.

Dez minutos depois pesquei mais um peixe que felizmente não estava tão preso no anzol como o primeiro. Soltei no balde e ele nadou ao redor e começou a caçar o outro e nadaram um ao redor do outro.

Minhas pernas estalaram depois do longo tempo sentado quando me levantei e dei alguns passos para soltar as juntas. Peguei a chave e coloquei no cadeado da casa de barcos, hesitei pensando em abrir.

E se ela estivesse parada lá dentro me esperando.

Naturalmente, a sereia não poderia ficar de pé na sua cauda de peixe. Ok, e se estivesse *deitada* lá dentro me esperando, no chão, exatamente ao lado da porta, pronta para fugir? Lembrei-me dos dentes afiados em sua boca. Coloquei o balde na minha frente e respirei fundo.

Mas *havíamos* nos comunicado. Perguntei se queria comida e ela respondeu que queria. Mas talvez apenas tenha imitado minha pantomima sem entender seu significado. Ou pior ainda: a própria pantomima de colocar algo na boca e mastigar talvez significasse: tô pensando em comer *você*.

Será que nesse caso teria indicado sua intenção? O mais desagradável é que eu não tinha a *menor ideia* do que se passava na sua cabeça similar a um peixe. Endireitei as costas. Era um milagre, uma magia, era o *E.T., Os Caça-fantasmas* e *Os olhos verdes do espaço sideral.* Era o que eu desejava.

Virei a chave e soltei o cadeado. Apesar dos meus pensamentos encorajadores, abri a porta dando dois passos para trás. A sereia não estava visível. Subi os dois degraus e estiquei-me para ver dentro da jacuzzi. Sim. Estava lá.

Andei pelo piso lentamente segurando o balde na frente como uma proteção frágil.

— Tô chegando. Tenho comida.

A sereia não deu nenhuma indicação de que me ouvia. Arrisquei chegar até a borda e virei o balde. A água e os peixes caíram sobre ela.

Os peixes se animaram com a mudança de ambiente e nadaram para cá e para lá sobre o corpo imóvel da sereia. Nenhum tremor, nenhuma mudança nas suas feições. Inclinei-me para frente para ver se as guelras se moviam.

Andei para trás novamente e quase caí sentado quando vi a mão da sereia rápida como um raio pegando um peixe com as garras. Correção: Não *vi* a mão se mover porque era muito rápida, mas vi a mão segurando o peixe.

A sereia levou a mão até a boca que abriu mais do que parecia ser possível. Colocou o peixe na boca de modo que vi a musculatura trabalhando nas suas bochechas enquanto mastigava. Não cuspiu nada. Quando terminou de mastigar voltou para sua posição deitada parada.

Sua boca.

Os maxilares deveriam ser diferentes dos de um humano porque podia abrir a boca como se pudesse engolir, sei lá, uma bola de handebol? Wille contara algo sobre uma cobra que podia engolir uma cabra inteira e depois ficar parada vários dias digerindo. Afastei essa imagem.

Como se o outro peixe adivinhasse seu destino, ficou ao redor da cauda da sereia, fora do alcance de suas mãos e garras, fazendo apenas pequenos movimentos para frente e para trás. A sereia tinha os olhos entreabertos observando o peixe. Pareciam ameaçadores, uma sentença de morte. Mas como o alcançaria?

Ouvi alguma coisa. Não conseguia localizar a origem do som, mas era como um gemido fraco ou uma respiração que aumentava e diminuía como algum tipo de melodia. Com a boca aberta, vi como o peixe parou como se ouvisse o som. Senti uma *calma* estranha no peito quando o peixe mudou completa e lentamente, como se estivesse sonhando, nadou para o rosto da sereia.

Desta vez nem precisou esticar a mão. O peixe nadou diretamente para sua boca e a única coisa que precisou fazer foi abri-la, morder, e assim o *pequeno peixe foi para o céu.*

Durante um longo tempo esqueci de piscar, fascinado com o espetáculo na frente dos meus olhos. Fechei os olhos com força por alguns segundos com os pensamentos passando pela cabeça. A sereia tinha habilidades extraordinárias, onde ouvi falar de predadores que atraem suas presas com canções?

Sirenes.

A palavra apareceu repentinamente e não entendia o que queria dizer. Sirenes? Era o que a polícia, a ambulância e o corpo de bombeiros usavam, mas o que tinha a ver com isso? Deveria ser algo que Wille contara, deveria me lembrar de perguntar para ele.

Abri os olhos e vi que a sereia tinha aberto seus olhos e encontrou os meus. Levantou as mãos e fez um sinal embaixo da água. Talvez significasse *obrigada*. Esperava que sim.

IV
AR E ALIMENTO

1

A casa estava silenciosa quando cheguei e não vi nem minha mãe nem meu pai. Na geladeira encontrei uma vasilha plástica com espaguete e molho de carne que esquentei no micro-ondas e comi folheando um exemplar da revista *Okej*.

Passei um bom tempo olhando uma das muitas fotos de Morten Harket, do A-ha. Seu rosto anguloso e olhar suplicante, as correias de couro ao redor dos pulsos. Meus sentimentos eram confusos, mas havia algo na forma como me olhava que provocava palpitações em meu peito.

Havia tentado amarrar algumas correias de couro ao redor dos meus pulsos, mas um comentário ácido de um cara da classe mais alta tinha acabado com a intenção por isso também nunca cheguei a usar tênis de basquete e polainas para aquecer as pernas. Morten podia ficar com seu estilo em paz, pelo menos de minha parte.

Lavei a vasilha de plástico e coloquei no escorredor de louça. A casa estava muito silenciosa. Costumava ouvir um rádio na varanda, o ruído de alguém virando as páginas de um jornal ou de um livro, uma ferramenta em uso ou apenas alguns passos. Mas naquela noite nada. Talvez minha mãe e meu pai estivessem fazendo uma caminhada. Improvável, mas não impossível. Fui para meu quarto.

Acho que mencionei a fotografia topless de Samantha Fox que Mattias tinha no quarto. Talvez não seja uma surpresa saber que eu tinha uma foto do E.T. Mais uma dessas coisas que eram ok até aquele verão.

Matte e Hatte fizeram alguns comentários depreciativos quando viram que ainda tinha o cartaz.

Sentei na cama e olhei para os olhos enormes do alienígena. Não era o mesmo sentimento como quando os olhos do Morten encontravam os meus, mas definitivamente era um sentimento. O olhar da sereia provocava isso também, só que muito, muito mais forte, já que ela era *verdadeira*.

— Você acha que ela é perigosa? — perguntei ao E.T. — Ou é como você?

E.T. não deu nenhuma resposta. Parte do fascínio dos outros seres é, sem dúvida, seu *potencial. Uma vez que nada sabemos, teoricamente tudo é possível.* Desde a capacidade de curar com um toque, fazer as coisas se moverem até atrair os peixes com uma canção. Por outro lado sempre existe um perigo. Um cão pode ser bom durante muitos anos, mas subitamente morde uma criança. Torna-se o estranho.

Olhei para o E.T. e suspirei. Prometi a mim mesmo trocar o cartaz antes do fim do verão. A revista que estivera folheando tinha um cartaz de Heather Locklear da Dinastia usando um biquíni de crochê. Achava que era bonita de uma forma inofensiva enquanto a Samantha Fox tinha alguma coisa agressiva em sua nudez, como se quisesse rasgar alguém com os seios. Eu não entendia a coisa. Por isso, talvez a Heather.

Fui até a janela e olhei para a casa de Felicia. Usamos muitas formas de comunicação entre as janelas durante os anos. Acenos, pantomimas e linguagem de sinais, lanternas piscando antes de ir dormir. Agora sua cortina estava fechada.

Merda, merda.

Mais um aspecto desagradável do verão de 1985. Durante todos os verões, até aquele momento, eu não poderia evitar contar sobre a sereia para a Felicia uma vez que compartilhávamos tudo. Agora, eu era o defensor de *não* contar. Eu mesmo não entendia, o que criou uma brecha que eu não sabia como reparar.

Meus pensamentos foram interrompidos quando vi algo estranho. Abaixo de minha janela havia um caramanchão de lilases com uma mesa e quatro cadeiras.

Ocasionalmente almoçávamos lá se anormalmente estivéssemos reunidos. Agora meu pai estava sentado em uma das cadeiras. Na mesa havia uma taça de vinho pela metade e – admirem-se – um cinzeiro. Que eu soubesse, meu pai não fumava há muitos anos, mas quando olhei, ele se inclinou para frente e apagou um cigarro. Afastei-me da janela como se tivesse visto algo vergonhoso, o que de fato havia ocorrido.

Meus pais eram pessoas bem saudáveis. Costumavam correr, não fumavam – até agora – e eram muito contidos em relação ao álcool. Daí sua forte reação quando souberam que experimentei cerveja. Além do castigo em casa, ouvi um discurso sobre o álcool sendo a porta de entrada para drogas mais pesadas. Mas aqui estava meu pai *abusando*, em suas palavras, *em plena noite. Eram apenas sete horas*.

Hesitei entre a agonia de fazer uma coisa difícil e a simples curiosidade. O último venceu, então, com uma atitude despreocupada, desci a escada e saí andando pelo jardim como se *por acaso* encontrasse meu pai sentado lá.

— Olá — disse, sentando-me no caramanchão de lilases. Meu pai não fez nenhum gesto tentando esconder a taça ou o cinzeiro e eu fiz minha parte não observando nada especial.

— Olá pra você — respondeu meu pai e passou o dedo pela borda da taça de vinho. — Tudo bem?

— Tudo vai indo.

— O que vocês andam fazendo?

— O de sempre.

Mesmo antes de Olivia, não éramos uma família de muitas conversas, sem contar Olivia e eu, e o grande silêncio que ocorreu quando ela se foi, tinha continuado em grande parte. Era raro falar com meus pais sobre nada além de coisas práticas. Não conto a bronca relativa à lata de cerveja porque foi uma comunicação só de uma parte.

Papai concordou e tomou um gole de vinho. Olhou para mim como se tentasse adivinhar minhas dúvidas. Será que realmente se atreveria a me oferecer o vinho? Não. Papai acenou novamente e depois disse:

— Pode ser que... sua mãe e eu venhamos a nos separar.

De alguma forma, previ exatamente isto quando vi meu pai pela janela do quarto. Mesmo assim, foi um choque ouvi-lo dizer em voz alta e a única coisa que consegui perguntar foi:

— Por quê?

Papai levantou os ombros e baixou novamente.

— As coisas não estão bem entre nós. Já fazem vários anos.

— Desde... Olivia?

Papai lançou um olhar profundo. Não é que o nome de Olivia fosse um tabu, mas era evitado. Foram ditas coisas como "seguir em frente", "aceitar o fato", "não remoer o passado". Ter parado de falar dependia bastante do único assunto sobre o qual queria falar, Olivia. Como era recebido com silêncio, também silenciei.

— Imagino que sim — respondeu papai.

— Mas o que vocês vão fazer agora?

— Vamos aproveitar o verão. Depois veremos.

— Onde tá a mamãe?

— Caminhando. Pensando.

Divórcio. Divisão. Separação. Palavras tão desagradáveis. Algo que se quebra. Apesar de a dificuldade para conversar com meus pais, queria que ficassem juntos. Era uma unidade inabalável que sempre existiu durante toda a minha vida, evidente como a casa em Särsö. Tive um pensamento.

— Mas e esta casa? Como ficará?

— Nesse caso... não importa mais. Infelizmente. Afinal de contas, é alugada.

— Então não viremos mais pra cá?

— Sinto muito, Johannes, mas não. Não nesse caso.

— Mas como *ficará* então?

— Não sei — em um gesto raro, papai estendeu a mão e colocou sobre a minha. — Não sei.

Realmente gostaria de estar em uma situação de poder apreciar o gesto de ternura. Agora não estava assim, então tirei a mão e me levantei. Papai lançou um olhar suplicante.

— Johannes...

— Também preciso pensar — disse dando as costas a ele.

2

Andei sem rumo pelas estradas de cascalho de Särsö tentando avaliar a situação. Minha vida acabara de ser dividida em *antes e depois*. Nunca havia sequer pensado na possibilidade de meus pais se separarem. Talvez seja assim para a maioria das crianças quando não há conflitos evidentes. Os pais simplesmente *estão* lá, mesmo que em segundo plano.

Não conseguia imaginar como seria minha vida com pais separados, mas podia simplesmente imaginar como *não* seria. Nada de verões em Särsö. Nada mais com Felicia e os outros. Chorei. Uma parte importante do que fazia com minha vida seria tirada de mim. E quem sabe o que mais?

Prendia a respiração enquanto caminhava, absolutamente não queria encontrar minha mãe, especialmente quando tinha lágrimas nos olhos. Estava zangado e queria ser duro. Estavam destruindo minha vida, será que não entendiam?

Sem pensar para onde ia, acabei na parte da ilha onde Helena e Maria moravam. Vi Helena sentada em uma pedra ao lado da estrada mastigando um capim olhando para frente com seus olhos vazios. Desci os degraus e pensei em voltar antes que ela me visse, mas depois segui em frente.

— Oi — disse e me sentei na pedra ao seu lado.

— Oi.

Helena olhou para o meu rosto com os olhos meio fechados.

— Andou chorando?

Não queria, como Matte e Hatte, parecer macho na frente de Helena, então respondi:

— Um pouquinho.

— Por quê?

Olhei para Helena. Estava bastante maquiada e com o cabelo preso como uma coroa sobre a cabeça. Havia um tipo de *máscara* em toda sua aparência, mas os olhos dessa máscara estavam atentos, então eu disse:

— Meus pais vão se separar. Eu acho.

O que para mim era uma bomba terrível provocou apenas um aceno lento de Helena dizendo:

— Que merda — procurou no bolso de sua jaqueta jeans e pegou um maço de Camel. — Você quer?

Eu nunca havia fumado. Aceitei o cigarro e cheirei. Tinha um cheiro bom, parecido com o velho casaco de couro do papai que ficava pendurado no guarda-roupa. Helena acendeu seu cigarro e me estendeu a chama. Parecia algo apropriado que os dois filhos de divorciados ficassem sentados na beira do caminho fumando, então segurei o cigarro entre o indicador e o dedo médio como tinha visto nos filmes, encostei a ponta na chama e aspirei fundo. Mesmo sem ter nenhum tipo de aspiração em relação a Helena, não queria que ela desaparecesse. Eu desapareci. Senti um calor, fiquei sufocado e suando como se alguém enfiasse um trapo em chamas na minha garganta. Tossi e tossi até cair da pedra e quase vomitei. Com lágrimas nos olhos, vi Helena pegar meu cigarro, apagar contra a pedra e colocar de volta no maço.

— Como diabos... você consegue? — perguntei.

Helena levantou as sobrancelhas pintadas e respondeu:

— Você se acostuma. Nos acostumamos com quase tudo.

Depois de tossir mais algumas vezes e quando a capacidade de pensar retornou, achei que Helena poderia estar insinuando alguma outra coisa e questionei:

—Você... se acostumou? Com seus pais separados?

Helena torceu a boca.

— Não sei. Ainda tô triste, mas... é assim. Não se pode fazer nada. Simplesmente é assim.

— Mas o que podemos fazer?

Helena olhou para mim com surpresa.

— Você não pode fazer *nada*. Nada. Eu juro.

— É mesmo?

— É assim que é.

Minha garganta e meus pulmões ainda queimavam quando me levantei novamente da pedra. Olhei para Helena que olhava para longe, hesitei, mas depois perguntei:

— Você tentou... fazer alguma coisa?

Helena suspirou e concordou.

— Uhum. Acho que só consegui piorar as coisas.

— Como assim?

— Bem, como vocês dizem quando jogamos pôquer. A coisa como que... aumentou as apostas. E depois ficou pior.

Entendi mais ou menos o que Helena queria dizer e naquele momento decidi evitar me envolver. Seria difícil porque uma separação também influenciava minha vida no mais alto grau, mas afinal era basicamente como Helena disse: um assunto entre minha mãe e meu pai e não havia nada que eu pudesse fazer.

Olhei para Helena sentada abatida olhando para a estrada. Pelo que lembrava, ela e eu nunca tivemos uma conversa séria. Ela tinha algo além do que sua aparência maquiada indicava e eu gostei disso.

— Desculpa pelo cigarro — pedi. — Nunca tinha fumado antes.

— Fica sossegado. Tá tudo bem. Você não é que como aqueles idiotas que só sabem aparecer.

— Matte e Hatte?

— Tem mais algum idiota nesta ilha?

— Talvez o Wille?

Helena balançou a cabeça.

— Ele só é infantil. Como você. E tudo bem.

Eram quase oito horas. Tive um forte impulso de contar sobre a sereia para testar a confiança entre Helena e eu. O que mais me impediu foi que Felicia sentiria ciúmes: você contou para *ela,* mas não para *mim*? Eu poderia passar sem essa. Joguei uma pedra e disse:

— Vou nessa. Foi bom conversar com você.

— Igualmente. O que vai fazer?

— Coisas secretas.

Se respondesse assim para Felicia, ela não ficaria sossegada enquanto não arrancasse meu segredo com reclamações, cócegas, ameaças de violência e acusações, mas Helena somente balançou os ombros e disse:

— Ok.

Quando voltava para nosso lado da ilha, o que Helena disse martelava em minha cabeça: *Ele só é infantil. Como você. E tudo bem.*

Pensei no meu cartaz do *E.T.* Como Matte e Hatte perguntaram se eu dormia com meu ursinho, fazia xixi na cama também, chupava o dedo? *Foda-se*, respondi sem muita convicção. O fato é que dormi com meu ursinho até os doze anos, mas era algo que não pretendia esclarecer.

Infantil. Como você. E tudo bem.

Helena disse isso simples e despreocupadamente, como se esclarecesse uma realidade, e foi isso o que me fez decidir. Pensando bem, acho que fui influenciado por muitas coisas que as pessoas disseram, mas nada tanto quanto essas cinco palavras do verão de 1985.

Deixaria o cartaz do *E.T.* na parede até ter realmente vontade de retirar, não porque Matte e Hatte assim determinavam. E quando retiraria? Quem sabe. Talvez substituísse por uma foto de Morten Harket.

Foda-se.

3

Quando cheguei à casa de barcos, os outros já estavam reunidos ao redor da mesa jogando cartas. A mesa ficava perto da janela onde ainda havia luz para ver as cartas, mas o restante do quarto começava a ficar escuro.

— Tudo bem? — perguntei.

— Super bem — respondeu Wille e baixou um monte de cartas.

Não podia deixar de me admirar por seu desinteresse, como se a sereia – no seu mundo – já tivesse a posição de um peixe de aquário, algo que ficava em um canto e receberia um pouco de atenção ocasionalmente.

— Ela abriu os olhos?

— Não — respondeu Wille. — Não que eu saiba.

— Ela fez isso antes — disse eu. — Quando tava sozinho com ela. Levantou da água. E abriu os olhos.

— Disse alguma coisa?

— Não, mas emitiu uns ruídos. E algum tipo de movimento com os dedos, como uma linguagem de sinais.

Wille havia se virado na cadeira para falar comigo. Agora Hasse bateu na mesa e disse:

— Wille, sua vez.

Wille fez um gesto de desculpas e voltou para o jogo. Não considerei contar sobre o canto da sereia e como atraiu o peixe, achei que não precisavam saber. Talvez poderia contar para o Wille mais tarde.

Planejava pegar algumas coisas diferentes na geladeira para ver o que além de peixe poderia oferecer para ela comer, mas então aconteceu aquilo com papai e esqueci de tudo. Achei uma lanterna velha em uma prateleira e quando acendi percebi que tinha pilhas meio novas. Fui até a jacuzzi e dirigi o feixe de luz para a água.

A sereia estava deitada de costas, sossegada com os olhos fechados e os braços cruzados sobre o peito. As guelras pulsavam em movimentos leves. Talvez estivesse dormindo. Sua cauda balançou um pouco e na luz da lanterna vi pequenas partículas boiando na água que agora estava um pouco turva.

Antes de formular meus pensamentos, Wille virou na cadeira e disse:

— Pensei numa coisa. Oxigênio. Ela precisa receber oxigênio de algum jeito. O que tem na água vai acabar.

Naturalmente. Como não pensei nisso? A jacuzzi comportava talvez oitocentos litros de água, por quanto tempo duraria o oxigênio nesse volume? Perguntei ao Wille e ele não fazia ideia. Agora Matte e Hatte começaram a se interessar, porque se tratava de um problema prático. Hasse juntou as cartas e questionou:

— Algum tipo de bomba, ou o quê?

— Sim, mas onde vamos encontrar isso? Alguém tem um aquário?

— Já tive — respondeu Wille. — Mas faz alguns anos.

Hasse virou para Mattias e perguntou:

— Seu avô, então? Quando tinha peixes ali? Como fazia?

— Tinha algum tipo de bomba que ficava ali e puxava água do mar pra... — Mattias fez um gesto de rodar, rodou o dedo indicador enquanto procurava a palavra e depois encontrou: — ...circular.

Iluminei o canto ao lado da porta com a lanterna. Uma longa mangueira estava enrolada, pendurada na parede, e quando fui até lá olhar, descobri que estava conectada a uma bomba tipo submersível. Hasse também viu, bateu na testa e disse:

— Mas, seu *gênio*! Por que não disse antes, então não teríamos precisado encher com os baldes?

— Achei que vocês precisavam fazer um pouco de exercício.

Nada disso. Claro, Mattias era o mais bonito e mais atlético, mas se Hasse tinha a faca mais afiada, Mattias claramente era o mais lento. Não totalmente *burro*, mas ocasionalmente incapaz de traçar uma linha reta entre dois pontos.

Segui o cabo que saía da bomba, encontrei a tomada e mostrei os pinos.

— Eletricidade? — perguntei. — Onde tem eletricidade?

Mattias apontou para a parede.

— A caixa no poste.

Mesmo uma faca cega pode ter sua utilidade.

Em um prego ao lado da mangueira havia uma extensão enrolada. Eu não fazia ideia de quanto tempo o oxigênio da jacuzzi poderia durar e estava ansioso para acertar as coisas, mas tinha algumas dúvidas. Enquanto desenrolava a mangueira, perguntei:

— Vai transbordar, como...

— Tudo bem — disse Mattias e apontou para o chão. — Vaza por todo lado, cheio de fendas e buracos. O vovô simplesmente deixava derramar. Aqui, posso pegar a extensão.

Apesar de não ser muito esperto, Mattias frequentemente era bom nessas coisas. Quando havia um projeto com regras claramente definidas, era o primeiro a participar e especialmente se havia algo pesado, gostava de mostrar como era capaz. Aqui posso novamente citar uma palavra que não se usava naquele tempo, quando digo que eram os aspectos *existenciais* da sereia que não o interessavam.

Agora que as coisas foram postas em movimento, os outros começaram a participar. Hasse apontou para a jacuzzi e questionou:

— Então... comida? Ela deve precisar comer alguma coisa, né?!

Wille estalou os dedos.

— Acho que temos uma lata com aqueles flocos, vocês sabem, desde que tivemos o aquário.

Revirei os olhos.

— Ela não é um *peixe*, Wille. Eu dei dois peixes para ela, mas você tá certo, Hasse, precisamos arranjar alguma coisa.

— Onde diabos você conseguiu os peixes? — perguntou Mattias enquanto passamos a mangueira e a extensão pela porta.

— Pesquei.

Mattias riu.

— Sério? Você sentou e *pescou* pra poder...

— Sim, e daí?

— Talvez seria um pouco mais efetivo usar redes.

Mattias virou para a estrada e eu perguntei:

— Você sabe? Lançar a rede?

Mattias balançou a mão sobre o ombro.

— Que diabos tá pensando? Não somos *fraaacos*.

Eu havia ajudado a recolher as redes algumas vezes, mas nunca lancei e portanto fiquei agradecido pelos conhecimentos de Mattias. Talvez já naquela noite? De alguma forma, deveríamos providenciar comida.

Quando cheguei à borda da água e abaixei para instalar a bomba, Hasse veio da casa de barcos e disse:

— Acho que temos alguns arenques na geladeira. Devo buscar lá em casa?

Embora isso me desse uma responsabilidade que não sabia se seria capaz de aceitar, fiquei satisfeito em ver que até o Hasse havia me aceitado como autoridade nos assuntos relacionados com a sereia.

Arenque, e ainda por cima arenque *morto*? Pensei nos leões marinhos que faziam coisas e eram premiados com os peixes em questão, mas valeria a pena tentar, principalmente porque os arenques eram fáceis de encontrar. Quando eu estava com muita fome, aceitava comer até espaguete frio. Talvez a sereia tivesse uma atitude similar em relação aos peixes.

— Claro. Boa ideia.

Coloquei a bomba na água e levantei o polegar para Mattias, depois cruzei os dedos e torci. Tomara que a bomba funcione. Ouviu-se um ruído na caixa elétrica e a areia formou um redemoinho quando a bomba iniciou. *Sim!* Polegar para cima novamente para mostrar para o Mattias.

Alguns segundos depois, a água fez seu percurso na mangueira e começou a cair no gramado. Quando Mattias voltou, apontei para a porta e perguntei:

— O que fazemos com a porta? Não podemos trancar com a mangueira ali?

Mattias sorriu, pegou a ponta da mangueira de onde a água continuava saindo, foi até a porta e disse:

— Confia no vovô.

Somente naquele momento vi que havia um triângulo que fora serrado fora no canto inferior da porta. Mattias demonstrou como a mangueira poderia encaixar lá sem atrapalhar a porta. Um ponto para o vovô.

Mattias ficou parado na porta e eu fiz um gesto de *o que está esperando?* Ele apontou com o dedo e disse:

— Nada disso. *Você* pode colocar lá, você que é o líder e tudo mais.

Wille abriu a porta e disse:

— Eu posso fazer isso.

— Não — disse Mattias. — É melhor o líder fazer isso.

— Eu não sou... — comecei, mas percebi que seria um protesto em vão. Se a sereia tinha um "líder" no nosso grupo era eu. Fui o único que a alimentei e *provavelmente* me comuniquei com ela.

A água escorreu pelo chão quando arrastei a mangueira para a jacuzzi, mas como Mattias disse, logo passou pelas frestas entre as tábuas. Estava um pouco preocupado como a sereia poderia reagir quando invadisse seu espaço. Eu, o líder.

Como de costume, informei minhas intenções apesar de certamente não fazer nenhum sentido:

— Vou colocar uma mangueira aqui, ok? Pra que você tenha água limpa e oxigênio.

A sereia não reagiu. Apesar de ser considerado o menos medroso entre todos em relação à sereia, não queria colocar a mão na água. Mudei minha pegada meio metro para trás da ponta da mangueira e joguei na água. No momento quando a mangueira bateu na água, a sereia abriu os olhos e me observou. Engasguei e levantei a mão livre em um leve aceno.

— Oi. Sou eu. Johannes.

— Ela tá *olhando*? — sussurrou Wille. — Eu posso...

— Espera — fiz um sinal para que parasse. Por um momento, tentei ver tudo do ponto de vista da sereia. Aqui tem algumas pessoas inclinadas sobre ela, que estava deitada. Nada bom. Muito ameaçador. — Não devemos assustá-la — expliquei meu ponto e felizmente parece que Wille entendeu.

4

O nível de água na jacuzzi subiu lentamente. Quando Hasse voltou com os arenques havia começado a transbordar pela borda e caía no chão. Hasse colocou um saco plástico com cinco arenques na mesa e disse:

— Parecia um pouco esquisito visto lá da estrada com a mangueira e o fio. Talvez possamos esconder, tipo colocar um pouco de mato por cima se as meninas ou alguém mais aparecesse.

— Talvez devêssemos contar pra elas, então? — perguntou Wille.

Apesar de minha consciência pesada com Felicia, eu disse:

— Vamos esperar até... até conseguirmos organizar isto. Saber como vamos fazer tudo.

Matte e Hatte concordaram e Wille logo desistiu. Claro que argumentamos que havia o risco de as meninas contarem para algum adulto, mas agora, com todos envolvidos, acho que a principal razão para o silêncio é que isto era *nosso* segredo. Coisa de homens do mesmo jeito que fora a excursão para Svärtan. Um pouco difícil, apenas isso.

— Como faremos com os arenques? — perguntou Hasse.

Olhei para o saco plástico com os corpos delgados dos peixes prateados. Não podia simplesmente jogar na água como se a sereia fosse um animal de zoológico sendo alimentado. Em um armário que tinha coisas básicas, encontrei um prato onde coloquei os arenques em uma fila organizada. Hasse bufou e questionou:

— Talheres então? Talvez um *guardanapo*?

Os outros riram. Ok, *muito* engraçado, mas eu não poderia fazer de outra forma. Embora Wille dissesse "ela", era eu quem a considerava primariamente como *humana*, embora de forma indefinida.

Quando me aproximei da jacuzzi, tive um novo pensamento e virei para Wille. Mesmo sem gostar do termo, fui obrigado a usá-lo quando perguntei:

— Wille, os peixes bebem água?

Wille coçou a nuca e respondeu:

— Então, eu não sei. Devem fazer isso de alguma forma, ou como poderiam... como assim? Tá pensando em oferecer uma lata de Coca ou o quê?

Era uma pergunta idiota e merecia uma resposta idiota, mas o prato havia lembrado uma visão de uma bebida para acompanhar a comida. Naturalmente, a sereia devia controlar seu balanço de água de outra forma, meu Deus, afinal ela *respirava* água.

Coloquei o prato com os arenques em um canto da jacuzzi. O piso era um pouco inclinado de modo que a água não transbordava naquele canto. Deu uns passos para trás e olhei para os outros que estavam parados com o olhar fixo na superfície da água. Quando ficaram de queixo caído, olhei para a jacuzzi.

Cautelosamente, a sereia levantou a cabeça da água. Quando os olhos pretos e redondos apareceram, estavam fixos em minha pessoa. Depois ela viu os outros. Gostaria de dizer que *arregalou* os olhos embora fosse fisicamente impossível, mas algo em sua postura indicava a mesma reação. Um alerta aumentado.

Apontei para meus amigos e disse:

— Wille, Hasse, Mattias. Não são perigosos. Bonzinhos.

Bati no meu peito em um gesto que esperava que ela entendesse. Por falar nisso, onde ficava seu coração? A sereia ficou um longo tempo nos olhando com os olhos profundos. Não movemos um fio de cabelo, como se costuma dizer. Ela também não. Seus olhos eram salientes e provavelmente tinha uma visão periférica melhor que a dos humanos. Mesmo assim virou a cabeça para o lado em um movimento de rotação para olhar para os arenques. Provavelmente eu super estimava minha capacidade de entender os sentimentos da sereia, mas achei realmente que seu comportamento indicava *desapontamento* quando viu o que foi servido.

— Comida — disse apontando para minha boca. — Nham, nham.

— Claro que ela entende que é comida! — sussurrou Wille nas minhas costas.

— Então por que não come?

— Talvez precise estar vivo — sugeriu Mattias. — Como os peixes.

A sereia se afastou para mais longe possível dos arenques, até o canto oposto onde apoiou os braços na borda da jacuzzi.

— Ok, eu reconheço — disse Mattias. — Agora eu vejo. *Ela*, não, eu não posso, *isto* parece realmente humano.

Quando ia responder alguma coisa, todos ficávamos parados como se estivéssemos paralisados. Da boca da sereia vinha um único som claro como cristal. Demorou alguns segundos e foi seguido por outro e outro. Durante vários minutos, ficamos parados ouvindo até que começamos a distinguir uma melodia. A mais linda melodia que jamais ouvira. Era o mar, o céu, a escuridão e a luz. Era alegria e tristeza, era esquecimento e lembrança. A melodia era a própria *vida*.

Desde minha conversa com papai, eu carregava um peso no peito. Agora desaparecera, foi substituído por algo brilhante e bonito, uma esfera de discoteca.

Seria *divertido* morar em dois lugares diferentes! Novas possibilidades, uma aventura! E Särsö? Nenhum problema, os pais de Felicia ficariam contentes em me receber. Oh, ficaria muito perto de Felicia novamente, como quando éramos pequenos. Mais uma possibilidade maravilhosa.

Este é um bom exemplo dos sentimentos e das figuras que a canção da sereia provocava. *Tudo* parecia maravilhoso. O chão de tábuas lisas parecia muito lindo, a luz da noite entrando pela janela tinha todas as cores do arco-íris e meus amigos, ah, como gostava dos meus bons amigos. Estava tão feliz e satisfeito com a *plenitude* de tudo que parecia que meu coração iria explodir.

Mais tarde, aprendi que alguns estimulantes centrais podem ter um efeito similar, mas duvido que algo possa parecer tão *forte* e tão *puro* como o canto da sereia. O único pensamento racional que tive em minha euforia foi: *A vida é tão maravilhosa. Nunca esqueça isto.*

Não sei por quanto tempo ouvimos o canto, mas os quatro, como por um sinal combinado, começamos a avançar lentamente para a jacuzzi. Não era suficiente ouvir o canto, queríamos *entrar*, abraçar a fonte, sermos absorvidos.

Estávamos a menos de um metro da sereia quando ela olhou para os meus olhos. Alguma coisa aconteceu entre nós. Então ela fechou a boca, o canto parou e ela escorregou para o fundo da água.

Ficamos parados um bom tempo enquanto o efeito do canto reverberava em nossos corpos. Foi Wille quem quebrou o silêncio dizendo:

— Merda. Que coisa. O que... o que foi isso afinal?

— Antes. Com os peixes. Ela usou esse canto pra atraí-los.

Conforme dito, Mattias não era chegado a especulações filosóficas. A menção dos peixes o fez reagir, estalar os dedos e perguntar:

— Onde estávamos? Vamos lançar a rede ou não?

5

Mattias estava sentado na popa com a rede em uma lata enferrujada na frente dos pés, enquanto eu me sentei no banco do meio e peguei os remos. Não tinha nada contra remar, ao contrário. Especialmente com a madeira de carvalho. Havia algo tranquilizador na atividade. O movimento suave e aspirante dos remos na água e o deslizamento constante do casco. A força dos braços transformada em velocidade.

Mattias havia garantido que seu avô não tivesse nada contra nos emprestar o barco. Com certeza. Não havia ninguém em Särsö que não sentisse um pouco de medo de Janne Krut, que recebeu seu *nome de guerra* quando fornecia munição para a defesa da ilha durante a guerra. Ao envelhecer, o apelido foi substituído pelo atual Krutgubbe (O velho da pólvora).

Enquanto eu remava com ritmo constante, Mattias prendia a rede em uma vara de madeira com as iniciais JB gravadas no punho. Quando chegamos a uns trinta metros do cais, não consegui evitar a pergunta:

— Tem certeza de que seu avô concordou em nos emprestar o barco?

— Absolutamente.

— Disse claramente?

— O que significa isto, clara... mente?

— Que você perguntou: "Oi, vovô, tudo bem se me emprestar seu barco?" E ele respondeu: "Claro, empresto o barco com prazer, meu caro neto".

Mattias sorriu.

— O vovô nunca diria isso. Nem com ameaça de arma. Relaxa. Ele quase nunca usa o barco.

Meus ombros relaxaram e o ritmo constante dos remos foi interrompido.

— Então você não perguntou.

— Que merda você tá pensando?

Mattias segurou a vara das redes com as iniciais de Jan Blomgren.

— Ele descobriria tudo assim que soubesse que eu peguei *isto* emprestado. A rede e o barco. Ai, ai.

— Mas que merda, Mattias...

— Tá com medo do quê? Ele não briga nem manda o cachorro morder. Não mais.

Talvez mais uma tentativa de Mattias para compensar seu comportamento medroso em Svärtan. Realmente não estava tão despreocupado como queria parecer porque olhava sobre o ombro como querendo confirmar que o Krutgubbe não vinha descendo a ladeira para o cais. Mas não havia ninguém a vista.

O avô de Mattias era uma pessoa cuja raiva ninguém queria atrair. Quando estava sentado na sua velha cadeira de praia, no jardim, dávamos uma grande volta ao seu redor. O que ajudava era que tinha um beagle, que também detestava as pessoas e ficava preso com uma longa correia. O cão se chamava Burken e deveria ter um cérebro igual ao de um peixinho dourado. Se via alguém no terreno corria contra o intruso latindo loucamente. Quando chegava ao fim da correia, sempre ficava surpreso e fazia uma careta quando era puxado e caía de costas. O Krutgubbe achava isso engraçado.

Certa vez, no verão passado, eu parei minha bicicleta descuidadamente e ela caiu e bloqueou o caminho para o jardim. Gritos de "modos de bandido" foram ouvidos no terreno e eu me esgueirei pela esquina antes que o Krutgubbe me encontrasse. Achei a bicicleta jogada em um arbusto. Foi a única vez que desagradei o Krutgubbe e não queria repetir.

A rede estava montada na vara e Mattias colocou na popa. Apertou as mãos uma contra a outra e disse:

— O que você achou daquela corda lá?

— Qual corda?

— A corda que tava amarrada lá.

— Você quer dizer na sereia?

Mattias suspirou irritado.

— Hannes, aquilo não é uma merda de uma sereia. Sei lá o que é, mas não é uma sereia em todo caso. Mas, de qualquer forma, quem poderia ter feito isso com a corda?

— Não faço ideia. Tipo, é muito repugnante. Não é bonito deixar alguém sufocando até morrer.

— Concordo. Não faria isso nem com um peixe. Mas quem? E por quê? O que sabemos? Talvez tiveram uma chance boa *dos diabos*.

Fiz uma volta brusca que fez Mattias balançar e perguntei:

— Qual seria o motivo?

— Sim, mas tem aquilo do... canto, ou como quer que se chame.

— Você não achou bonito?

— Absolutamente. Muito legal, melhor que atacar. Mas realmente estranho como fomos meio que *atraídos* pra... o que teria acontecido se não tivesse parado? Teríamos entrado na jacuzzi e nos afogado?

— Não sei.

— Não, e é isso que quero dizer. Não sabemos. Então tenta deixar essa coisa de sereia pra lá e acredite que pode ser perigoso. Alguém queria matar de forma lenta e... aqui tá bom.

Empurrei os remos para trás para parar o barco. Precisava reconhecer que Mattias tinha razão. Alguém pretendia deliberadamente submeter a sereia a uma morte por tortura e *algum* motivo deveria existir. Talvez simplesmente não gostasse do seu tipo. Eu esperava que fosse isso.

Mattias se levantou com a rede na mão direita. Com a mão esquerda pegou uma parte da rede e jogou sobre a borda. Fiz um movimento forte que fez Mattias balançar e dizer:

— Uau, ponto zero. Aqui não é a corrida de Roslag. Devagar e com calma.

Fiz um movimento mais cuidadoso e Mattias lançou mais algumas partes da rede no mar. Apontei para a rede e perguntei:

— Mas você não deve ter, como se chama, uma... *boia*?

— Quer dizer um *flutuador*? Por que deveria ter?

— Ué? Pra flutuar.

— *Gênio*. Você acha que a rede fica pendurada nos flutuadores?

Quando havia lançado redes com meu pai, ele sempre começava amarrando um balão de borracha cheio de ar em uma ponta da rede. Depois um na outra ponta. Sempre pensei que eram estes que seguravam a rede, então respondi para Mattias:

— Eh... sim?

Mattias segurou a rede e disse:

— Escuta aqui, seu fraco. Aqui na ponta de cima: flutuadores. Aqui no fundo: chumbada. Jogo a rede, ela afunda e depois vem os flutuadores pra que fique suspensa no fundo. Entendeu, *como funciona*?

— Sim, obrigado, mestre.

— Será uma merda de um castigo pra você.

Mattias lançava rede após rede enquanto eu dava remadas curtas. Quando a vara da rede ficou vazia, ele jogou na lata e depois amarrou um flutuador em uma corda longa que amarrou na ponta da rede e depois jogou no mar.

— Mas agora tem um flutuador — eu disse.

— Sim, *gênio*. Como vou encontrar a rede? Mergulhando? Agora pode fazer uma corrida de Roslag pra casa. Você rema bem, preciso reconhecer, seu fraco.

Dei um par de braçadas fortes só com o remo direito para virar o barco e depois comecei a remar para a terra com todas as minhas forças. O barco deslizou com um assobio na proa e o vento da noite resfriava minha nuca. Quando chegamos à metade do caminho, perguntei:

— E como tá com a Helena?

Mattias deu de ombros e respondeu:

— Mais ou menos. Apenas alguns apertos.

— Apertos?

— Nos beijamos e foi isso, com língua e tal, mas depois são apenas alguns apertos. E ela não faz nada.

— O que deveria fazer?

— Alô, tem cinco anos ou o quê? Você sabe...

Mattias fez um gesto com o punho como se estivesse sacudindo um par de dados no copo e fiquei com o rosto quente. Eu não era *tão* ingênuo, mas a informação sobre Helena e Mattias me pegou de surpresa. Então mais cedo naquela noite Helena chamou Mattias de idiota, mas, ao mesmo tempo, claramente estavam *fazendo coisas*. Será que Hasse sabia disso?

— Então o que? Vocês vão tipo ficar juntos?

Mesmo se os conhecimentos de Mattias sobre peixes e tudo a ver com o mar excediam os meus, sua capacidade de linguagem era limitada. Cuspiu pela borda e disse:

— Sei lá. Apenas uns apertos.

6

Uma atmosfera muito amarga prevaleceu até chegarmos em terra. Hasse e Wille ficaram encarregados de disfarçar a mangueira e o cabo e fizeram um trabalho relaxado, talvez porque estivessem aborrecidos um com o outro. Quando chegamos com o barco, estavam sentados chateados um em cada ponta do cais.

— Aqui tem vida, aqui tem alegria, aqui tem flores no chapéu da vovó — disse Mattias pulando do barco para amarrar.

— Wille é um idiota — disse Hasse.

— Idiota é você — resmungou Wille.

Quando subi no cais, Mattias apontou para mim e disse:

— O idiota mor vem aí. Hannes pensou que a rede ficava pendurada nos flutuadores.

— Que flutuadores? — perguntou Wille. — Não são aqueles que ficam... no inverno... no gelo?

Mattias bateu na testa:

— Nota zero. Parece que temos QI de peixe aqui. E quer saber? Um pequeno duende.

— Pare com a gozação — disse Hasse. — Vamos até o pátio ver se as meninas tão lá?

— Espera um pouco — disse eu. — Vou só olhar.

Antes que alguém pudesse reclamar, fui andando em passos largos, abrindo e fechando as mãos que estavam duras devido aos remos. Olhei para a estrada e vi que o cabo estava bem escondido, mas a mangueira nem tanto. Aparentemente, um dos idiotas tentou esconder enterrando na areia, mas o mar subiu e desenterrou. Bem, ouvi o ruído baixo indicando que a bomba estava funcionando.

Apesar do que conversei com Mattias sobre a corda, não adotei nenhuma precaução especial antes de abrir a porta da casa de barcos. Talvez quisesse me certificar de que a sereia não era perigosa, apesar de seus dentes, garras e habilidades especiais.

A casa de barcos estava como havíamos deixado, com uma diferença: o prato com os arenques estava virado com os peixes espalhados ao redor.

Então não seria *tão* simples. Fui até a jacuzzi e olhei. A sereia estava deitada de lado com as mãos sobre a barriga e fiquei com um nó na garganta. Provavelmente estava faminta, mas por que os arenques não serviram? Talvez não fosse necrófaga, foi a única conclusão que podia entender.

Não abriu os olhos nem deu nenhuma indicação de reconhecer minha presença. Mesmo assim, não pude evitar dizer:

— Já lançamos as redes. Trarei comida amanhã. Cedo.

Nenhuma reação. Fiquei parado olhando para o seu corpo, na forma de um ponto de interrogação. Por que não tentava escapar? Não parecia estar em mau estado e poderia se arrastar em terra com a ajuda dos braços, pelo menos em distâncias mais curtas. Por que ela ficou? Havia algo *bom* para ela aqui? Em todo caso, o que seria?

Sem me livrar do nó na garganta, disse boa noite e deixei-a lá. Não me sentia bem. Gostaria de poder recolher a rede, mas era melhor esperar mais algumas horas pelos peixes. Na verdade, também não me atrevia a pegar "emprestado" o barco do Krutgubbe sozinho.

7

Tranquei a porta da casa de barcos e olhei ao redor. O cais estava vazio e os outros não haviam esperado, os ratos. Quando cheguei à estrada, vi que estavam uns cem metros na minha frente. Acelerei o passo e cheguei até Wille, que estava atrás dos outros. Olhou para mim e perguntou:

— Como ela tá?

— Tá deitada lá. Eu não entendo.

— Não entende o quê?

— Digamos que seja tipo um animal selvagem, então deveria fazer tudo pra não ficar na violência humana.

— Mas ela não é assim — disse Wille e baixou a voz antes de continuar: — ... pelo menos até onde você e eu concordamos. E "*na violência humana*", merda, Hannes, o que tá dizendo?

— Também leio livros.

— Aham. Então pode me contar o que é um chamariz. O idiota lá não quis contar.

Lembrei das aves entalhadas que mamãe e papai compraram em um mercado de pulgas e que estavam na parede da sala.

— É tipo uma imitação de ave que usam pra atrair as aves de verdade nas caçadas. Como uma isca.

— Uau! Imagina se ela for, tipo assim... uma isca.

— Pra quê? O que deveria atrair?

— Só o diabo sabe, mas pensa se for somente uma *armadilha* e tá planejando o pior.

— A corda e o fato de estar tipo morrendo vai contra isto.

— Aham, mas *pode* ter sido um show. Pensa só: talvez sejamos nós a *sua* violência e não percebemos.

Todos pareciam ter sua teoria sobre qual tipo de perigo a sereia representava, provavelmente não parariam até aparecerem russos, submarinos e bombas atômicas.

A lembrança de nossa sala e das aves na parede me lembraram o divórcio e tudo o que poderia desaparecer. As aves, a sala, a casa, Särsö. Tudo. Ao diabo, esses adultos que não sabiam como resolver seus problemas e deixavam nosso mundo conhecido desaparecer.

Tentei lembrar do sentimento que me possuiu durante o canto da sereia, mas sem sua influência era apenas um conhecimento teórico. Sim, talvez poderia morar com Felicia, mas não seria a mesma coisa. Sim, talvez houvesse alguma coisa boa em ter duas casas, mas, acima de tudo, provavelmente seria complicado e poderia ter um sentimento de *metade,* pensei. Nada seria realmente real.

8

Já eram quase dez horas, mas Helena e Maria ainda estavam no pátio do suporte de leite. Maria parecia esperar a própria execução e lançou um olhar como se fôssemos o pelotão de execução.

— Onde estiveram? — perguntou. — O que andam fazendo?

— Carpintaria — respondeu Wille, o que fez Maria em um raro ataque de raiva pegar um monte de terra e jogar nele, mesmo sem muita força.

— Foi legal em Svärtan? — perguntou Helena com um tom que indicava total indiferença se respondêssemos ou não.

— Íngreme — respondeu Hasse e se sentou no primeiro degrau, aos pés de Helena. — Rochas afiadas. Perigoso.

Mattias se sentou ao lado de Helena. Nada no seu comportamento indicava que estavam envolvidos em beijos e apertos. Mattias poderia ter simplesmente mentido. Obviamente Hasse não sabia de nada porque continuava tentando impressionar Helena com a escalada perigosa e o paredão alto. Ela escutava com a postura de alguém que masca uma bola de chiclete.

Imaginei quando Hasse jogaria sua carta contando como Mattias fora covarde. Talvez o empurrão da semana passada ainda estivesse fresco em sua lembrança e não se atrevia a falar mal de Mattias quando ele mesmo estava presente.

— E Felicia? — perguntei.

— Não veio — respondeu Maria.

— Bom pra ela. Detesto admitir, mas realmente é chato quando vocês não estão presentes. O que têm *feito*? E não digam *carpinta*...

— Coisas secretas — disse Helena.

— Como? — perguntou Maria e virou-se para a amiga. — O que você sabe que eu não sei?

— Só que são coisas secretas.

Maria segurou a cabeça.

— Alô, vocês são uns garotinhos, então? Vocês têm um *clube secreto*?

— Um clube de carpintaria secreto — disse Wille.

— É sério? — questionou Maria. — Vão começar...

— *Sério* — respondeu Mattias e levantou a mão em um gesto de parada. — Não contaremos, ok?! Talvez aos poucos, mas não agora. Então deixem disso.

— O quê? É algo *ilegal* ou?

— Ouviu o que o Matte disse? — perguntou Hasse. — Não pretendemos contar.

Maria cruzou os braços sobre o peito e balançou a cabeça. Helena colocou um braço sobre seus ombros e disse:

— Não liga, não. Devem ter matado um camundongo com a pistola de ar ou algo assim.

— Bah! — exclamou Wille. — Você apenas...

— Wille, calado! — exigiu Mattias, dando um chute em sua canela.

Mais um clichê de filme familiar: segredos corrompem, despertam desconfiança e divisão. Os clichês são clichês somente porque são tão obviamente verdadeiros. A sereia estava cravando uma fenda entre os meninos e as meninas muito maior do que a que usamos para amarrar o barco de Matte. Em uma tentativa de agir diplomaticamente entre os grupos, eu disse:

— Vamos contar. Mas ainda não. Precisam confiar na gente, ok?

— Mas *por que* não podem...

Maria se interrompeu e levantou as mãos indicando que se rendia.

— Ok. Ok. Vamos esquecer isso. Hum. E aí?

Matte olhou para seu relógio caro e apertou o botão que acendia a luz, mesmo não sendo realmente necessário.

— Meio tarde pra fazer alguma coisa, não é?

Não poderia dizer *como* eu sabia, mas havia algo na expressão corporal de Mattias, gestos, voz, como se inclinava um pouco para Helena, que me dizia que queria adiar a reunião em favor de alguns apertos. Helena não enviava os mesmos sinais, talvez quisesse evitar os apertos porque virou para mim e perguntou:

— Johannes, pode contar uma história de terror?

Sem querer me gabar muito, eu era muito bom para inventar história ou recontar histórias existentes. De outra forma não seria um bom mestre de jogo. Subi até o degrau superior, cruzei as mãos e perguntei para Maria:

— Já assistiu *O massacre da serra elétrica*?

— Não. Sei o que é, mas...

— Já assisti — disse Mattias. — Várias vezes. Merda, como é terrível quando...

Agora era minha vez de sinalizar *pare* com a mão porque aquela era uma área, além da sereia, onde eu era a autoridade. Histórias. Disse para Matte:

— Pode ouvir ou deixar pra lá. Mas não pode revelar nada.

Mattias aceitou muito rápido. Talvez ainda desejasse os apertos, talvez quisesse ouvir a história de outra forma, ou não tinha visto o filme. Este último era o mais improvável.

— Ok. Tem três caras e três garotas em um ônibus. Um dos caras tá em uma cadeira de rodas. Tão atravessando um deserto e a gasolina tá acabando, então param em um posto...

Demorou cerca de um quarto de hora para contar toda a história e quando o Leatherface perseguia as garotas pelo bosque, balançando a motosserra, todos estavam presos no som da minha voz, incluindo Mattias. Suspiros de alívio foram ouvidos quando as garotas conseguiram finalmente uma carona e o Leatherface ficou dançando na estrada com a motosserra enquanto o sol nascia.

Alguma coisa aconteceu comigo enquanto contava. Tudo o que normalmente considerava importante ou problemático desapareceu em favor de contar a história da melhor forma possível. Não *havia* nada além da história e todos os detalhes que serviam para lhe dar vida. Pode ter sido no verão de 1985 quando eu realmente me atrevi a tentar fazer das histórias minha profissão.

— O que aconteceu depois? — perguntou Wille. — Com o Leatherface?

— Não faço ideia. Acaba assim — fiz um gesto para Mattias indicando que queria falar com ele sozinho.

Mattias levantou as sobrancelhas, mas sua face indicava que entendera. Fomos para o lado da loja e nas minhas costas ouvi Maria dizer:

— Humm, agora o clube secreto vai se reunir.

— A rede, não é? — perguntou Mattias quando ficamos fora do alcance dos ouvidos dos outros.

— Aham. Quando podemos recolher?

— Não sei. Sete horas?

— Muito tarde. Não sei quanto tempo ela...

— Seis então?

— Cinco, de preferência.

Mattias soprou o ar, verificou seu relógio e disse:

— Merda. Sim, sim. Ok, então.

— No cais às cinco?

— Uhum.

Despedi-me de Mattias e dos outros e fui para casa. O sentimento de esperança quando tinha a fantasia de todos em meu poder e a pescaria matutina desapareceram quando me aproximei de casa. Senti um peso e uma tristeza no peito quando lembrei de tudo o que estava prestes a ser removido de minha vida. Mesmo sendo tão bom para inventar histórias, não estava no controle de minha própria vida.

9

A casa estava silenciosa. O normal seria ouvir os barulhos dos dados na madeira quando meus pais jogavam uma partida de Yatzy e bebiam uma xícara de chá de camomila antes de ir dormir. A ausência desse som que, ocasionalmente era irritante, me assustou. Percebi que não sabia quais círculos seriam quebrados e quais fenômenos seriam interrompidos se minha mãe e meu pai realmente se separassem. Os dados que pararam de rolar provavelmente eram uma coisa de merda nesse caso. Era um pensamento terrível.

Escutei, mas não ouvi sussurros do quarto. Teriam saído? Juntos ou separados? Já estariam na cama de costas um para o outro? Era estranho subitamente especular sobre os atos e sons dos meus pais. Antes não me importava, apenas considerava garantido.

Pisei com força subindo a escada, dizendo com meus passos: estou em casa e estou aborrecido, embora me sentisse mais triste do que irritado. Fechei a porta e olhei meu quarto como se mamãe e papai fossem uma coisa segura na minha vida. Na casa da cidade poderia ter saudade. O cheiro da madeira quente, como o sol entrava pela janela de manhã, os gritos das gaivotas. Ficar deitado e se espreguiçar enquanto o raio de sol avançava pelo piso, a esperança do dia que tinha pela frente. Havia desaparecido, tudo.

Não há nada que você pode fazer.

Provavelmente Helena tinha razão e era frustrante. Somente poder ficar parado e olhar quando o que amamos é retirado de nossas mãos. Não está certo. Com a cabeça baixa, cheguei até a janela e olhei para fora. O que vi me alegrou um pouco. Felicia estava na janela do seu quarto e quando levantei a mão em um aceno, ela correspondeu. Apontei para a mesa do jardim e fiz nosso velho sinal de pergunta. Felicia concordou.

Se ao subir a escada fiz barulho, ao descer fui silencioso. Meus pais não precisavam saber onde eu estava, não, eles não *mereciam* saber onde eu estava.

10

A grama estava úmida de orvalho sob meus pés descalços quando entrei no caramanchão de lilases. Não estava claro por que me comportava como em um filme de espionagem, talvez quisesse ter algo só meu contra meus pais traidores. Não, poderíamos dizer que eu já tinha, lá na casa de barcos.

Ouvi um caminhar rítmico na grama quando Felicia se aproximou. Vestia um pijama de flanela xadrez e estava descalça como eu. Normalmente seu cabelo estava penteado para trás com uma franja reta, mas agora estava embaralhado.

— Oi. Tava dormindo ou não?

Felicia se sentou em uma cadeira, dobrou um braço sobre a mesa e apoiou a cabeça no braço.

— Tentei um pouco. Não consegui.

— Olha, sinto muito por aquilo em Svärtan. Foi... eu não sei.

— Foi uma merda. Foram garotos se gabando.

— Sim. Podemos dizer isso.

— Você não é assim, Johannes.

— Não. Não quero ser assim em qualquer caso.

Felicia olhava para mim interrogativamente. Seria agora que deveria contar o segredo e renovar a confiança entre nós. Será que poderia pedir para ela *jurar* não contar para sua mãe? Mas apesar de ser muito próximo de Felicia, não confiava nela neste aspecto, então soltei outra bomba:

— Mattias e Helena estão juntos. Apertos e assim por diante.

O efeito não foi como esperado. Felicia deu de ombros e disse:

— Não se pode dizer que foi inesperado.

— Não?

— Não mesmo. A menina mais bonita, o rapaz mais bonito. Claro que começarão a namorar. Ok, tô um pouco surpresa com Helena fazendo essas coisas.

— Não muito, se podemos acreditar no Matte.

Felicia sorriu.

— Tá com problemas nas calças, então?

— Algo nesse estilo.

— Pode ser. É o que veremos. Como foi em Svärtan?

Diabo. Era a pergunta que esperava que Felicia não fizesse. Uma coisa era não contar, mentir na frente dela seria outra coisa. Olhei para baixo e arrastei os pés no gramado. *Se* e quando o segredo fosse revelado, Felicia nunca me perdoaria por tê-la mantido de fora. Fiquei calado um bom tempo até que Felicia colocou a mão sobre meu braço e perguntou:

— Johannes, o que foi?

Óbvio! Que idiota. A preocupação na voz de Felicia me inspirou de modo que isto foi a única coisa que consegui dizer. Com uma voz lamentosa, respondi:

— Meus pais vão se separar.

Colou. Felicia se jogou para trás na cadeira e questionou:

— O quê? É verdade? Por quê?

— Não sei. Mas meus pais não virão mais para Särsö.

— *Não?* Que merda!

Concordei. Mesmo tendo contado sobre a eventual separação por um motivo determinado e traiçoeiro, parecia correto compartilhar isso com Felicia. Não havia ninguém mais para quem gostaria de contar, porque de alguma forma me sentia *envergonhado* sem saber o por quê. Mas afinal havia contado para Helena.

— Mas *por quê*? — repetiu Felicia.

— Papai diz que não tão bem, já há muito tempo.

— Mas então...

Felicia apontou para a janela da nossa cozinha.

— Quando vemos eles sentados lá com o lampião de querosene jogando Yatzy, parecem, não sei... a própria imagem do casamento. Ali estão sentadas duas pessoas que se pertencem.

Senti os olhos molhados. Quando pequeno, havia participado, jogando Yatzy, mas há um ano comecei a achar chato. Não entendia como mamãe e papai podiam ficar sentados com os mesmos dados, as mesmas combinações limitadas noite após noite.

Talvez fosse como Felicia disse: era uma forma de ficarem juntos. E agora não queriam mais ficar juntos.

— Um dia podemos nos cansar — comecei com voz chorosa. — Só aguentamos tantas... partidas de Yatzy.

A umidade nos olhos se transformou em lágrimas que rolavam pelo meu rosto. Felicia se levantou e chegou para meu lado, me abraçou e encostou minha cabeça em seu corpo. Fiquei com vontade de chorar muito e desabafar minha tristeza. No ano anterior talvez tivesse feito isso, mas agora era o verão de 1985 e novos limites foram traçados silenciosamente. Era preciso manter algum tipo de dignidade.

Mesmo assim me permiti chorar normalmente por um momento enquanto aproveitava a maciez da flanela contra meu rosto, o cheiro de sabonete e o calor do corpo de Felicia.

Naquele momento pensei que ela era a menina mais linda do mundo e achava incrível não ficar apaixonado por ela. Não sei se foi telepatia ou a natureza, mas Felicia alisou meu cabelo e perguntou:

— Você acha que ficaremos juntos?

Levantei a cabeça e enxuguei os olhos quando respondi:

— Acho que não.

— Não, também acho que não. Mas por que será? Sou provavelmente a segunda menina mais bonita e você é o segundo rapaz mais bonito...

— O Hasse deve ser o segundo mais bonito.

— Deus me livre. Prefiro morrer. Mas se olhamos para Helena e Matte. Você e eu, seria mais ou menos natural, ou não?

— Talvez exatamente por isso. Porque não queremos ser naturais.

— Não. Talvez.

Felicia se sentou no seu lugar novamente e apoiou o queixo nas mãos. Balançou a cabeça e disse:

— É difícil. Porque as pessoas ficam juntas e porque deixam de ficar juntas. Difícil. É como se alguma coisa *acontecesse* sem que ninguém soubesse direito o por quê.

— E seus pais? Tão tipo... seguros?

Felicia bateu três vezes na mesa e disse:

— Acho que sim. Quando papai tá em casa parecem apaixonados. Às vezes parece um pouco esquisito, mas deve ser bom que eles... você sabe, se toquem, se beijem e coisas assim. Eu penso assim, pelo menos.

— Meus pais nunca se tocam. Apenas jogam Yatzy.

— Hum, talvez seja um pouco triste no longo prazo. Mas, merda, Johannes, agora parece que no próximo verão você talvez não venha...

Felicia estalou os dedos e se animou dizendo:

— Mas você pode ficar conosco? Nesse caso.

Havia pensado a mesma coisa e foi um alívio ver que a própria Felicia sugeriu. Perguntei:

— Você acha que estaria ok com seus pais?

— Eu *sei* que é ok. Eles gostam muito de você e temos um quarto de hóspedes que quase nunca usamos. Se tivermos algum hóspede, você pode dormir no chão do meu quarto.

— Talvez você tenha um namorado no próximo verão.

— Quem?

— *Hasse* ou...?

— Nesse caso pode pegar a espingarda do Krutgubbe e explodir minha cabeça.

Uma parte do peso e tristeza do meu peito se desfez e sorri dizendo:

— Não sei se deveria contar esta novidade, mas *existem* outros rapazes além dos que temos aqui em Särsö.

— De jeito nenhum. São vocês quatro, e pronto, e nenhum de vocês...

Felicia se interrompeu, apontou para mim e disse:

— O que nos leva para outra possibilidade. Você e Maria?

Balancei a cabeça e disse:

— Não tá no nível de *pegue a espingarda*. Ela é bonita e coisa e tal, mas... não. Nenhuma alternativa.

— Ok, então já sabemos. Resta apenas *uma* pergunta.

— Qual?

— Na casa de quem vamos assistir ao *Live Aid*?

11

Faremos uma breve pausa agora. Preciso dizer algumas palavras sobre a primeira transmissão de televisão realmente global chamada *Live Aid* e que foi assistida no seu todo ou em parte por um quarto de toda a população mundial. Há muitos números surpreendentes relacionados com o *Live Aid*, mas nos contentaremos com este: um quarto da população mundial. É suficiente para entender a magnitude.

Foram dezesseis horas de transmissão direta principalmente de dois concertos gigantes na Inglaterra e nos Estados Unidos apresentando a maior parte das grandes estrelas de pop e rock daquela época. Não tentarei citar todos os nomes. Se os artistas eram realmente famosos em meados de 1980, provavelmente estavam lá. Com poucas exceções. O festival foi organizado para angariar fundos para os famintos da Etiópia.

Até em Särsö havia uma febre de *Live Aid* no verão de 1985. Vergonhosamente em nosso grupo não havia ninguém realmente entendido em música e não ligávamos muito em saber, por exemplo sobre a reunião do The Who ou se Bob Dylan tocaria. Mas claro que conhecíamos Queen e U2. E Bowie.

Alguém poderia dizer que gostar de David Bowie indica algum conhecimento da história da música popular. Talvez não. Era *Let's dance* e *China girl* que nos agradava. Grandes sucessos de Bowie, o que era muito bom para ele, mas não tinha nenhum significado para o desenvolvimento da música. Sobre *Ziggy Stardust,* nunca ouvimos falar.

Não, foi acima de tudo o próprio acontecimento que fez nossos jovens corações baterem um pouco mais forte. Durante as semanas antes do *Live Aid* havia relatos constantes sobre a construção dos cenários, transportes, sincronização do som através do Atlântico e satélites. Sim, acima de tudo os *satélites* ativavam a fantasia. Como os artistas, por assim dizer, seriam enviados para o espaço e depois brilhariam nos aparelhos de televisão ao redor de toda a Terra, incluindo Särsö. Que coisa! Precisávamos participar!

No meio da animação, os relatos costumavam introduzir as informações obrigatórias sobre a Etiópia que era o motivo de tudo, mas no nosso grupo apenas Wille se preocupou em descobrir onde ficava a Etiópia. Para os outros, tratava-se da África, que aparecia no logo do *Live Aid*. É claro que sabíamos onde ficava a África. Mais ou menos.

A pergunta de Felicia, onde assistiríamos esse *evento* global tinha certa importância. As pessoas provavelmente planejaram algo similar para a transmissão do primeiro pouso na lua pela televisão. Queríamos nos divertir com o resto do mundo, queríamos *estar lá*.

Então é isto sobre o *Live Aid*. Voltemos para nossa história.

12

Felicia foi para casa dormir enquanto eu fiquei no caramanchão de lilases e pensei em nossa conversa. Já no começo do verão havia refletido sobre Felicia como namorada e rejeitado a ideia. Não conseguia ver isto, não havia nada lá e isto me deixava um pouco triste.

Se não podia ficar com Felicia, com quem poderia ficar? Estava destinado a ficar sozinho? Não queria acreditar nisso.

Percebi que estava em um ponto de ruptura, provavelmente entre criança e jovem, ou talvez já adulto. Claro, havia aumento de pelos e altura, mas além disso, o sentimento de que não seriam mais apenas meus pais, deveria haver mais *alguém*. Alguém que não me deixaria sozinho... parado. Passariam mais quatro anos antes de reconhecer o fato e beijar meu primeiro namorado. Quatro anos solitários.

Quando saí do caramanchão de lilases, meu coração deu um pequeno salto quando vi que o lampião de querosene estava aceso na cozinha. Independente das ideias de meus pais, sentia que um divórcio aumentaria muito o sentimento de desolação que invadia minha vida. Subi os degraus e abri a porta com cuidado.

Nenhum barulho de dados, nenhum murmúrio de vozes e ruídos de anotações no papel. Caminhei com os pés descalços pelo corredor e olhei para a cozinha. Na luz do lampião vi mamãe jogando paciência. Seu rosto não tinha expressão enquanto colocava as cartas e virava as pilhas. Sem me mostrar, subi a escada silenciosamente.

Por quê?

Por que escolher a solidão em lugar do parceiro, paciência em lugar do Yatzy? Eu não era tão burro a ponto de não perceber que havia muitas outras variáveis além dessa escolha simples, mas mesmo assim: por quê? Por que duas pessoas não conseguiam fazer funcionar? Ainda hoje acho difícil entender. Como escritor de romances, recebo elogios por minhas descrições de relacionamentos, onde entre outras coisas incluo descrições psicológicas detalhadas de separações e divórcios. Mas é apenas tentativa e erro. Na realidade, eu não entendo.

Fechei a porta do meu quarto tão silenciosamente quanto possível e deitei na cama. O relógio marcava pouco mais de onze horas e eu estava cansado depois de todos os acontecimentos do dia, mas sem sono. Olhei para minhas revistas e livros. Nenhuma vontade. Meu walkman com uma seleção de A-ha e Depeche. Nenhuma vontade. Virei para o lado e estudei o E.T. com seu dedo indicador, brilhante e com poder de cura levantado.

— Você tava sozinho — sussurrei. — Foram embora e o deixaram. Como se sentiu?

Meus pais não entrariam em uma nave espacial indo para um planeta distante, mas me deixariam sem a constelação que havíamos construído.

— Você telefonou para casa — disse para o E.T. — Bom pra você.

Este era o problema. Não tinha para onde ir, nenhuma autoridade que pudesse chamar para me ajudar, me buscar, me curar. Existia alguma coisa chamada Serviço Social da Infância, mas não acho que suas atribuições incluíam manter os pais juntos. Estava sozinho com tudo isto.

A sereia.

Sim. Pelo menos era algo *externo,* uma força que não pertencia às tristezas diárias. Seu canto. Não lembrava sequer da melodia, mas lembrava do sentimento de calor fluindo, como a consciência fluía para um lugar onde só havia esperança e louvor. O canto era sua forma de curar. Recolheria a rede, forneceria comida, cuidaria dela. Esta era a tarefa que havia recebido. Ao diabo com todo o resto.

Confortado por aquele pensamento, troquei de roupa, acertei o despertador para quatro e meia e deitei na cama. Fiz como costumava fazer quando não havia ninguém por perto. Estiquei meu braço e toquei o dedo brilhante e vermelho do E.T. e disse:

— Boa noite.

Depois adormeci.

V

O VELHO DA PÓLVORA

1

Quando o despertador tocou, respirei e pisquei sonolentamente um par de vezes antes de lembrar *por que* o despertador havia tocado. Apressei-me em levantar; não queria que mamãe e papai acordassem e fizessem perguntas difíceis.

Mamãe e papai.

Continuava pensando neles como uma unidade inseparável, como seria quando se separassem? Seriam reduzidos a duas pessoas comuns, embora próximas, uma espécie de divindade transparente? *Achei que o anjo voasse, mas agora vejo os fios. A fumaça e os espelhos, tudo.* Não refletia assim naquele tempo, mas me lembro de um sentimento de decepção, de que tudo fora um fingimento.

Limpei a névoa de sono dos olhos e me levantei, peguei meu jeans rasgado na gaveta e o vesti. Recolher as redes poderia ser um trabalho sujo. Também vesti uma camiseta e um casaco pequeno demais, e gasto, que estava *ainda* mais no fundo da gaveta. As calças e o casaco em teoria deveriam ser descartados, mas havia os guardado. Agora cairiam bem. Poderiam ser minhas roupas de pescaria enquanto fosse necessário e *depois* poderia descartar. Talvez.

Eu era sentimental dessa forma. Todas as coisas tinham uma lembrança de tempos e fatos e não eram algo para jogar fora despreocupadamente. Talvez essa posição tenha contribuído para meu forte desgosto com um eventual divórcio. Simplesmente jogar fora todo esse tempo, toda essa vida vivida.

Faltavam vinte para as cinco quando já estava vestido e pronto. Minha cabeça estava cheia da confusão vazia como quando acordamos em uma hora anormal. Levaria apenas cinco minutos para pedalar até Bodvik, então me sentei na cama e peguei meu walkman na mesa de cabeceira, olhei as fitas cassete e escolhi uma que continha um mix de meio ano atrás.

Coloquei os fones de ouvido e passei a fita para frente até encontrar o que procurava. Talvez fosse a conversa com Felicia na noite anterior que me assombrou quando a fita começou a tocar e ouvi a abertura de *Do they know it's Christmas?*, a canção que foi o início do projeto do *Live Aid*.

Além dessa canção em duas versões, uma em cada lado, a fita continha outras canções dos artistas que participariam: Boy George, Phil Collins, George Michael, entre outros. Como eu não tinha um gravador de cassete duplo, Mattias precisava usar o dedo na tecla REC quando ouvia o que gostava. Às vezes, vinha a voz de Kaj Kindvall no começo ou no fim das canções.

Fiquei parado na cama com as mãos nos joelhos ouvindo a canção. Depois voltei e ouvi mais uma vez. O murmúrio vazio da cabeça foi substituído pela *música* e um sentimento de solenidade e ação. Todos podemos fazer alguma coisa.

Gostava da canção mais do que jamais disse a qualquer pessoa, escutei mais de uma centena de vezes. Havia algo grandioso nesses artistas que se reuniam para ajudar os famintos e poderiam ter lágrimas nos meus olhos quando Bono dizia: *Well tonight, thank God, it's them instead of you* (Bem, nesta noite, graças a Deus são eles e não você). Como disse, eu era sentimental. E ainda sou.

Sim, via o outro lado da coisa também. Talvez não seria apenas o interesse próprio que levava os artistas a participar, assim como seria falso alegar que os africanos sofriam por não saber nada sobre o Natal e a falta de neve. Não tinha nenhuma importância quando era tão impressionante.

Quando tirei os fones de ouvido e coloquei meu walkman de volta na mesa de cabeceira me senti pronto para enfrentar os desafios matutinos.

Eu também tinha uma missão e um ser vivo para salvar. Queria ver a situação assim. Desci as escadas, peguei meus sapatos e fui buscar minha bicicleta.

2

Faltavam alguns minutos para as cinco quando parei na estrada acima da casa de barcos. Mattias não estava visível. Fiquei parado um minuto com uma perna de cada lado da bicicleta e observei a manhã. O Sol estava subindo no horizonte e pincelava de dourado o mar calmo a oeste, fazia brilhar as gotas de orvalho no gramado. O ar que respirava era limpo e muito claro. As gaivotas gritavam na baía e os passarinhos cantavam nas árvores. Não via nem ouvia nenhuma pessoa e por um momento tudo isto era meu e só meu.

Olhei a estrada na direção da casa de Mattias. Depois de cinco minutos sem ele aparecer, encostei a bicicleta no lado da casa de barcos que não era visível da estrada. Fui até a porta e passei o dedo no cadeado. Não queria entrar de mãos vazias, então encostei o ouvido na porta. O único som que ouvia na casa de barcos era o ruído lento da água caindo no piso e depois descendo pelas frestas. O que fazia a sereia lá dentro, o que pensava? Afastei o ouvido da porta e me sentei no degrau superior da escada esperando Mattias.

Como um dente quebrado que não podemos deixar de tocar com a língua, meus pensamentos voltavam para a corda. Alguém havia amarrado a sereia e a abandonado para morrer. Quem faria uma coisa dessas? Alguém de Särsö? Nesse caso, quem? E por quê? *Por quê*? Alguma pessoa (ou algumas pessoas) deveria detestá-la intensamente. O que faria essa pessoa (ou pessoas) se fosse para Svärtan e encontrasse a corda partida?

Nenhum pensamento bom. Esfreguei os olhos e tentei esquecer as imagens cantarolando baixinho a canção que ouvira, mas o que me vinha na mente era: *There's a world outside your window, and it's a world of dread and fear* (Existe um mundo fora de sua janela, e é um mundo de ameaças e medos). Talvez fosse minha imaginação, mas pensei ter ouvido um ruído diferente nas minhas costas. A sereia teria vindo até a superfície para ouvir minha variação da canção? Espero que sim. Que ela sabia que eu estava lá.

3

Depois de mais um quarto de hora sem que Mattias aparecesse, comecei a pensar seriamente na triste possibilidade de que estava sozinho com tudo isto. Levantei-me e olhei para a estrada vazia antes de continuar até o cais. O barco do avô de Mattias balançava lentamente na brisa enquanto eu esperava. Será que me atreveria?

O que Mattias havia dito? *Ele não briga nem manda o cachorro morder*. Não, mas mesmo assim... O simples pensamento de ficar na frente do Krutgubbe e ser culpado de algum mau comportamento contra ele era suficiente para levantar os cabelos da nuca.

O único banheiro da casa de Mattias ficava no andar térreo, em um canto da cozinha. No outro lado ficava a porta para o quarto do avô. Quando eu dormia lá e precisava ir ao banheiro no meio da noite, ia com o coração na garganta, na ponta dos pés pela cozinha, sabendo que o piso poderia ranger e os lábios tremendo de medo que o Krutgubbe abrisse sua porta e quebrasse o silêncio da noite com sua voz estrondosa: "QUEM ESTÁ ANDANDO NO MEU PISO?" Nunca havia acontecido, mas o medo não entende as estatísticas. Todas as vezes, poderia ser a noite em que aquilo aconteceria.

Mas agora, o barco... Pegar emprestado o barco do Krutgubbe sem licença parecia a coisa mais ousada que já fiz na vida. Se Mattias estivesse lá, *ele* seria o culpado, a zona de proteção. Agora era apenas eu, que nunca havia recolhido uma rede sozinho. Ao diabo com Mattias!

Pensei no canto da sereia, tentei recordar, sem sucesso. Mas lembrava do sentimento. O balanço e o brilho das folhas. Se morresse de fome, eu seria culpado por ter deixado o mundo sem ela. Bem, apesar da música ouvida de manhã, eu não era totalmente altruísta. Por ter *nos* deixado, *me* deixado.

Engoli seco, olhei mais uma vez para a estrada e entrei no barco. Depois que ultrapassei o limite do permitido, fiquei com pressa. Soltei as amarras, me sentei e peguei os remos. Tão rápido quanto consegui, remei para fora da baía e somente quando estava fora da visão de terra me permiti relaxar. Descansei os remos e olhei para o fundo do barco.

Diabo!

Na noite anterior, Mattias havia levado a lata e a vara do barco para que ninguém percebesse que foram usados. A única coisa no barco era um balde de plástico que não tinha muita utilidade. Como fazer agora?

Remar de volta e buscar as coisas não parecia uma alternativa. Estava aqui agora, podia ver a boia vermelha balançando na superfície uns cem metros adiante. Afinal, era apenas uma questão de levantar a rede para o barco e pegar os peixes.

Mas, Diabos! Duplos Diabos! Merda dos Diabos!

A excitação da partida e o medo de Krutgubbe haviam obscurecido totalmente meu julgamento. Pegar os peixes, sim, e depois? Não tinha sequer uma lata com água para mantê-los vivos! A sereia os recusaria do mesmo jeito como fizera com os arenques e tudo seria inútil. Que idiota.

Apoiei o rosto suado nas mãos e tentei pensar. Depois de ficar sentado por um tempo, abri os dedos e olhei para o balde. Ok, havia uma alternativa. Não era uma boa alternativa, mas era a única disponível. Peguei os remos e remei para a boia.

4

Quando cheguei à rede, soltei os remos, inclinei-me sobre a borda e olhei para o fundo do mar. Podia distinguir alguns peixes esverdeados se movendo lá embaixo. Havia peixes na rede e eu deveria usar minha *alternativa*, já que era um idiota.

Levantei a lona que estava mais perto da popa de modo que o fundo arredondado do barco ficou à vista. Algumas vezes havia ajudado o papai a tirar a água do nosso barco com o balde quando chovia, de modo que agora parecia estranho jogar água dentro do barco. Demorei talvez uns cinco minutos e uma centena de vezes com o balde antes de ter uns dez centímetros de água acumulada nos pés. Deveria servir como um poço provisório.

Durante o trabalho havia me afastado da boia e agora dei algumas remadas com o barco cheio de água um pouco mais pesado, mas não ao ponto de ser um problema. Estiquei os remos sobre a borda e consegui pegar a boia na primeira tentativa. Fiquei de pé cambaleando e pensei mais uma vez: *Que o diabo o carregue, Mattias.*

Apertei os dentes e puxei a boia, depois estiquei o dedo indicador da mão esquerda e usei como vara para pegar algumas malhas da rede. Acenei para mim mesmo. Isso funcionava. Apesar de não estar acostumado e estar sozinho para resolver, consegui descobrir como manter os peixes vivos.

Ok, então mamãe e papai se separariam, digamos que eu não encontrasse alguém que quisesse ficar comigo. Lá estava eu, de pé no barco, com as pernas abertas e puxando malha após malha da rede do mar enquanto o sol da manhã aquecia meu rosto, senti uma paz, uma certeza de que *eu* não dependia de ninguém para me ajudar, conseguia resolver sozinho. Como fazia agora. Conseguia alimento para os famintos.

Feed the world (Alimente o mundo).

Puxei uma dezena de malhas da rede para o barco sem encontrar nenhum peixe. Olhei sobre a borda e vi que havia recolhido apenas a parte de cima da rede, a parte de baixo ainda estava na água e vi movimentos verdes respingando perto da superfície.

Quando levantei o dedo sobre a cabeça para puxar a parte de baixo da rede para o barco, perdi o equilíbrio e caí de costas. Senti uma dor se espalhando por minha coluna quando bati no fundo do barco e meu jeans ficou encharcado. A rede foi puxada sobre a borda e caiu aos meus pés.

Apertei os olhos devido a dor e solucei enquanto minha autossuficiência desaparecia. Fiquei sentado com uma dor terrível, as calças molhadas e uma rede embaralhada com dois peixes me olhando. Tudo para não depender de ninguém. Tudo para *resolver tudo*.

Fiquei sentado por um tempo na água fria com a cabeça baixa e senti um forte desejo de desistir. Deixar toda a merda para lá. Só me deixar levar e esperar por alguém que sabia fazer as coisas me encontrar e me levar para casa.

Casa?

Minha casa não existia mais. Não sei, talvez teria realmente desistido naquele momento se não tivesse ouvido *Do they know it's Christmas?* antes de sair. Alguma coisa ainda vibrava em mim e me deu forças para continuar *Against all odds* (Contra todas as possibilidades), que também tinha na minha fita. Um dos peixes estava preso no canto superior da rede e foi fácil soltar com a mão e ele nadou feito um louco na água no fundo do barco espirrando água no meu rosto.

O outro foi mais complicado. Estava mais preso na rede e conseguiu se emaranhar completamente. Quando tentei soltar o peixe, a rede partiu em alguns pontos na tentativa de desembaralhar. Quando consegui pegar, ele saltou e sua barbatana rasgou a palma da minha mão direita.

Gritei e soltei o peixe. O positivo foi que, ao soltar da rede, ele caiu no "poço", começou a nadar e encontrou seu companheiro. O negativo foi que tinha um ferimento sangrando na minha mão, um corte de quase dez centímetros ao longo da linha da vida de onde o sangue escorria para o punho. Coloquei a mão na água e apertei a testa contra a borda, menos satisfeito do que nunca.

Agora chega. É suficiente dizer que finalmente consegui retirar toda a rede da água, cinco peixes acabaram no poço e três estavam impossíveis de soltar sem estragar a rede. Não tinha nada para enfaixar a mão, então fiquei sangrando o tempo todo. Havia sangue no barco, nas calças e nos peixes. Sangue na água onde nadavam. Sangue por toda parte. Quando sentei no banco e peguei os remos me senti tonto.

Olhei o relógio. Havia passado menos de uma hora. Parecia pelo menos três e eu estava tão cansado que parecia impossível remar. Ao mesmo tempo sabia que não era assim. *A dor é apenas a fraqueza deixando o corpo. Naquele momento, decidi acreditar nisso, então, com a mão direita ardendo, dei uma remada forte e depois mais uma e mais uma.*

5

Quando cheguei à baía, uma hora mais tarde, olhei sobre o ombro e vi o Mattias de pé na ponta do cais. Que dia dos infernos. Ele balançou os braços e parecia excitado. Poderia estar. Reduzi a velocidade e remei lentamente os últimos cinquenta metros até deslizar ao lado do cais.

— Pra cá com o barco — gritou Mattias. — Rápido como o diabo.

— O que foi? — perguntei enquanto passava as amarras da proa e da popa com movimentos deliberadamente lentos.

— O vovô — disse dando um par de voltas rápidas. — Saiu com o cachorro de manhã e viu que o barco não tava. Veio pra casa e fez tanto barulho que eu acordei.

— Ah, sim. E você finalmente acordou?

— Sim, sorry. Tem algum problema no meu despertador, eu não sei.

Havia algo errado na expressão de Matte quando falava do seu despertador, então apontei para o relógio digital no seu pulso e perguntei:

— Não consegue acertar esse aí pra despertar?

— Olha, sério, dane-se isso agora. Temos que tirar as coisas do barco, pra que ele não...

Mattias olhou com expressão estranha.

— Merda. O que aconteceu com sua mão?

Olhei para minha mão que sangrava novamente depois de remar, encharcando o punho do casaco. Provavelmente o casaco seria relegado para o lixo onde os outros achavam que pertencia. Balancei os ombros e respondi:

— Os peixes.

A preocupação de Mattias com minha saúde já fora superada pelo medo de Krutgubbe:

— Pega a rede agora. O vovô falou em chamar a polícia.

Olhei para a rede. Depois percebi que como o Mattias estava ali, ele seria o *maior culpado* devido a seu relacionamento. Levantei-me, fiz uma careta de dor e disse:

— Minha mão tá doendo *muito*.

— Merda, merda, merda — murmurou Mattias e pulou no barco. — Este é *seu* projeto de merda.

— Aham. Mas é a merda do barco do seu avô. E você não tava aqui.

Mattias resmungou algo inaudível enquanto recolhia a rede estraçalhada e jogava no cais. Os peixes que ainda estavam presos se retorciam em desespero enquanto os peixes que estavam na água ainda tinham um pouco de vida. Apontei para eles e disse:

— Estes precisam ficar na água.

Mattias parou no meio de um movimento e me olhou nos olhos. Seu olhar era sombrio quando perguntou:

— Quer levar uma pancada? É isso?

— Não — respondi mantendo a voz firme. — Quero colocar os peixes na água pra que não morram.

Mattias engoliu, respirou fundo um par de vezes, acalmou-se, apontou para terra e disse:

— Tem um tambor lá. Ao lado da casa de barcos. O tambor velho da máquina de lavar.

Senti que agora o Mattias, igual ao cachorro do seu avô, havia chegado ao fim de sua correia e não estava para brincadeira. O castigo por não ter chegado pela manhã já era suficiente. Tínhamos uma *situação* a resolver e agora deveria agir, com a mão machucada ou não.

Subi no cais deixando uma impressão sangrenta da mão. Provas. Polícia. Minha indiferença era em grande parte fingida e olhei ansiosamente para a estrada. Mattias era um parente, mas não era certo de que o Krutgubbe ou, a polícia, me considerariam um carneirinho inocente. Corri para a casa de barcos.

6

Minha bicicleta estava onde havia deixado, encostada na casa de barcos. Cumprimentei-me por minha presença de espírito ao esconder a bicicleta onde não ficava visível. Se o avô de Mattias a tivesse visto, dificilmente seria necessária alguma análise de impressões digitais para apontar o culpado. Na minha situação alterada, tinha certeza de que Krutgubbe controlava todas as bicicletas da ilha e principalmente a minha, já que uma vez estivera no seu caminho.

Encontrei o tambor da máquina de lavar meio enterrado no capim alto. Achei que estaria com manchas de ferrugem, mas brilhava como prata recém polida. Aço inoxidável, eu deduzi. Tinha muitos furos na lateral e uma tampa. Poderia ter sido fabricado para ser usado como um reservatório.

Uma corda velha de nylon azul estava embaralhada na vegetação. Usei a mão esquerda para soltar o tambor da grama e caminhei para o cais com a corda balançando nas minhas costas.

No meio do caminho encontrei Mattias, que vinha cambaleando para a terra. Carregava a rede pingando nos braços e molhando sua camiseta e calção.

— Que merda você fez? — perguntou. — A rede toda parece um diabo de um ninho de cobras.

Presumi que se referia à rede embaralhada:

— Não tinha ferramentas. Tava sozinho. Como você acha que...

— Chega disso — disse Mattias passando por mim. — Agora some com os diabos dos peixes. O vovó tá chegando...

Sua voz desapareceu enquanto continuava subindo para a terra e nunca fiquei sabendo o que o Krutgubbe faria. Talvez Mattias não estivesse tão convencido sobre não brigar nem atacar com cães.

Também não queria saber, então entrei no barco e, com a mão esquerda, consegui pegar os peixes no reservatório provisório. A mão direita quase não sangrava mais, mas ainda havia uma linha escura cruzando a palma da mão. Será que precisaria levar pontos? Um problema para mais tarde. *Tudo* era problema para mais tarde naquele momento.

Prendi a corda em um suporte de remo e joguei o tambor no mar para deixar os peixes respirarem um pouco de oxigênio fresco enquanto colocava a lona de volta no lugar e inspecionava o barco. A madeira tratada com alcatrão era escura e meu sangue não deixou marcas visíveis. Mas havia algumas manchas vermelhas no remo. Lavei no mar e inspecionei. Não restava nenhum vestígio.

Eu sei, eu sei. Exagerado. Mas eu tinha catorze anos e o que sabia sobre as prioridades da polícia? No meu estado excitado, imaginava pessoas sérias de uniforme no cais ocupados com uma *investigação da cena do crime*. Lupas. Microscópio. A corda seria apertada lentamente até que chegassem a minha casa balançando os cassetetes.

Soltei a corda do tambor e segurei com os dentes enquanto subia para o cais. Depois arrastei o tambor ao longo do cais até chegar à terra. Realmente, fiz o que pude para conservar vivas minhas presas obtidas com tanto trabalho.

— Psst! — sussurrei para Mattias que estava de pé segurando a rede contra a parede do barracão. Olhou para mim com olhar selvagem e eu perguntei:

— Onde posso colocar o tambor?

— No traseiro. Como diabos eu vou saber? — respondeu virando para a rede. Percebi que no momento Mattias não teria as melhores recomendações e não o considerei culpado. Arrastei o tambor até o cais mais próximo, deixei afundar até o fundo e amarrei bem em um poste. Apesar de minha imaginação exagerada sobre os poderes de observação de Krutgubbe, achava que ele não reconheceria sua *corda*. Certo?

Fui até Mattias, que acabava de pendurar a última parte da rede. Os três peixes que estavam presos não se moviam mais. Carne morta. Imprestável. Durante os últimos minutos, meus pensamentos não lembravam da sereia nem por que estava fazendo aquilo tudo. Agora começava a pensar como fazer com os peixes e esperava que ainda estivessem vivos.

O pensamento foi interrompido quando Mattias resmungou:

— Diabo, diabo...

— O que foi?

Mattias apontou para a estrada onde o corpo de Krutgubbe aparecia cada vez maior enquanto ele subia a colina, até toda a figura assustadora vestida de azul ficar visível quando se movia lenta, porém decididamente, para a baía Bodvik. Segurava uma correia que continha o Burken na outra ponta caçando, para lá e para cá, alguma coisa para enfiar os dentes. Mattias e eu nos escondemos no mato alto e sussurrei:

— Fica calmo. O barco tá inteiro... não parece ter sido usado. Talvez ele...

Não consegui falar mais porque Mattias bateu uma mão na testa e com a outra mão apontou para a praia. Arregalou os olhos e sua voz tremia quando disse:

— A mangueira. A bomba. Ele vai ver. Ele vai...

Fiquei surpreso com minha capacidade de agir naquela situação complicada. Enquanto Mattias ficou sentado com as mãos na cabeça, congelado pelo medo, desci até a borda da praia e olhei para a estrada. Havia presumido, corretamente, que a casa de barcos cortaria a linha de visão do Krutgubbe. Ele não poderia ver, pelo menos no próximo meio minuto mais ou menos.

Andei pela praia e soltei a bomba que gorgolejou furiosamente quando não tinha mais água para circular. Desliguei a bomba e recolhi a mangueira. Fez barulho e bateu dentro da casa de barcos. Enquanto o plástico era arrastado pelo piso, fiquei com um nó na garganta quando a ponta passou pela porta e bateu nos degraus com um par de estalos, que nos meus ouvidos pareciam tiros de pistola no silêncio da manhã. Sabia que Krutgubbe tinha problemas de audição e por isso falava tão alto, mas, pelo que eu sabia, a audição de Burken era perfeita.

Lá no canto, Mattias me sinalizava para andar rápido. Diabo de Mattias. Fiquei com vontade de soltar o que tinha nas mãos e esperar pelo Krutgubbe, de repente dizer:

— Ei, vovô Janne, olha o que seu neto me disse para fazer. Ele tá lá. Manda o Burken pra ele.

Mas, ao invés disso, recolhi a mangueira rapidamente e corri para me esconder atrás do barracão onde deixei tudo cair no mato.

— A extensão — disse Mattias e apontou para o cabo preto pendurado na bomba.

— Talvez você poderia ter recolhido isso — respondi.

— Ficou maluco? Ele poderia me ver.

— Não se você soltasse...

— Quieto. Tá vindo.

7

Mattias e eu nos afastamos e encostamos as costas na parede do barracão. Tudo o que podíamos ver era a ponta mais distante do cais onde estava amarrado o barco. O cascalho fazia barulho quando Krutgubbe pisava com suas botas Graninge e o Burken arfava e grunhia. Mattias e eu olhamos um para o outro.

As confusões e reclamações perderam o sentido quando nos reunimos no mesmo terror paralisante e trememos enquanto Burken caçava. Será que o cão viu a mangueira, sentiu nosso cheiro, ou era apenas o instinto animal dizendo que havia algo suspeito?

— Quieto, droga — resmungou Krutgubbe e o barulho dos passos no cascalho parou, assim como a respiração de Mattias e a minha.

Krutgubbe disse:

— Vou te pegar, seu rato...

Tampei a boca com as mãos para não rir nervosamente. Não pensei que essa expressão existia fora dos gibis do Pato Donald.

Mais ruídos do cascalho e depois as pisadas do avô de Mattias continuando para o cais. Burken começou a ganir para indicar que, pelo menos *ele,* sabia que ali havia... sim, *um cão enterrado*. Mattias puxou a manga da minha camisa e apontou para baixo. Eu entendi. Quando Krutgubbe chegasse à ponta do cais, teria a linha livre para nos ver de pé assustados igual coelhos. Acenamos em silêncio e Mattias e eu caímos de joelhos e depois deitamos de barriga no chão esperando ficar escondidos no mato alto que ainda permitia alguma visibilidade.

Krutgubbe apareceu no nosso campo de visão quando andou pelo cais e olhou para a água com as mãos apoiadas na cintura enquanto balançava a cabeça. Havia algo tão terrivelmente *compacto* na sua aparência, como se fosse moldado em uma única peça tendo os suspensórios da Fristad como forma. Pensei na enguia que tivera força para passar por aqueles punhos enormes. Eu dificilmente seria capaz de algo assim se ele conseguisse me pegar.

— O que você acha que ele tá pensando? — sussurrei.

— Talvez que não viu direito. Em qualquer caso podemos... merda, abaixe!

A lentidão estudada de como Krutgubbe se virou me fez pensar que na verdade estava ciente de nossa presença, e apenas queria prolongar o tormento. Burken olhou para seu mestre e se pudesse falar parecia querer dizer:

— Sim, tá vendo agora?

Não consegui perceber mais nada porque, igual ao Mattias, apertei o rosto contra o solo. O conceito errado das pessoas sobre como a avestruz se esconde provavelmente é baseado no nosso próprio comportamento quando apresentamos a mesma tendência nas situações de tensão. Se eu não posso ver o outro, talvez ele não me veja. Apertei os olhos, meu coração batia contra o solo quando imaginava como Krutgubbe tirava suas botas Graninge para continuar sem fazer barulho. Não perceberíamos nada até sentir sua pegada na nossa nuca. Comecei a mastigar uma folha de capim para não entrar em pânico.

O tempo passou. Pensei na nave do E.T. navegando através do espaço para buscar seu tripulante perdido, pensei nos raios gama pulsando na pistola do caça-fantasmas. Resgate, neutralização da ameaça. Finalmente ouvimos os passos do Krutgubbe voltando para o cais, tão lentos como quando saiu, de modo que nada indicava que nos havia visto. Quando chegou ao cascalho, ouvimos ele resmungando algo como *bandidos* antes de desaparecer subindo a colina.

Cuspi algumas vezes para me livrar da terra na boca e me virei para Mattias que tinha uma impressão de capim na testa.

— Você acha que ele percebeu que fomos nós?

Mattias balançou a cabeça.

— Quando ele chegou a casa, gritando de manhã, eu fiz questão de aparecer, de modo que, pelo menos, ele não acha que fui *eu*.

— Bom para você.

— Ou não.

Deitado de barriga ao lado de Mattias, subitamente senti muito cansaço. Levantar cedo, a luta com a rede e agora a emoção com Krutgubbe, tudo junto me dava vontade de continuar deitado lá onde estava. Dobrei o braço esquerdo sob a cabeça e apoiei o rosto contra o braço. Mattias fez uma tentativa para se levantar e, para impedir, eu perguntei:

— Como tá com a Helena?

Mattias parecia pensar nas opções antes de suspirar, deitar novamente e encostar o rosto no braço direito para ficar virado para o meu lado. Torceu a boca e disse:

— Ela tá bem deprimida, né?!

— Deprimida como?

— Bem, assim... totalmente... desligada. Quando toco nela é como se...

Mattias ficou com o corpo tenso e fez uma careta como se visse um fantasma.

— Esteve com ela ontem? Depois?

— Hum.

— E nada de... apertos?

Mattias levantou as sobrancelhas e inclinou a cabeça.

— Sim, mas é como... poderia muito bem pegar e apertar um peixe morto. Ela apenas *permite*, parece.

A menção do peixe morto me lembrou o que deveria fazer, mas ainda não tinha força suficiente, então perguntei:

— De que jeito ela tá deprimida?

— De que jeito ela *não* tá deprimida? Ela apenas fala como tudo é sem sentido pra ela, como detesta a vida e a si mesma e... não sei se quero continuar. Não é minha praia.

Devo ter olhado estranho para Mattias porque ele franziu a testa e questionou:

— Por que tá me olhando desse jeito? Hein? É *sua* praia ou o quê?

— Não. Mas se estamos com alguém então devemos...

Mattias resmungou.

— Eu não estou *com* ela, apenas... você sabe.

Não poderia afirmar que sabia, mas presumi que Helena simplesmente era difícil demais para Mattias. Sua garota ideal provavelmente seria alegre, doce, bondosa, boba e fácil. Com certeza a encontraria assim aos poucos.

Mattias levantou a cabeça e olhou para o tambor afundado na água.

— Então? Vamos resolver essa merda agora?

Concordei. Considerando a situação, Mattias provavelmente era o pior da turma para ter como parceiro de trabalho.

Felicia seria a pessoa ideal, mas agora era Mattias que tinha os conhecimentos, o *know-how,* em relação à rede e pescaria, de modo que só podia morder *essa* maçã azeda. Levantamo-nos, limpamos a terra das roupas e fomos para o cais onde estava o tambor.

8

Minha mão não sangrava mais como fizera no barco, mas ainda apareciam gotas de sangue nos pontos onde o peixe arranhou muito fundo, então deixei o Mattias puxar o tambor para o cais. Ouvia um ruído surdo do tambor onde os peixes circulavam no ambiente hostil.

Mattias apontou para a casa de barcos e disse:

— Você entra primeiro com o tambor, ok? Se estiver tudo bem, eu entro depois.

Talvez eu tenha olhado estranho novamente, porque ele levantou as mãos e acrescentou:

— Vou repetir: aquilo lá é coisa *sua*. Eu não pretendo perder a cabeça só porque você... o que quer que pretenda fazer.

Naquele momento, eu sabia mais ou menos o que pretendia, mas não saberia explicar para Mattias. A sereia não era *sua coisa* e nem a depressão de Helena era *sua* coisa. Ele não estava nem aí. Peguei o tambor com a mão esquerda e fui para a casa de barcos com o Mattias três passos atrás.

Quando chegamos à porta, perguntei:

— Pode abrir pelo menos? E mostrei minha mão direita.

Mattias pegou a chave e resmungou de forma não muito diferente de Krutgubbe. Dentro de cinquenta anos provavelmente seria *ele* caminhando ao redor e aterrorizando o cais. Bastante improvável, mas o avô de Mattias não pensava em sua juventude que um dia seria chamado de Krutgubbe. Mattias abriu o cadeado e fez um gesto me convidando para a porta que estava entreaberta.

Subi os degraus e pigarreei com força para avisar sobre minha chegada. Com o Mattias por perto, não queria dizer nada no estilo de *Olá! Olá, tô chegando*, porque provavelmente ouviria sobre depois.

Os olhos tinham dificuldade para se ajustar às condições de luminosidade dentro do barracão. A luz da manhã entrava pela única janela e encontrava a mesa envernizada que refletia direto nos olhos e deixava o resto do ambiente na penumbra. Desviei o olhar da mesa e apertei o tambor. Balancei o tambor de modo que os peixes se moviam mais rápido e sussurrei:

— Olá? Oi? Sou eu. Trago comida.

Fixei o olhar no canto mais escuro onde ficava a jacuzzi e enquanto os olhos se ajustavam vi o corpo esguio da sereia aparecendo na superfície em silêncio quase total. Não conseguia distinguir seus olhos escuros ou qualquer expressão que apresentava. Dei dois passos em sua direção, levantei o tambor e fiz um gesto de comer que esperava já ter estabelecido entre nós.

— Tá tranquilo? — ouvi Mattias nas minhas costas.

Virei a cabeça e fiz o erro de olhar para ele. Sua silhueta na porta se destacava na luz da manhã e atrapalhou novamente minha visão no escuro.

— Acho que sim — disse e virei de volta para a jacuzzi.

— Ela parece...

Não disse mais nada porque meus órgãos de fala congelaram, junto com meu corpo. Vi apenas o corpo claro da sereia como um contorno contra a parede de madeira escura, mas agora ela veio para o lado da frente da jacuzzi e seus braços estavam pendurados na borda. Ouvia cliques quando suas garras tamborilavam contra o plástico.

— O quê? — perguntou Mattias. — Como parece?

— Ansiosa — respondeu e engoli seco. — Faminta.

9

Até agora, a sereia estivera bastante passiva, deitada sob a água no canto mais distante. Agora estava claramente ciente dos acontecimentos. Esperando, desejava eu, já que deveria ficar na sua frente para jogar os peixes na sua água. Desejava que Mattias nunca tivesse me obrigado a ver seus dentes. A imagem continuava clara.

Entretanto, não havia espaço para covardia. Se isto precisava ser resolvido, eu era o único que poderia resolver. Que *queria* resolver. Levantei o tambor da máquina de lavar na minha frente enquanto ia até a jacuzzi onde virei um quarto de volta para ter aquele escudo entre nós. O tamborilar das garras da sereia parou. Apertei os dentes.

— Peixes — disse engasgando e abri a tampa do tambor. — Comida. Nham, nham.

Sem esperar nenhuma reação, inclinei-me sobre a água e virei o tambor de modo que os peixes caíram. Por um momento pareciam surpresos com sua súbita liberdade, mas depois começaram a nadar ao redor dos cantos da jacuzzi como pesquisando os limites de seu novo ambiente. Seu ambiente muito temporário, esperava eu.

A sereia não fez nenhum movimento para capturá-los. Minha visão noturna retornou e agora me atrevi a olhar para ela. Seu olhar me encontrou e por alguns segundos ficou parada. Queria muito ver gratidão, súplica, amizade ou qualquer coisa naquele olhar, mas seus olhos negros eram indecifráveis. Olhamos um para o outro e isso era tudo, e isso era *alguma coisa*.

As pálpebras da sereia baixaram lentamente e depois subiram novamente. O momento havia passado. Abandonou meu olhar e voltou sua atenção para os corpos esverdeados que nadavam atrás de suas costas. Alguma coisa mudou na sua postura quando tirou os dois braços da borda da jacuzzi e os colocou na água.

Como da outra vez, eu nem percebi o movimento. Em um momento suas mãos estavam vazias, no instante seguinte tinha um peixe em cada mão. Colocou os peixes na boca.

Quando começou a abrir a boca, virei a cabeça. Mattias obviamente não fez o mesmo porque ouvi sua voz lá na porta:

— Mas que merda! Que horror.

Presumi que sua atitude com a sereia não ficaria mais relaxada depois de ver sua boca de serpente toda aberta, algo que havia me assustado também. Não havia nada humano na forma como sua face se dividia em duas partes dentadas quando pegava sua comida. Não queria ver aquilo novamente e olhei para Mattias que estava parado com a mão sobre o rosto com os dedos abertos apenas em uma fenda estreita.

Ouvimos um ruído de esmagar quando a sereia quebrava os peixes entre os dentes e depois fazia uma careta involuntária, como um pai que subitamente fica envergonhado com o mau comportamento do filho, *ele NUNCA faz isso.* Ia dizer alguma coisa quando ouvimos um respingo leve e depois mais sons de esmagar e mastigar. Mattias tirou a mão dos olhos e parecia pronto para vomitar. Eu esperei.

O barulho de mastigar desapareceu lentamente. Mattias murmurou algo que terminava com: "totalmente doentio, sim".

— O que você esperava? — perguntei. — É um animal predador.

Mattias apontou para mim com o dedo indicador tremendo e disse:

— Então você reconhece isto, pelo menos? Que aquilo é um animal predador.

— E nós somos assim também.

— Aham, mas não andamos por aí dessa forma. Olha, é completamente... não, que merda.

Olhei para a sereia. Havia sangue e restos de entranhas de peixe nos seus lábios. Embora também achasse isso nojento, percebia que boas maneiras na mesa não faziam parte da rotina quando estava acostumada a comer embaixo da água. Ela comia como estava acostumada a fazer.

— Não gosto mais disto — disse Mattias. — Vou embora agora. Você pode...

Nunca fiquei sabendo o que poderia fazer – provavelmente cuidar da sereia sozinho – porque nesse momento ela começou a cantar. Mattias virou para ver a figura, mas congelou onde estava na porta, quando ouviu os tons longos e claros que iluminavam a escura casa de barcos e faziam brilhar até as paredes de madeira escura. Foi assim que aconteceu. Tudo o que era feio ficou bonito e o que era pesado ficou leve.

Gostaria de poder descrever a melodia, mas o melhor que consigo é uma aproximação. Muitos anos mais tarde ouvi pela primeira vez o número dois das *Danças Polovitsianas* do Borodin. Os pelos dos meus braços ficaram arrepiados e lágrimas surgiram nos meus olhos com o que me *lembrava*. Não é suficiente para explicar a impressão do canto da sereia, mas de tudo o que ouvi produzido pela mão humana foi a pequena melodia do Borodin que chegou mais perto.

Como se estivéssemos presos em fios finos que aos poucos eram tecidos, Mattias e eu começamos a nos aproximar da jacuzzi enquanto o canto continuava soando em nossos ouvidos. Naquele momento, não éramos dois adolescentes inseguros em uma velha casa de barcos, éramos figuras brilhantes passando pela vida com nossos esqueletos dançando felizes. Era assim que me sentia, e pelo olhar encantado de Mattias podia perceber que ele sentia a mesma coisa.

Meu olhar passou pelo barracão e finalmente parou nos olhos negros de pérolas de vidro da sereia. Ela olhava dentro de mim, eu olhava dentro dela. O que era estranho e distante ficou amigo e perto. Eu desapareci naquele olhar e não queria nada além de acompanhar. Para a profundidade, para as algas flutuantes e plantas azuladas, flutuar balançando pela escuridão ao lado dela era tudo o que desejava.

Minha amada...

O canto silenciou. Minhas pálpebras se fecharam sobre os olhos secos. Quando abri-os novamente, percebi que meu rosto estava apenas alguns centímetros da sereia e não podia decifrar nada no seu olhar, negro como a noite. Lentamente, muito lentamente, como para não despertar um impulso de caça, levantei a cabeça enquanto tentava imaginar *quanto* sua boca poderia realmente abrir. Nada aconteceu. Quando me endireitei e dei um passo para trás, meu coração batia tão forte no meu peito que senti um gosto de sangue na boca.

— Diabos — murmurava Mattias nas minhas costas. — Diabos, tudo isso.

Olhamos um para o outro abrindo e fechando a boca igual aos peixes fora da água. Da mesma forma como não podia descrever o canto, não podia encontrar palavras para descrever o acontecimento. Não sei se Mattias, assim como eu, sofrera um desejo irracional de deixar este mundo para trás. Ainda estava no meu corpo como um som etéreo de uma epifania. Estava assustado e excitado, era horrível e maravilhoso.

Como não havia nada a dizer, saímos da casa de barcos em silêncio enquanto a sereia deslizava de volta para o fundo. Algo deve ter mudado na atitude de Mattias porque quando estava trancando o cadeado, parou e questionou:

— A bomba? A mangueira?

Nossa experiência compartilhada de alguma forma nos aproximava. Em silêncio contínuo, pegamos os objetos que estavam jogados ao lado do barracão. Sem dizer nada sobre o assunto comecei a puxar a mangueira para a casa de barcos e coloquei na água onde a sereia estava deitada de olhos fechados. A maior parte dos restos ao redor de sua boca havia desaparecido. Fiquei parado e olhei para ela, testei o pensamento.

Minha amada.

Não. Não estava lá, havia desaparecido com o canto. Havia apenas um resquício e olhei com ternura ou talvez nostalgia para seu corpo delgado, aparentemente indefeso. Queria que ficasse bem, queria evitar que algo ruim acontecesse em um mundo hostil, queria protegê-la contra...

A corda.

Tudo o que pudesse feri-la.

Senti um tranco na mangueira quando Mattias ligou a bomba. Saiu um pouco de água do mar pela mangueira antes de começar a jorrar regularmente, fazendo os restos dos peixes rodarem e caírem pelas bordas. Bati na borda da jacuzzi e disse:

— Até logo. Volto logo.

10

Mattias me esperava no lado de fora da casa de barcos. Apresentava uma *leveza*, como se sua cabeça estivesse alguns milímetros mais fina. A atitude agressiva que poderia me desagradar estava reduzida para calma e seus movimentos eram mais lentos que o normal. Passou os dedos pela testa e disse:

— Aquilo foi alguma coisa.

— Sim. Foi mesmo.

— O que foi afinal?

— Não sei. O que foi pra você?

— Não faço ideia — respondeu Mattias e algo do seu caráter habitual voltava a surgir quando sorriu e acrescentou:

— Mas cheguei a sentir cócegas na bunda.

Fechei os olhos. Abri os olhos novamente e olhei para o mar. Meus sentimentos não tinham nada a ver com sexualidade, então provavelmente o canto provocava sentimentos diferentes em pessoas diferentes. Mesmo assim, havia algo com... a sujeira da experiência de Mattias que me irritava. Peguei minha bicicleta e apoiei na parede.

— Escuta — disse Mattias me seguindo. — O que foi? Você ficou perturbado ou o quê?

— Não. Tô feliz porque você a aprecia, finalmente.

Mattias suspirou.

— Não é assim agora. Quero dizer que fiquei como... não sei. Não é como se estivesse *apaixonado* por ela ou coisa parecida. *Você* tá?

— Não. Em todo caso, não do jeito que você insinua.

— Como então?

Chegamos ao alto da colina onde nossos caminhos se separavam. Passei o dedo pela campainha no guidão da bicicleta. Não havia resposta para Mattias. Não conseguia formular uma resposta e mesmo se conseguisse, ele dificilmente entenderia, então disse apenas:

— De outro jeito.

Mattias fez uma careta e adivinhei que faria mais perguntas que eu não poderia responder.

Em uma tentativa de imitar a forma como os adultos terminavam as coisas, estendi a mão para ele e disse:

— Obrigado pela ajuda.

Mattias franziu o nariz para o gesto incomum, mas ia estender a própria mão e apertar. Estava no meio do caminho quando parou e apontou para minha mão estendida.

— Mas que diabos. Olha!

Não entendi o que pretendia, mas dobrei o braço direito para ver a palma da mão. Respirei fundo. O ferimento do peixe na minha mão havia desaparecido. Não restava nem uma cicatriz.

11

Fui para casa pedalando no piloto automático, sem ver o caminho na minha frente. Isto era *grandioso*. Ok, era grandioso simplesmente ter encontrado uma sereia, mas além disso ela tinha poderes mágicos! Naturalmente pensei no E.T. e como *tocou* no dedo do Elliott e curou sua ferida. Nunca pensei nisso como mágica, apenas como a habilidade de alguns alienígenas.

Mas a sereia nem sequer me *tocou* e fiquei convencido de que era seu canto que tinha poder de cura. Não, eu *sabia*. Havia algo curativo naqueles tons, na melodia que enchia o corpo de luz e nos fazia sentir... sim, isto mesmo: *inteiro*. Mas além disso funcionava concretamente e conseguia curar as feridas abertas!

Nunca ouvi nada semelhante e, enquanto pedalava, olhava para meus pensamentos, e fiquei surpreso quando percebi que estava entrando na nossa garagem. Desci da bicicleta e esfreguei os olhos, verifiquei minha mão direita mais uma vez. A maior parte do sangue foi lavado quando cuidava dos peixes, mas o punho ainda estava manchado. A pele não tinha nenhum vestígio, apenas a linha da vida estava visível na palma. Eu estava intacto.

Apoiei a bicicleta e entrei em casa, perdido nos pensamentos.

Não percebi a mamãe na entrada, até que ela disse:

— Oi, o que está fazendo acordado tão cedo?

Mamãe estava sentada no banco ao lado da porta com as pernas encolhidas sob o roupão. Segurava sua caneca favorita da casa de verão, onde se lia "A melhor mãe do mundo". Foi papai que deu a caneca, não eu. Nunca achei isso estranho. Agora parecia estranho. Mamãe riu e questionou:

— Mas, querido, o que *está* vestindo? O que é isso?

Não me preocupei em olhar para as roupas, sabia muito bem como estava. Mas aquela caneca, por outro lado. O que aconteceria com ela quando mudássemos de Särsö? Pertencia àquele lugar. Será que mamãe a levaria e a manteria em algum apartamento? Será que a usaria ocasionalmente e lembraria de...

— Johannes? Está me ouvindo?

— Sim. Tô ouvindo.

— Essas roupas? Onde as encontrou?

Olhei para mamãe. Seu cabelo estava desarrumado e tinha pequenas olheiras escuras sob os olhos, como se tivesse dormido mal. Talvez estivesse imaginando, mas pensei ver uma nova ansiedade no seu olhar, algo frágil. Mesmo assim, fiz uma careta despreocupada e disse:

— Que importa?

Algo pequeno se quebrou e mamãe parecia magoada.

— Não, não importa. Apenas perguntei.

— Fui recolher as redes. Não queria estragar minhas roupas normais.

Mamãe afastou a mágoa e sorriu encorajadoramente.

— Você recolheu *redes*? Como assim...

Subi os degraus da frente e disse:

— Levantei muito cedo. Vou dormir um pouco.

Mágoa nos seus olhos novamente. Os degraus da frente eram o lugar da mamãe e meu. Brincamos muito lá quando eu era pequeno, sentamos e conversamos muitas vezes depois que cresci. Simplesmente *porque sim*. Eu não conseguia sentar e fingir que tudo continuava igual quando a caneca de verão e os degraus da frente estavam quase perdidos na lembrança. *Que merda*.

Não queria falar sobre a eventual separação, não podia falar da sereia. Não tinha nada para falar, então abri a porta e entrei. Lá atrás ouvi mamãe suspirando de uma forma que acima de tudo doía no coração. Não era tão estoico quanto desejaria ser. Solucei e engoli o choro enquanto tirava os sapatos.

O canto.

Parei no meio da escada com o olhar preso em uma pintura feita em uma madeira encontrada na praia, gaivotas ao pôr do sol. Pensei no canto. A situação de mamãe e papai era um aborrecimento constante e estava lá mesmo quando não pensava neles. Durante o canto da sereia era como se essa angústia nunca tivesse existido. Estava fora, distante, *acima* dessas preocupações. Até isso foi curado e a simples lembrança do canto dissolveu o nó da garganta. Continuei subindo a escada.

Somente quando tirei a roupa e desabei na cama, percebi realmente como estava cansado. Tive um tempo para relaxar quando Mattias e eu ficamos deitados na grama, mas depois o foco na sereia me deixou alerta e o canto provocou euforia. Agora bocejava e piscava enquanto olhava para o raio de sol no chão e ouvia o concerto matinal das gaivotas no lado de fora da janela.

Tudo está ok. Tudo vai se arranjar.

Não podia imaginar *como* iria se arranjar, mas o sentimento estava lá como uma maldição. Olhei para minha mão direita, agora intacta. As coisas podem se quebrar. Algo nesse estilo. Com um sorriso na boca estiquei a mão balançando o dedo indicador para o E.T.

— Boa noite. Ou bom dia. E sabe de uma coisa? Eu não teria feito como o Elliott e deixado você ir embora. Eu teria ido com você. Sempre.

VI
UM QUARTO SECRETO

1

Acordei um pouco antes das onze com meu estômago rugindo de fome. Quando me levantei da cama, minhas pernas tremiam. A pescaria da manhã e o que aconteceu depois havia esvaziado minhas reservas de energia. Entreabri minha porta e escutei a casa lá embaixo. Não ouvi nada.

Por que estava evitando meus pais? Havia muitos motivos, mas vários deles se resumiam ao fato de não querer *participar* do que acontecia entre eles. Mais ou menos como se estivessem planejando um assalto que eu sabia que daria merda, então levantava as mãos e dizia:

— Não, seu plano é imprestável, não contem comigo.

Então fui para a cozinha evitando os degraus e as tábuas de piso que poderiam ranger. Encontrei um pão de Skogaholm e comi três fatias com queijo cremoso, tão rápido que fiquei com soluço. Quando saí, ainda soluçando, fui para a porta da frente, vi meu pai de joelhos limpando as ervas daninhas no canteiro de morangos. Corri para minha bicicleta e saí antes que ele pudesse dizer alguma coisa. Enquanto avançava pela estrada de cascalho, respirei fundo, engoli e prendi a respiração. O soluço passou.

Não havia nada decidido para o dia, não tinha um objetivo claro. Estranhamente, estava quase indo para a casa de Mattias já que passamos a manhã juntos, mas achei que esse relacionamento poderia descansar um pouco também. Bem, o fato de o Krutgubbe ainda poder estar em pé de guerra também tinha influência no caso.

Cheguei ao pátio e vi que não havia ninguém da turma por ali. Entretanto, a loja estava cheia. O solstício de verão se aproximava e os navegantes estavam se reunindo. Muitos ainda usavam os coletes salva-vidas enquanto carregavam suas sacolas para o cais comercial que em Särsö era conhecido pelo nome de "Misstaget" (o erro). É uma longa história que não conheço muito bem.

Parei na frente da casa de Hasse e apoiei os braços no guidão. Alguma coisa mudou na minha visão no verão de 1985. Eu *via* as coisas de outra forma. Antes simplesmente considerava as coisas como certas, mas agora, por exemplo, percebi que a casa de Hasse estava bastante degradada. Telhas quebradas, pintura descascada e o portão onde me apoiava estava meio pendurado. A grama não estava cortada e o cortador de grama estava enferrujando no meio do mato em um canto.

Hasse não seria minha primeira escolha e como não o vi, segui em frente. Na verdade tinha um pouco de medo do seu irmão mais velho, o Krille. Nas poucas vezes que o encontrei durante o verão de 1985 havia algo estranho no seu olhar. Wille achava que ele fumava maconha.

O vento que soprava em meu nariz estava tão saturado com um odor forte de flores que até parecia comestível. Talvez ainda estivesse com fome. As fatias de pão pareciam uma massa no estômago e não saciavam de verdade. Parei na casa de Wille e lá havia mais ação no gramado bem aparado.

Wille estava ajoelhado fazendo alguma coisa, enquanto sua irmãzinha encontrava-se mais adiante, no jardim, ocupada com algo que parecia uma dança misturada com algum tipo de luta contra o vento. Encostei a bicicleta no portão e entrei. Depois de dar alguns passos na direção do Wille, parei.

O que ele tá fazendo?

Minha primeira impressão foi que Wille estava matando uma cobra em um frenesi maníaco com uma chave de fenda. Não sabia se queria participar desse projeto, mas, antes de decidir qualquer coisa, Lovisa, a irmãzinha de Wille, veio correndo e exclamou:

— Olha!

Ela pulou no ar, chutou com uma perna e caiu de forma imponente no gramado com as mãos em posição de defesa na sua frente. Olhou para mim esperançosa e eu disse:

— Uau, que chute.

Lovisa fez uma careta e disse:

— Não foi um chute. Foi um *keri waza*. Sou faixa vermelha.

— *Vermelha?* — perguntei. — Excelente! Certo?

Lovisa concordou entusiasmada e Wille resmungou:

— É apenas um grau acima da branca — sem parar o massacre da cobra, que agora eu percebia que era uma mangueira e um furador.

— O que você tá fazendo? — perguntei.

— Uma invenção — respondeu ainda forçando o furador na mangueira.

— Uma invenção idiota — disse Lovisa, dando um par de golpes na sua direção, mas a uma distância de meio metro. — É *claro* que vermelha é excelente.

— Sim — disse Wille. — Mas ainda assim é um grau acima da branca.

— Mas *não é! Um grau acima da branca é a amarela!*

— Quer dizer que pulou uma cor?

— Sim. Meu *sensei* disse que sou muito boa, mas que... — a menina olhou para o chão e pôs as mãos na cintura — ...que eu deveria ir com calma.

Wille soltou sua mangueira, olhou para a irmã e disse:

— Laranja é a *próxima* cor e sabe o que é necessário pra conseguir? Autodisciplina. Por exemplo, não chutar o nariz das outras meninas menores só porque podemos.

— Ela tem *doze anos* — disse Lovisa cruzando os braços sobre o peito. — Quase treze, na verdade.

— Mais um motivo pra ela não ter um nariz de boxeador — disse Wille e se levantou.

— O que é um nariz de boxeador?

— Vai lá dentro e pesquisa. Ou faz qualquer outra coisa.

— Não, eu quero ficar aqui e ver o que vocês tão fazendo.

Wille olhou ao redor do jardim e parou olhando a porta de entrada, onde seu pai estava encostado em uma pilastra.

— Papai, você não pode dizer para a Lovisa?

Papai levantou as sobrancelhas grossas tão ruivas quanto seu cabelo despenteado.

— O que devo dizer a ela?

— Que deve nos deixar em paz.

Papai balançou a cabeça e sorriu. Eu gostava do pai do Wille, o Göran. Não era tão desinteressado como alguns adultos. Quando ocasionalmente perguntava alguma coisa era porque estava realmente interessado e depois escutava a resposta com atenção. Também não se metia nos assuntos sem motivo. Finalmente era o único pai, ou homem, que jamais vi fazendo *tricô*. Geralmente casacos. Não sei bem o por quê, mas eu gostava disso. A mãe, por outro lado, era a carpinteira da família e sua casa estava em muito melhor estado que a do Hasse.

Wille continuou brigando com Lovisa, então, para desviar sua atenção, apontei para a mangueira e perguntei:

— Que invenção é essa?

Wille se recuperou e sorriu satisfeito:

— Veja só — disse enquanto ia até a torneira no lado da casa, onde estava conectada a mangueira. Quando abriu a torneira, a mangueira pulou na grama e muitos jatos finos de água se espalharam no ar. Wille se aproximou e levantou a mão em um gesto de vitória antes de apontar para a mangueira cuja ponta estava tampada com uma rolha.

— Eu devo regar os canteiros — disse ele. — Papai acha que seria um desperdício comprar um aspersor de água e por isso...

Não sei se foi algum tipo de flutuação de pressão, mas a mangueira deu mais um salto como uma cobra e a rolha soltou de modo que a água bateu em Wille e molhou seu calção e sua camiseta antes que conseguisse pular fora.

Mais ou menos como a expressão do Krutgubbe "vou te pegar, seu rato", nunca vi uma reação como a de Lovisa fora do mundo das histórias em quadrinhos. Ela riu com tanto gosto que rolou na grama e segurou o estômago enquanto continuava rolando e gritando de alegria. Wille limpou a água do rosto sem mudar a expressão e disse:

— Preciso colocar um tampão lá também.

— Sim, sim! — exclamou Lovisa. — Coloca um tampão! Mas vê se bate umas cinco vezes!

Wille deu um passo ameaçador na direção de Lovisa que se levantou rapidamente e ficou na posição de defesa que reconheci de *Karatê Kid*. Não sei como terminaria se não ouvisse a voz de Felicia naquele momento vinda do portão:

— O que tão fazendo?

Conforme os novos relacionamentos de verão, Felicia veio na companhia de Maria. Estavam uma ao lado da outra no portão como se nunca tivessem feito outra coisa. Senti algo parecido com ciúmes. Felicia era meio que *minha amiga*, mas sabia que era um sentimento idiota, então respondi:

— Wille tá inventando um aspersor de água.

Lovisa achou que o perigo havia passado porque baixou as mãos e disse:

— Mas parece que inventou um chuveiro. O que vocês tão fazendo?

— Acho que vamos ao cais — respondeu Felicia. — Vocês nos acompanham?

— Sim! — exclamou Lovisa batendo palmas. — Tomar banho, certo?!

Sem esperar pela resposta, correu para o varal onde estava pendurada sua roupa de banho.

— Você não pode... — gritou Wille atrás dela, mas mudou a estratégia e se virou para o pai, que estava sentado no degrau da escada. — Papai? Claro que a Lovisa não pode nadar no cais de barcos?

Papai deu de ombros e disse:

— Se vocês tomarem conta dela, sim.

Wille balançou a cabeça.

— Não temos essa intenção. Não mesmo.

Papai fez uma careta como se fosse exatamente a resposta que esperava. Olhou para o portão e perguntou:

— Felicia?

— Diga não — murmurou Wille inutilmente pelo canto da boca. — Diga não.

— Absolutamente! Sem problema.

2

Descemos a colina para o cais com Lovisa correndo e chutando ao nosso lado. Era raro Lovisa ficar conosco, normalmente ficava com sua melhor amiga, Melinda, mas ela ainda não havia chegado a Särsö, então lá estávamos nós. Eu não tinha nada contra, achava Lovisa bem legal.

No caminho para o cais, Lovisa aproveitava a atenção de Maria e Felicia, que perguntavam sobre o caratê, pronta para demonstrar suas habilidades. Um velho tambor de óleo foi chutado e rolou colina abaixo.

— Que diabo — disse Wille. — Se acalma. Pelo amor de Deus!

— Tô calma — respondeu Lovisa. — Mais calma do que você jamais estará, Jack Inventor.

— Podemos juntar nossas cabeças em uma prece pra Melinda chegar logo?

Melinda era do mesmo tipo de Lovisa. Pequena, sardenta, brincalhona, esperta. Juntas, as duas garotinhas podiam ser bem irritantes. Se as duas decidissem que estava na hora de se juntar a nossa turma, Wille dificilmente seria ouvido.

Quando nos aproximamos do cais, vimos que Matte e Hatte já estavam lá, os dois usando calção de banho. Quando Hasse viu nosso grupo, deixou de lado sua compostura habitual e acenou para que nos apressássemos. Algo extraordinário deve ter acontecido.

Quando chegamos lá, Hasse apontou para o cimento sob nossos pés e disse:

— Tem um quarto! Aqui embaixo!

— Que quarto?

Estranhou Maria e olhou desconfiada para o cais velho e rachado.

— Ok... — Hasse e tomou a iniciativa para explicar, mas, na pequena pausa deu uma oportunidade para Mattias tomar a frente e dizer:

— Estávamos mergulhando aqui no cais e então vimos...

— Sério? — perguntou Hasse cruzando os braços sobre seu peito ainda sem pelos. — Você quase não teve coragem de nadar pra lá, vai assumir isso agora? Fui *eu* que encontrei aquilo.

Mattias não teria tolerado ser colocado no seu lugar tão claramente se Helena estivesse no cais. Mas ela não estava lá e, num gesto raro de reconhecimento a sua desvantagem, levantou as mãos e disse:

— Ok, Indiana Jones. Conta tudo.

Por um momento Hasse ficou parado, surpreso com sua vitória inesperada, mas se recuperou rapidamente e disse:

— Então, mergulhamos. E aí vi que tem uma fenda perto do fundo, com tipo meio metro de largura, entre o fundo e o cais. Então nadei até lá...

— Merda — disse Lovisa e se inclinou para olhar pela borda. — Que legal.

Hasse olhou para ela franzindo as sobrancelhas.

— O que *você* tá fazendo aqui?

Sem deixar de olhar para a superfície da água, Lovisa disse:

— O que eu tô fazendo? Tô aqui, só isso. Conta mais.

— Melinda ainda não chegou — respondeu Wille.

— Ok.

— Sim, então. Entrei nadando e aí vi uma luz, então nadei pra cima e...

Hasse desenhou um retângulo com as mãos com oito metros quadrados no meio do cais.

— Aqui. Aqui embaixo. Tem um quarto. Uma borda onde se pode sentar.

Maria balançou a cabeça.

— Deve ser totalmente escuro.

— Não. Parece que há uma luz vinda do fundo e é tudo assim... verde escuro. E tem um pequeno furo de ventilação de onde também vem um pouco de luz e...

Hasse olhou Felicia, que estava despindo sua camiseta e shorts e questionou:

— O que tá fazendo?

— Quero ver. Quero ver esse quarto.

— Eu também! — exclamou Lovisa e começou a tirar o vestido que usava sobre o traje de banho.

— Sem chance. Você fica aqui. Papai disse que devo ficar de olho em você e agora eu digo...

— Ele não disse! — interrompeu Lovisa. — A *Felicia* deveria ficar de olho, não é, Felicia?

Wille se virou para Felicia e disse:

— Precisa me apoiar agora.

Felicia apoiou as mãos nas coxas e se inclinou de modo que seu rosto ficou de frente para o rosto de Lovisa enquanto dizia:

— Realmente pode ser perigoso. E você não nada tão bem para... não.

O rosto de Lovisa ficou vermelho quando apertou os punhos dizendo:

— Eu nado bem pra caramba! Sou a melhor da classe! E já mergulhei do terceiro trampolim!

— Sorry. Agora eu sou responsável por você e digo que não.

Sua conversa continuou enquanto Wille e eu tirávamos a roupa ficando apenas de calção de banho. Enquanto Lovisa continuava protestando, Felicia tirou a roupa e ficou de calcinha e sutiã. Não tinha as mesmas formas de Helena, mas, mesmo assim, notei como Hasse olhava para ela de uma forma que não me agradava. Queria contar-lhe o que ela disse sobre ele. *Deus me livre. Prefiro morrer.*

Maria se sentou em um poste com o queixo apoiado nas mãos.

Perguntei:

— Você não vem?

Não podia ver a expressão nos olhos de Maria porque sua franja cor-de-rosa estava na frente, mas ela franziu os lábios perguntando:

— Johannes, *por que* vocês querem investigar esse quarto?

— Pra... não sei. Por que tá lá?

Maria acenou lentamente e fiquei com uma sensação de ter passado por uma prova e fui reprovado. Ela não disse mais nada e não havia mais tempo para refletir, pois Felicia e Hasse pularam na água. Ao mesmo tempo. Juntos. Em seguida veio Wille que fez pose e gritou:

— Olhem para a colina! — enquanto voava pela borda.

Mattias estava no canto oposto do cais com um sorriso irônico nos lábios.

— E você? — questionei. — Não vai?

Mattias balançou os ombros.

— É um quarto. Uma merda de quarto. Eu já vi.

— Exatamente — disse Lovisa ficando ao lado dele e imitando sua pose despreocupada. — Quem quer ver essa merda de quarto?

— Hannes, você vem ou não?

Ouvimos a voz de Wille lá embaixo. Olhei pela borda e o vi com Felicia e Hasse avançando na água para a base de concreto. Percebi que foi a primeira vez naquele verão que vi o Hasse sem o cabelo arrumado. Ele parecia... pequeno.

Havia no máximo três metros até eles lá embaixo, muito fácil depois do que havia pulado em Svärtan. Mas mesmo assim hesitei. O contato com a sereia havia fornecido o conhecimento que havia mais coisas que se moviam sob a superfície do que imaginávamos e minha fantasia criava formas nas algas que balançavam no fundo. De todo modo, criei coragem e pulei.

3

Pulei bem no meio deles, afundei e vi as pernas claras dos outros, em movimento como partes de uma grande máquina silenciosa antes de reagir e subir para a superfície. Subi com o rosto apenas alguns centímetros distante de Felicia. Havia uma pequena luz nos seus olhos quando ela disse:

— Pronto, vamos?

Concordei e Felicia respirou fundo e mergulhou. Os outros acompanharam. Antes de ir atrás deles, olhei para o cais e vi Lovisa na borda me dando língua. Eu mostrei a minha língua, enchi os pulmões de ar e afundei um metro enquanto virava o corpo e nadava para baixo. Havia quase quatro metros até o fundo, suficiente para sentir uma pressão nos ouvidos. Vi os outros como fantasmas pálidos segurando na borda inferior do cais. Exatamente como Hasse dissera, havia um buraco ou uma fenda, um retângulo escuro, entre as lajes de concreto que sustentavam o cais, com aproximadamente dois metros de largura e meio metro de altura.

Precisava reconhecer a coragem do Hasse: eu *nunca* nadaria para lá com base em uma especulação. O buraco era o contrário do que poderia se chamar de convidativo. A associação mais aproximada seria uma *tumba*, um quarto do qual nunca retornaria. Mesmo com a afirmação de Hasse de que havia um quarto verdadeiro lá dentro, o corpo protestava contra nadar por essa fenda mortal. A pergunta de Maria sobre por que investigar subitamente parecia pertinente.

Uma das figuras chutou a água e desapareceu no buraco. O campo de visão estava embaçado, mas pelas duas peças brancas ao redor do corpo entendi que era Felicia. O próximo seguiu. Pelo halo vermelho ao redor da cabeça entendi que Hasse também entrou. Wille virou o rosto para mim e apontou o polegar para cima. Depois foi para perto do fundo e mais engatinhou do que nadou para dentro. A última coisa que vi foram as solas dos seus pés, dois pontos de interrogação, antes de sumir na escuridão.

Vi as manchetes na minha frente. "QUATRO JOVENS AFOGADOS TRAGICAMENTE". Talvez devesse ser mais específico? "TRAGÉDIA EM SÄRSÖ. QUATRO JOVENS MORTOS". Não, digamos: "TRAGÉDIA NO MERGULHO EM SÄRSÖ. QUATRO JOVENS MORTOS". Mas realmente como dizer que se *afogaram* se não conseguíssemos sair daquele buraco? "MISTÉRIO EM SÄRSÖ. QUATRO JOVENS DESAPARECIDOS SEM DEIXAR RASTROS."

A única constante nas minhas fantasias era o número quatro. Será que seria suficiente com três?

Percebi outra coisa: nunca na minha vida queria passar nem cinco minutos no mundo imaginário de Dragões e Demônios. Este era exatamente o tipo de situação que os jogadores enfrentavam. Portais escuros, corredores tenebrosos e quartos que poderiam ser poços sem fundo. Lance um dado e veja se sobreviverá, a vida é como uma roleta russa.

Um pequeno aperto no peito. Não sabia há quanto tempo estava sob a superfície, talvez um minuto. E precisava decidir.

Mattias.

Mattias, o covarde que quase não conseguia descer ou pular estivera naquele quarto. Estava convencido de que sua relutância em nos acompanhar era devida ao medo, mas, pelo menos, fora ali *uma vez*. Será que eu seria pior? Voltar para o cais e argumentar com Mattias sobre como o quarto era inútil, quando eu mesmo estava bastante curioso? Não podia ser assim. Dei algumas braçadas fortes para baixo, coloquei as mãos contra um dos lados da abertura e me arrastei para a escuridão.

4

A falta de oxigênio me dava calor, então arranhei as costas contra a borda irregular da abertura. Felizmente não era tão longe quanto imaginei, apenas meio metro e já podia ver a luz brilhando sobre minha cabeça. Chutei contra o fundo e subi com os braços protegendo minha cabeça no caso de bater contra o teto. Imaginei se teria ar suficiente nos pulmões para conseguir nadar de volta.

Sem problema. Cheguei à superfície e me encontrei em um quarto onde a luz refletida pelo fundo fazia as paredes ondularem e brilharem em um tom verde. Os outros haviam saído da água e estavam sentados enfileirados em uma borda com alguns centímetros de largura. Mais ou menos meio metro entre suas cabeças e o teto...

— Ah, o rei dos pesos pesados — disse Wille em uma imitação ruim do Baloo que ecoava entre as paredes. — Ficou preso em alguma rede ou o quê?

Eu não queria responder, estava ocupado respirando. Olhei ao redor e vi que realmente havia seis furos do tamanho de um punho dando para o mundo exterior. Ainda bem, ou talvez o ar que respirava não teria oxigênio.

Nadei para frente e sentei na borda ao lado de Felicia. Quando nossos ombros se tocaram, ela se afastou um pouco para o lado. Arrastei-me um pouco e ficamos novamente pele contra pele. Felicia virou o rosto para mim. O branco dos seus olhos estava verde escuro. Tinha um sorriso leve nos lábios e ficou sentada onde estava. Talvez porque de outra forma ficaria em contato com Hasse e talvez fosse exatamente isso que eu queria testar, não sei.

Hasse estendeu as mãos e disse:

— Legal, não é?!

— Sim — concordei. — Pra que vocês acham que serve?

— Pra se esconder — disse Wille. — Da próxima vez que os russos vierem com o submarino, já sabemos pra onde ir.

— Sério? — questionou Felicia. — Vocês acham que foi construído pra...

— Tô brincando. Provavelmente é apenas o tipo de construção. Existem quartos iguais a este em todos os cais de barcos.

— Talvez haja outras pessoas sentadas assim em outra ilha — comentei.

— Hum. Deveríamos ter walkie-talkies para essas relações secretas.

— Que merda tão falando? — questionou Hasse. — A pergunta é pra que *serve* isto.

— Eu sei! — Wille acenou para frente com tanta vontade que quase caiu de cabeça na água. — Medimos daqui até lá. E depois serramos algumas pranchas longas para enfiar pelo buraco lá embaixo. Elas flutuam aqui para cima e depois podemos construir uma plataforma. Com uma escotilha no meio, mas pode ser difícil porque...

Wille ficou calado, seus dedos se moviam na superfície da água em modelos geométricos enquanto fazia seus cálculos.

— Tudo bem. Mas e depois?

— Como assim *depois, Hasse?* Trazemos cadeiras, uma mesa, que diabos eu sei, uma *TV.* Uau! Pensa se pudéssemos assistir ao *Live Aid* aqui! Claro que precisaríamos de algum tipo de saco impermeável e depois tem a eletricidade, hum, talvez uma bateria de carro...

Felicia pigarreou alto e levantou um dedo para interromper.

— Muito bem, Wille, mas antes de começar a planejar um cinema... — ela apontou para baixo, onde a abertura brilhava como um retângulo verde mais forte três metros abaixo. — ...como vai trazer pelo menos uma *cadeira* através daquele buraco?

Por um minuto Wille ficou sem resposta e o extraordinário foi que Hasse o socorreu dizendo:

— Sem problemas. Cadeiras dobráveis. Não seja tão mal humorada.

— E a TV? Será dobrável também?

— Existem aparelhos de TV pequenos.

— Ok. Continuem falando.

Wille e Hasse continuaram com seus planos grandiosos enquanto Felicia virou para mim.

— Hannes? O que você acha?

Eu pensava muito, mas nada que valesse a pena falar. Primeiro pensei como era irritante que Wille e Hasse estivessem tão entusiasmados com um quarto de concreto prosaico que já pareciam ter perdido o interesse pelo milagre que era a sereia. Por um minuto os considerei idiotas.

Dali as associações continuavam. Pensava que este quarto era associado com a sereia e meu primeiro pensamento foi claro: local alternativo para esconder. Para ela seria muito melhor aqui do que em uma velha jacuzzi suja. Troca de água natural, mais espaço para se movimentar.

Essa foi a imagem inicial. Depois surgiram os problemas. Deveríamos colocar grades na frente da abertura para transformar o quarto em uma prisão? Para começar, como poderíamos *mudar* a sereia para cá? Pegar no colo e esperar por um momento *Splash*?

E a comida? Até eu tive pressentimentos ruins quando abri a porta da casa de barcos, incerto sobre o que poderia acontecer do outro lado. Como seria nadar através daquele buraco escuro sabendo que ela estava no quarto, lá dentro, acima de tudo no próprio elemento? Não parecia muito claro.

Estava perdido nos meus pensamentos quando Felicia virou para mim e perguntou em que eu estava pensando. Não saberia responder, mas felizmente havia percebido fragmentos das especulações dos outros e podia responder:

— Na recepção. Como seria a recepção aqui embaixo. Pra TV.

Felicia baixou a voz e disse:

— Deixa disso. Eles nunca vão fazer isso. Tão apenas fantasiando.

Tudo indicava que sim. Wille e Hasse não ouviram o que dissemos porque estavam totalmente dedicados a especular como poderiam transformar o espaço sob o cais em um quarto de hotel e alugar por uma fortuna já que seria tão exclusivo. Hasse fez a pergunta, mas Wille concordava com alegria.

— As camas serão um problema.

— Você já resolveu isso. Com cadeiras dobráveis. A mesma coisa. Camas de acampamento.

— Não — Hasse estalou os dedos. — Já sei. Colchões de ar! Muito fácil de trazer e depois...

— Uma combinação: colchões de ar em camas de acampamento. Ou colchões...

— Desculpem se interrompo os gerentes de hotel. Mas já não vimos tudo por aqui?

Wille e Hasse se calaram imediatamente e pareciam envergonhados. Apesar de tudo, fiquei com um pouco de pena. Normalmente estava tão disposto quanto eles a me perder em fantasias infantis, mas agora meus pensamentos estavam em outra parte, em outro tipo de fantasia. Hasse tentou salvar a pele dizendo:

— Estamos conversando sobre possibilidades realmente sérias aqui.

— Absolutamente. Särsös Grand Hotel, acesse direto do barco, mas eu vou nadar de volta agora.

Sem esperar por uma resposta, Felicia pulou da borda e se deixou afundar depois de virar o corpo nadando para baixo, uma figura de sombra na contraluz do buraco de entrada. Hasse acompanhou seu progresso com o olhar silencioso enquanto Wille balançou os ombros e disse:

— Meninas, hump. Sempre tão... práticas. Embora "acesse direto do barco" tenha sido bem legal. Já temos um slogan.

Provavelmente agora Hasse havia desistido de especular junto com Wille, que considerava abaixo de sua dignidade porque disse apenas: *Ah e* depois pulou na água acompanhando Felicia. Wille e eu continuamos sentados na borda e o único som que se ouvia era um gotejar surdo enquanto a luz verde brilhante brincava sobre nossos corpos. *Era* um quarto especial, algo que estava perto e ao mesmo tempo longe de tudo. Wille disse:

— Acho que posso adivinhar o que você pensou.

— Pode?

— Uhum. Mas não dá certo. Simplesmente não é prático, pra falar como a Felicia.

— Não. Já percebi isso. Mas o Grand Hotel funciona, você não acha?

— Sempre. Cinco estrelas. Agora vamos.

Wille pulou e desapareceu rapidamente pelo buraco. Fiquei sentado na borda e bati um pouco as pernas na água cor de veneno. Agora gostava mais do quarto e com certeza voltaria. Depois que todos foram embora havia uma calma... um silêncio ali dentro. Como se ninguém pudesse me alcançar ou me tocar.

Além disso, havia uma associação entre o quarto e a sereia que eu não conseguia entender muito bem. Fiquei sentado com o queixo nas mãos por um momento e olhava para meus pés ainda sem entender. Depois dei um impulso com as mãos e mergulhei no verde.

5

Na realidade, era proibido nadar no cais dos barcos, havia até uma placa sobre isso, mas como não havia ninguém vigiando, a proibição era simplesmente teórica. A escada por onde subimos no lado mais longo foi projetada para resgatar alguém que porventura caísse na água, o que não acontecia nunca, então era principalmente nossa escada de banho. A situação que encontrei ao subir no cais foi a seguinte: Maria estava sentada no lado mais estreito com os ombros caídos e um par de fones nos ouvidos. Felicia estava se vestindo. Hasse e Wille estavam discutindo o melhor método para construir uma plataforma enquanto Mattias ouvia com expressão aborrecida e com os braços cruzados sobre o peito. Não vi Lovisa. Provavelmente retornara para casa e a lata de lixo tombada ao lado do poste do cais indicava seu estado de espírito.

— Não, não precisa ser fixa — disse Wille. — O importante é ter ranhuras, ou ficará instável no meio.

— Acho que temos algumas — retrucou Hasse pensativo.

— Ótimo! Você têm uma serra também? Acho que seria muito lento, e com essas pranchas grossas...

— Tranquilo. Nós temos. Bem afiada.

Felicia já estava vestida e sacudiu a cabeça espirrando a água dos seus cabelos nos rapazes. Eles olharam para ela, que disse:

— As pranchas *flutuam*. Já pensaram nisso?

— É... você quer participar, ou o quê?

Felicia levantou as sobrancelhas, apontou para si mesma e disse fingindo surpresa:

— Eu? Uma *menina*? Não pode ser?

— Ah, não vai mandar essa agora — respondeu Wille. — Nós apenas...

— Exato! *Vocês apenas*. Não, eu não quero participar. Mas as pranchas flutuam, só digo isso.

— Deixa disso. Claro que pode participar — disse Hasse.

— Podemos usar algumas pedras ou outra coisa.

— Tijolos...

Continuaram falando enquanto me afastei e sentei ao lado de Maria. Ouvia a música dos seus fones e ela continuava fitando o mar com o olhar distante.

— Oi. Tudo bem?

Maria balançou os ombros e passou a mão pelos olhos. Nunca fomos próximos como Felicia e eu, então parecia um desafio quando encostei de leve no seu braço, cheguei mais perto e disse:

— Oi? Tá me ouvindo?

Maria apertou o botão de parada do walkman que estava ao seu lado no cais. Olhei rapidamente para os outros quando percebi que o delineador ao redor dos seus olhos estava borrado. Tava *tão* mal assim?

— Tá triste? — perguntei estupidamente.

Maria acenou e perguntei:

— Por causa deste quarto? Embaixo do cais? — ela balançou a cabeça e tirou os fones de ouvido. Cocei minha nuca. — Não? O que foi então?

Maria fez um gesto para seu walkman e disse engasgando:

— Esta música. Comecei a pensar. Na Helena.

— Qual é a música?

Maria me estendeu os fones. Coloquei nos ouvidos e apertei PLAY. Já ouvira a música durante a primavera, *Shout* do Tears for Fears.

"*Shout, shout, let it all out.*
These are the things I can do without.
Come on, I'm talking to you..."

(Grite, grite, deixe tudo sair.
Estas são as coisas de que não preciso.
Venha, estou falando com você...)

Tirei os fones e a banda continuou soando nas minhas mãos até Maria apertar STOP e então perguntei:

— Como assim?

— Ela não *diz* nada. Acho que está muito mal, mas não fala comigo. Sempre fomos amigas... mas agora. Ela se fecha, simplesmente.

Pensei no que Mattias dissera de manhã: *de que jeito ela não está deprimida?* Apesar da bebida e dos cigarros, achei que o que Mattias dizia sobre Helena era mais uma consequência da própria arrogância, mas então era pior do que isso.

— O que ela faz então?

— Eu não *sei*. Foi... bati à porta e ela não abriu, mas havia um cheiro estranho saindo pelo buraco da fechadura.

— Como assim? Você cheirou o buraco da fechadura?

Maria bufou novamente e levantou os ombros alguns centímetros.

— Sim, o que deveria fazer?

— Mas o quê, você acha que ela tipo... fuma maconha?

Verdade seja dita, eu tinha poucos conhecimentos sobre maconha, exatamente do que se tratava. Wille havia insinuado que o irmão mais velho do Hasse fumava, mas acho que não sabia mais do que eu. Era apenas algo que diziam quando alguém parecia estranho: está fumando maconha.

— Não sei. Só sei que ela tá mal e... afinal de contas somos melhores amigas e... e tô com medo. Não entendo por que ela não fala comigo.

— Talvez justamente porque vocês *são* melhores amigas.

— Como assim?

— Não, eu não sei. Pensamento idiota.

Não tinha nenhum problema direto em compartilhar minhas tristezas com Felicia, por exemplo, contei sobre o divórcio iminente. Mas se estivesse realmente deprimido, seria ela quem eu procuraria? Talvez sim, talvez não, e o que sabia eu? Talvez fosse diferente entre as meninas.

— Johannes, você não poderia conversar com ela?

Maria virou o rosto inchado de choro para o meu lado.

— Eu? Por quê?

— Tenho apenas uma sensação de que ela... sei lá. Meio que confia em você.

Lembrei do encontro com Helena quando nos sentamos na pedra e fui mal sucedido tentando fumar. Foi quando descobri que nosso relacionamento passara a ter uma profundidade ou seriedade desconhecida. Talvez sentisse o mesmo a meu respeito. Talvez fosse porque eu não estava nem um pouco interessado nela *daquele jeito*, e ela percebia isso.

— Mas eu não saberia o que dizer.

— Acho que ninguém sabe.

— Mas existem especialistas no assunto.

— Sim, mas não estão aqui agora.

Repetindo: antes da conversa na pedra, Helena e eu nunca dissemos nada significativo um para o outro. Pertencíamos à mesma turma, mas por exemplo, nunca bati à porta da casa dela sozinho para perguntar se queria brincar, isso não estava no mapa. Mas agora era o verão de 1985 e o que antes era considerado garantido estava mudando isso.

— Veremos... Não posso simplesmente...

— Johannes, sei que não somos tão... assim tão próximos. Mas tô pedindo. Por favor. Estou realmente muito preocupada.

Aconteceu tanta coisa naquele verão que nunca acontecera antes. Olhando no retrovisor, posso dizer que surgiu um problema mais *adulto* e o pedido de Maria me comoveu.

Mesmo assim, parecia um pouco mais fácil agora fazer o que ela pedia. Parecia ter recebido uma *tarefa* e não faria apenas por iniciativa própria. Se seria capaz de realizar essa tarefa era outra coisa. No entanto, respondi:

— Ok. Vou tentar.

— Obrigada. E você...

Maria inclinou a cabeça mais perto de mim e baixou a voz para um sussurro ao continuar:

— Você sabe como tá o caso dela com Mattias?

— Sim. E?

— E... acho que só piora as coisas.

— Ok. E o que é... a coisa?

— É justamente o que eu não sei.

Concordei e me levantei enquanto Maria colocava os fones de ouvido e ligava seu walkman novamente. Ouvi o assobio quando passou a fita para frente ou para trás para ouvir a música novamente ou para pular a música, não poderia adivinhar qual seria. Na base do cais, Mattias entrou na discussão:

— ...deve ter aquelas tábuas pra reforma da varanda.

— Não sei nada sobre isso — disse Hasse.

— Mas podem estar lá de qualquer maneira. No verão passado quando o vovô levou pra lá para o seu pai fazer...

— Eu não sei nada sobre isso, já disse!

Os pais de Hasse alugavam a casa do Krutgubbe e, para desgosto de Hasse, Mattias agia como senhorio e tinha opiniões sobre as coisas. Mattias havia contado que o aluguel fora reduzido com a condição da família manter a casa em bom estado. Vi com meus próprios olhos que aquilo não acontecia. *Por quê* eu não saberia dizer.

Hasse ficou vermelho enquanto cantarolava em resposta. Embora não estivesse encantado com Hasse, sentia um pouco de pena. O que seus pais faziam ou não estava fora de sua responsabilidade, *isto* foi uma convicção que senti fortalecida durante aquele verão.

Felicia abandonou o grupo e veio ao meu encontro balançando a cabeça.

— Que merda vocês tão aprontando? Vai pra casa, ou não?

— Pra casa, sim.

— Vou acompanhar.

Subimos a ladeira na direção da casa do Wille e, quando estávamos fora do alcance das vozes dos outros, Felicia disse:

— Tô pensando em ir de prancha até a Domarö dar uma olhada no cais de lá. Me acompanha? Posso te emprestar minha prancha velha.

Domarö era a ilha mais próxima com tamanho suficiente para ter um cais de barcos. Ficava a apenas alguns quilômetros, não sei quanto seria em milhas náuticas, mas com minha capacidade limitada, ou melhor, incapacidade, no windsurf dificilmente chegaria lá naquele verão. Tivera algumas aulas com Felicia que disse que eu não tinha nenhum talento. Mal conseguia levantar a vela sem me afogar no mar.

— Você sabe como sou ruim nisso.

— Posso ensinar.

— Sorry. Em relação a isso, sou realmente impossível.

Felicia olhou por cima do ombro para o cais onde os outros ainda discutiam gesticulando com as mãos.

— Mas não seria legal ter um lugar... sem eles?

— Certamente, mas eu não tenho... meios de transporte.

Felicia bufou e repetiu *meios de transporte* em tom irônico e disse:

— Empresta um barco então.

— Não posso.

— Não pode ou não quer?

— Os dois, eu acho.

Felicia suspirou e levantou as mãos.

— *Merda* como você tá chato!

— É a idade.

Chegamos ao portão do Wille. No jardim, Lovisa fazia suas rotinas de caratê com ainda mais frenesi do que antes. Peguei minha bicicleta que estava encostada no poste do portão e levei para a estrada. Quando me aprontei para subir, Felicia questionou:

— O quê? Você vai embora de bicicleta me deixando aqui?

— Preciso fazer uma coisa.

— Que coisa?

Acho que mencionei no final da conversa com Helena que Felicia nunca aceitaria uma resposta do tipo "coisa secreta". Além disso, achei que poderia haver outras coisas não ditas entre nós, então disse:

— Conversar com a Helena.

— *Você*? Conversar com a Helena? Por quê?

Se foi fácil ter *alguém indicando uma tarefa*, isso se mostrou prático agora porque me permitia dizer:

— A Maria me pediu.

— Por quê?

— Porque... eu não sei. Ela achou que poderia ser bom.

Felicia ia dizer alguma coisa, mas se calou e olhou para mim questionando. A resposta deve ter sido favorável para mim, porque concordou silenciosamente e disse:

— Sim. Talvez seja.

Subi na bicicleta, coloquei um pé no pedal e disse:

— Ok. Nos veremos.

— Hum. Até logo.

— Faremos isso.

Pedalei forte para conseguir velocidade na subida. A última coisa que vi foi o rosto de Felicia me fitando com um olhar que parecia de tristeza. Não entendia porquê e arquivei na caixa marcada com: "Coisas estranhas, Verão de 1985", depois continuei ladeira acima e a deixei para trás.

6

Depois de cinco minutos, estava lá, na Árvore. Naturalmente, havia várias árvores e até uma pequena floresta em Särsö, mas apenas uma Árvore. Talvez não estivesse *exatamente* no meio da ilha, mas praticamente funcionava como o ponto central onde a estrada principal norte-sul e a estrada principal leste-oeste se encontravam sob sua copa.

Quando digo estrada principal, pode parecer que Särsö tinha tráfego pesado, mas nem sequer havia carros na ilha e o único tráfego motorizado eram motocicletas com e sem carrinho, de modo que as estradas principais eram os caminhos de cascalho mais largos.

A Árvore era um carvalho com, pelo menos, trinta metros de altura. As raposas faziam ninhos sob suas raízes velhas e muitos dos galhos inferiores eram tão grossos que era impossível abraçar com os braços onde se estendiam dez, quinze metros para os lados.

Wille alegava que a Árvore existia em Särsö antes de as pessoas chegarem e onde o carvalho ficava em sua majestade sozinho no campo era fácil imaginar que a terra cresceu ao seu redor, ao contrário do que realmente aconteceu; que sua rede de raízes subterrânea se estendia até o mar em todas as direções. A Árvore era a coluna vertebral de Särsö.

Apertei o freio, levei a bicicleta até a árvore e encostei no tronco nodoso, depois me sentei encostado no mesmo tronco. Havia bastante espaço. Algumas vezes, toda a turma havia feito um círculo ao redor estendendo os braços e quase não conseguimos tocar as pontas dos dedos uns dos outros, tão grande era a sua base.

A Árvore era um bom lugar para pensar, talvez ver as coisas em perspectiva. Aqui e ali, via os esqueletos de velhos celeiros, nas colinas havia ruínas de porões afundados. Fundações de casas, alguns restos de chaminés. As pessoas moravam aqui antes da agricultura terminar e as construções se moverem para a costa. Agora restava apenas a Árvore.

Abracei as pernas e encostei o queixo nos joelhos enquanto pensava sobre o que dizer para Helena. *Ela confia em você.* Uma coisa bonita de se dizer e me sentia um pouco orgulhoso, mas o que poderia *fazer?*

Como sempre quando aparecia uma tristeza, meus pensamentos voltavam para minha irmãzinha Olivia. Se Helena estava triste não poderia ser nada em comparação como fora para minha irmã. Passei horas sentado na sua cama enquanto ela sofria. Não podia dizer muita coisa, mas eu estive lá.

Talvez fosse tão simples? Agora Helena sofria de outra forma, e não tínhamos o mesmo relacionamento que tive com Olivia, mas talvez mesmo assim? Achava que não havia nada que eu poderia dizer, então talvez fosse apenas estar lá, ouvir o que ela queria falar. Talvez.

A verdade é que eu estava um pouco nervoso, sem saber se serviria para alguma coisa, então continuei onde estava com o tronco reconfortante da árvore nas minhas costas olhando para os campos.

Não via uma única pessoa e era difícil imaginar que um dia este lugar estivera cheio de vida. Casas e cabanas onde pessoas iam e vinham, vacas pastando, talvez porcos comendo as bolotas caídas do carvalho. Preocupações, sofrimentos, alegrias e conversas de pessoas. Tudo desaparecido, como se nunca tivesse existido.

Pensamentos banais, eu sei, mas pode ser que foi nesse exato momento que a realidade da morte me atingiu com toda força pela primeira vez. Mesmo estando sentado ali com as costas contra o carvalho, um dia eu desapareceria como as pessoas dos campos. Alguém que viveu há muitos anos. Alguém de quem nunca ouvimos falar.

Um quarto esquecido.

Meu pensamento foi para o quarto sob o cais e era verdade que a Árvore era um bom lugar para pensar porque subitamente descobri a relação com a sereia que ainda não havia percebido: o quarto no cais era nossa realidade em relação ao local onde a sereia se encontrava! A casa de barcos era dominada pelo ar e apenas a jacuzzi era um santuário com seu próprio elemento. Do mesmo jeito, o quarto no cais estava cheio de água e tinha apenas um bolsão de ar para respirar, uma pequena borda para sentar. Se quisesse ver como passava a sereia, precisava apenas imaginar como seria morar no quarto sob o cais. Nada divertido.

Como uma carta no correio, a pergunta que sempre surgia era: por que ela não tentava sair de lá? Eu presumia que ela tinha uma inteligência similar à humana e não agia apenas por instinto. Portanto deveria ter um *motivo*. Não importa quanto pensasse, não conseguia encontrar o que poderia ser.

Respirei fundo aquele ar quente, verde e saturado de verão e meus joelhos estavam bambos quando levantei me apoiando na árvore. Bati no tronco e pensei: *você ainda estará aqui quando eu desaparecer*. De uma forma que não entendia muito bem, mas parecia reconfortante. Depois peguei a bicicleta e fui para Nybygget.

7

Como disse antes, nunca fui sozinho para a casa de Helena. Apesar de ter estado lá muitas vezes junto com os outros, parecia estranho abrir o portão, como se estivesse entrando em território desconhecido.

Não vi ninguém no jardim, mas do outro lado dos lilases ouvia o rangido de uma rede e vozes femininas falando baixo. Pensei reconhecer as mães de Helena e Maria, que frequentemente se visitavam. Talvez as visitas tivessem aumentado agora que a mãe de Helena também estava sozinha, de uma forma mais permanente. O pai de Maria viria para casa em meados de julho, ela dissera. Da Namíbia, se lembrava bem.

Um caminho pisado ia do portão até a casa, o restante do gramado não estava aparado. Aparentemente teria sido uma tarefa do pai de Helena. Provavelmente uma sugestão provocada pela minha tarefa, mas achei que havia algo triste na casa de verão construída em módulos. Não estava em mau estado como a casa de Hasse, mas por outro lado, parecia... mal amada. Tive muitos pensamentos estranhos durante aquele verão.

Fui até a porta e bati com cuidado, não queria que ouvissem do outro lado de modo que a mãe de Helena viria atender. Quando ninguém abriu a porta, testei a maçaneta e vi que a porta não estava trancada, então me esgueirei para dentro.

Sim, *me esgueirar* foi exatamente o que fiz. Sentia-me como um intruso e me comportava como tal. Desejei ter convidado Felicia para me acompanhar. Ao mesmo tempo, sabia que teria sido errado. Não sei como nem por quê, mas seria errado.

Tirei os sapatos e passei pela sala. Ocasionalmente ficávamos espalhados lá assistindo TV, alguns no chão porque havia apenas um sofá de três lugares e uma poltrona. Seria o lugar normal para o *Live Aid*, mas tudo era tão estranho naquele verão de modo que nada poderia ser considerado definido.

Continuei pela cozinha, onde havia garrafas vazias de vinho e destilados na bancada e a pia estava cheia de pratos e copos. Bolas de poeira dançavam nos meus pés, prendendo e soltando no piso pegajoso e o sentimento de tristeza aumentou tanto que senti um aperto no peito. Não queria estar lá e se não fosse pela conversa na escada, eu provavelmente teria desistido. Helena me ajudou e agora eu a ajudaria, se pudesse.

Um corredor curto levava para os dois quartos, o da Helena e o dos seus pais, agora apenas da mãe. Do quarto de Helena se ouvia *Like a virgin,* de Madonna. Pelo visto também estava em casa. Parei e aspirei o ar pelo nariz. Havia realmente um cheiro leve e estranho no ar. Maconha?

Não conhecia o cheiro de maconha e meus conhecimentos sobre os efeitos nocivos das drogas se resumiam aos cartazes no metrô onde os piores efeitos pareciam ser os cabelos desgrenhados. O mesmo não acontecia com Helena.

A música chegou ao fim e Madonna recebia gritos e aplausos enquanto a melodia terminava. Raspei a porta cuidadosamente com a ponta dos dedos e ouvi um arranhado quando a agulha foi levantada do disco antes de ouvir Helena dizer:

— Mattias, vai embora. Maria, querida, vai embora.

Soltei um pigarro e disse:

— Sou eu. Johannes.

Silêncio durante alguns segundos. Depois um rangido nas tábuas do piso e uma chave girando no trinco e a porta abriu. Helena olhou surpresa para mim e perguntou:

— O que tá fazendo aqui?

Dei de ombros.

— Queria ver como você tá, só isso.

Os dois sabiam que era uma situação sem regras definidas porque era única. Durante um minuto ficamos apenas parados um na frente do outro com os braços caídos ao lado do corpo. Helena usava um pijama de flanela listrada e as cortinas de rolo do seu quarto estava abaixadas, como se passasse o dia na cama.

O cheiro estranho ficou mais forte quando a porta abriu e não conseguia definir se era do quarto ou da própria Helena. Tinha algo que me fazia pensar: *churrasco*. Continuamos parados enquanto os mapas e manuais eram preparados em silêncio, até Helena acenar e dizer:

— Então entra.

Se fora estranho entrar no jardim de Helena, parecia totalmente errado entrar sozinho no seu quarto. Eu não pertencia àquele lugar e lamentava ter me envolvido nessa ação absurda de ajuda. Um médico sem sua valise, um bombeiro que esqueceu seu caminhão. Mesmo assim, entrei no quarto sombrio com cheiro de grill e me sentei na única poltrona. Apontei para o toca-discos e perguntei:

— Você gosta da Madonna?

Helena trancou a porta novamente, sentou-se na cama e suspirou.

— Mais ou menos.

— Você tem o primeiro disco dela também?

— Não. É bom?

— Mais ou menos.

Olhei ao redor procurando algo mais para comentar. Um buquê de flores secas pendurado na parede, alguns animais de pelúcia enfileirados em uma estante. Nada de livros. Teriam facilitado a coisa. Um cartaz com uma figura de arlequim chorando. Nada para comentar. Refugiei-me no desvio mais aparente e disse:

— Tem um cheiro meio estranho aqui.

Helena olhou para mim. Longamente. Tão longamente que fui forçado a desviar o olhar e dizer:

— Não tenho nada a ver com isso, mas...

Helena acenou para si mesma e levantou a manga direita do pijama. Na sua pele havia algumas manchas escuras de formatos variados. Um raio de luz passou por uma fenda na cortina e atingiu sua pele que brilhava em um par de manchas, como se fossem líquidas.

— O que... o que aconteceu?

Helena se esticou para sua mesa de cabeceira e pegou um isqueiro e me mostrou.

— São... queimaduras? — Helena concordou. — Que você mesma provocou? — Mais um aceno. Havia ouvido falar sobre o que se chamava *automutilação,* mas nunca encontrei ninguém que o fizesse. Imaginei que a pergunta não teria uma resposta simples, mas, mesmo assim, fui obrigado a perguntar: — Por quê?

— Não sei. Apenas sinto que preciso.

Olhei para dentro procurando algo no meu próprio comportamento que poderia ajudar a entender. Quando fazia ou dizia algo que não me agradava, podia dar um tapa na minha orelha. Por que fazia isso? Porque naquele momento me detestava e queria manifestar isso através de um castigo. Seria algo semelhante que acontecia com Helena? Não sabia como verbalizar essa percepção, portanto, em lugar disso, perguntei:

— O que obriga você?

Helena parecia realmente pensar porque franziu as sobrancelhas e olhou para o chão. Não me sentia tão incapaz como há alguns momentos. Se o bombeiro não tinha seu caminhão, talvez tivesse pelo menos um balde com água. O médico teria alguns curativos. Um mini balde. Curativos pequenos.

Helena cruzou os dedos e apertou as mãos contra o estômago dizendo:

— É como se... tivesse alguém dentro de mim. Alguém mau. Que diz que devo fazer isso.

— Como assim, como se estivesse... possuída?

— Aham.

— Mas você não acredita que isso acontece realmente?

Pela primeira vez, vi um pequeno sorriso nos lábios de Helena quando respondeu:

— Não. Acho que não. Mas você gostaria disso, ou não?

— Não, não gostaria. Mas o que vai fazer, então?

O alívio temporário, que passou como uma respiração pela face de Helena desapareceu, e o peso nos seus ombros retornou quando se curvou para frente e disse:

— Mas é que simplesmente dói muito. E a dor precisa ir pra algum lugar. Você entende?

Mesmo sem poder imaginar o sentimento, entendia a ideia. Deixar uma dor abstrata interna se manifestar em um exterior concreto. Claro que não teria formulado nada assim naquele momento, mas, mesmo assim, entendi o conceito. Em geral, penso que entendemos muito mais do que percebemos, sobre nós mesmos e sobre os outros, então eu respondi:

— Sim. Mais ou menos. Mas não existe algum jeito de... de doer menos, então?

— Nenhum que eu saiba. Não sei se o Mattias contou... — provavelmente foi o momento mais concreto de *por falar no diabo* que eu jamais vi, porque exatamente naquele momento bateram à janela. Helena se inclinou para frente e subiu a cortina de rolo alguns centímetros e muito certamente Mattias estava lá fora. Sua voz se ouvia abafada através do vidro quando disse:

— Oi, você quer...

Seu queixo caiu e os olhos abriram mais quando me viu. Passou a mão pelos cabelos e disse:

— Johannes? *Você* tá aqui?

— Não — respondi.

Mattias olhou para o quarto como procurando algo comprometedor. Parece que não encontrou nada, levantou as mãos e questionou:

— O que... o que tão fazendo?

— Carpintaria — respondeu Helena abaixando a cortina.

— O que dizia? — perguntei.

Bateram à janela novamente e o momento passou. Helena afundou novamente, balançou a cabeça e disse:

— Nada. Não foi nada.

Fiquei sentado na poltrona enquanto Mattias continuava batendo à janela. Considerei que o que poderia ser dito foi dito. Quando me levantei da cadeira, resisti ao impulso de acariciar o rosto ou o cabelo de Helena, com medo de ser mal entendido. Talvez deveria ter feito isso, mas fui covarde.

Fui para a porta e disse:

— Tenho que ir...

— Sim.

Quando abri a porta e estava saindo, Helena disse:

— Obrigada por ter vindo, Johannes. Por se importar.

— Claro. Os filhos do divórcio devem ficar juntos.

Mais um sorriso leve nos lábios de Helena e considerei isso como uma boa réplica final, uma forma de dizer que estaria lá se necessário. Logo que fechei a porta ouvi a chave trancando.

8

Mal cheguei à porta de entrada quando Mattias apareceu no canto, chegou à minha frente e pegou meu braço como se pretendesse me prender.

— O que foi aquilo agora?

— O que foi o quê?

— Você e Helena.

— O que tem isso?

Naturalmente entendia exatamente o que ele queria dizer, mas me senti um pouco provocado por Mattias considerar que tinha o direito de controlar quem encontrava quem. Ou queria indicar a propriedade de Helena, não sei. Ainda era uma coisa daquele verão de 1985. Puxei meu braço do aperto de Mattias e disse:

— Por que você se importa? Vocês não estão mais juntos, não é, como você disse, *sua* coisa.

Percebi que fui longe demais quando vi Mattias franzindo os lábios e seu olhar endureceu quando apertou os dentes. Poderia se tornar algo pior do que um empurrão então deixei de lado minhas reservas e minha dignidade, levantei as mãos e disse:

— Fica frio, o que tá pensando? Maria me pediu para falar com Helena, então eu fiz isso.

— Por que fez isso?

— Alguém precisa fazer isso.

— Fazer o quê?

— Falar com Helena.

Mattias ficou me olhando por mais alguns segundos. Depois baixou os ombros e seu olhar suavizou quando perguntou:

— Hum. O que ela diz então?

Agora foi minha vez de calar a boca. Não tinha nenhuma vontade de agir como algum tipo de chato para controlar um relacionamento que não conseguia se manter. Além disso, estranhamente surgira um nível de confiança entre mim e Helena que não queria quebrar.

— Deve perguntar a ela.

— Sim, sim, mas o que devo perguntar então?

— Como ela tá.

— Ela tá mal, mas isso eu já sei, o que posso fazer?

Será que estava me tornando o psicólogo amador e especialista em relacionamentos de Särsö? Eu, cuja experiência em relacionamentos íntimos terminava em um beijo com sabor de morango sintético? Que diabos eu sabia sobre o que Mattias deveria fazer. Senti um alívio quando Maria veio andando pela estrada e tirou os fones de ouvido quando nos viu. Sem olhar para Mattias, virou para mim e perguntou:

— Falou com ela?

— Aham.

— E como foi?

Então estava lá novamente. No meu nariz havia uma memória olfativa de churrasco, carne queimada, e percebi que aquele momento com Helena no seu quarto escuro fora encapsulado e se tornara um *segredo* que não caberia a mim divulgar. Nem mesmo para Maria e definitivamente não para Mattias. Apesar de perceber como parecia suspeito, gesticulei com as mãos e disse:

— Sorry. Isso é entre mim e Helena.

Agora Maria olhou realmente para Mattias e já haviam se tornado uma comunidade de interessados contra mim. Mattias balançou os ombros e indicou que o mundo era incompreensível. Maria olhou para mim e estudou meu rosto. Depois acenou e disse:

— *Ok*.

Como concordou antes de continuar no seu portão, acho que entendeu mais ou menos.

Obviamente Mattias não entendeu porque disse:

— Mas que merda, Hannes. Tô totalmente perdido. O que você acha que devo fazer?

Eu disse aquilo. Havia pensado sobre isso e agora disse algo do qual me culparia pelo resto de minha vida:

— Talvez deve deixar que ela encontre a sereia.

Mattias apertou os olhos.

— Tá pensando naquele... canto?

— Sim.

Mattias concordou cautelosamente e já naquele momento e lugar comecei a me arrepender de ter sugerido aquilo. Sabíamos muito pouco sobre os hábitos e eventuais motivos das criaturas do mar, era como jogar uma cobra e um frasco de Rohypnol para alguém e dizer: Boa sorte.

Mattias olhava perdido para as nuvens em movimento no céu, então toquei no seu ombro e disse:

— Esquece, mano. Ideia idiota. Sabemos muito pouco e ainda não tá na hora de contar para as meninas. Esquece tudo, ok?

Queria dar outro rumo para a conversa e buscava na memória algum fio para conduzir. Encontrei um e questionei:

— Oi, como ficaram com as tais tábuas? Pra varanda do Hasse?

Mattias olhou novamente para mim e disse com ar de desdenho:

— Seu pai ia consertar. Mas não fez isso.

— Por quê?

— Você não sabe? Ele ficou preso.

— O quê? Quando?

Mattias deu de ombros.

— Inverno e primavera. Seis meses por crime econômico. Não diga que fui eu quem contou isso.

Olhei para Mattias e balancei a cabeça. Não para elogiar, mas por não acreditar como podem ser radicalmente diferentes as posições das pessoas em relação aos segredos dos outros.

9

Quando desci a colina vi que não havia ninguém no cais, mas quando parei na base do cais ouvi um barulho de serra atrás da sebe de espinheiros na praia. Apoiei a bicicleta e fui investigar.

Sim. Wille serrava uma tábua rústica apoiada em uma pedra enquanto Hasse fazia contrapeso na outra ponta. Felicia estava sentada em um tronco velho junto com Lovisa e observava. Enquanto dava a volta nos arbustos, ouvi Lovisa dizer:

— Você tá serrando torto.

Wille limpou o suor da testa e olhou para a tábua. Quando cheguei perto, percebi que Lovisa tinha razão. Wille balançou os ombros e disse:

— Alguns centímetros. Não tem importância porque temos vinte centímetros pra apoiar.

— Poderia serrar direito — disse Hasse.

Wille pretendia responder alguma coisa grosseira, então para desarmar a situação, lancei uma bola para ele e perguntei:

— O que tão fazendo?

Wille bufou e não conseguiu evitar a réplica padrão.

— Carpintaria.

— Carpintaria torta — disse Lovisa.

— Por que não tão no cais? — estranhei.

Hasse cuspiu na grama e respondeu:

— Um diabo azedo veio dizer que não podíamos ficar lá, que nós... o que foi que ele disse?

— Estávamos obstruindo — disse Felicia. Quando me sentei ao seu lado, me olhou pelo canto do olho e perguntou baixinho: — Então, foi divertido com Helena?

Rolei os olhos. O que se passava com as pessoas naquele verão? Um garoto não podia ficar com uma garota no mesmo quarto sem que houvesse *insinuações*? Sem me alterar, eu disse:

— Absolutamente. Fomos até o fim.

— Até o fim de onde? — admirou-se Lovisa.

— Não liga pra ele. Só tá sendo idiota.

— Mas quero saber pra onde eles foram!

— Pra loja. Fomos até a loja.

Lovisa se contentou com isso. A serra não devia estar tão afiada quanto Wille dissera porque mal se movia na madeira apesar do braço de Wille estar se movendo como um pistão. Tirou a lâmina da prancha e olhou para o corte que estava torto na vertical e na horizontal. Wille suspirou e disse:

— Tá lento e ficando ruim.

— Você é um merda.

— Hum. Mas pelo menos tô ciente disso.

Como já disse, Hasse era a pessoa do nosso grupo com tendências mais fortes para grosseria. Será que não estava ficando mais forte durante aquele verão? Se existia uma aura de tristeza ao redor de Helena, Hasse era mais venenoso, afiado.

Seis meses. Crimes econômicos.

Como seria ter um pai na prisão, saber que sua mãe ou seu pai era criminoso (a)? Não sabia nada sobre o trabalho do pai de Hasse. Se o pai de Wille era presente e interessado, o pai de Hasse estava sempre olhando para outra coisa, nunca estava realmente presente. Se eu tivesse dito dez palavras para ele em toda minha vida seria uma conta alta.

Wille retomou seu trabalho de serra quase inútil e Felicia perguntou:

— Amanhã, então?

— O que tem amanhã?

— É a véspera do solstício de verão, por exemplo.

Baixei a cabeça e soltei um gemido. Algum mecanismo de proteção inconsciente me fazia esquecer a próxima festividade porque as festas depois de Olivia sempre eram um sofrimento na minha família. Alegria exagerada e rotinas obrigatórias que perderam todo o sentido. Uma ameaça de divórcio certamente tornava tudo pior do que nunca.

— Ah — Felicia acariciou meu braço com simpatia. — Eu entendo.

Os ouvidos de Lovisa funcionavam como antenas parabólicas militares recebendo os sinais externos constantemente e questionou Felicia:

— O que você entende?

— Entendo que amanhã é a véspera do solstício de verão.

Lovisa balançou a cabeça.

— Isso não é algo que se *entende*, é algo que se *sabe*.

Provavelmente Lovisa não teria esquecido o assunto se Wille naquele momento não tivesse soltado uma exclamação de triunfo:

— Aha!

Quando a ponta cortada caiu da prancha com um estalo, Lovisa se levantou, examinou o trabalho e disse:

— O pior trabalho de marcenaria que eu já vi.

— É chamado de *corte* e é chamado de...

— O *pior*, eu sei. Só que é o pior mesmo assim.

Continuaram implicando um com o outro e Felicia chegou mais perto e sussurrou:

— Sério. Como tá a Helena?

Possivelmente poderia ter contado alguma coisa para Felicia, mas não era o local apropriado, então me contentei em balançar a cabeça de uma forma que queria dizer *não está bem*. Fantasticamente Lovisa não veio perguntar porque estava balançando a cabeça e Felicia acenou brevemente indicando que entendia. Endireitou-se e perguntou:

— Hum, você vai colher flores? Amanhã? Sete tipos?

— Acho que não.

— Podemos fazer isso juntos. Depois de você estar com seus pais.

Mesmo que colher flores não fosse uma das minhas atividades favoritas ter a sugestão de Felicia para o dia seguinte me alegrou um pouco, se não por outro motivo, porque indicava sua preocupação. Mesmo assim não pude evitar empurrar seu ombro e dizer:

— Hum. E depois durante a noite você sonha com o Hasse.

A antena parabólica foi ativada. Lovisa veio correndo:

— O quê? Como? Por que vai sonhar com o Hasse?

Vi pela postura de Hasse que agora até ele estava ouvindo. Felicia se inclinou para Lovisa e disse alto e claro:

— Não são sonhos. São pesadelos.

Hasse voltou seu interesse para a prancha.

10

Depois de muita discussão e algumas tentativas falhas, a tábua finalmente estava no cais sob o quarto. Pelo menos Hasse e Wille alegavam isso, eu não me dei ao trabalho de mergulhar para verificar. Lovisa fervia com o desejo de vê-lo e ficou quase histérica, alegando que sua vida seria destruída para sempre se não pudesse olhar, mas Felicia não se deixou influenciar e disse:

— Não enquanto eu for responsável por você.

— Mas e depois? Quando você não for mais responsável?

— Então não poderei fazer mais nada. Mas vou dizer para sua mãe e seu pai para vigiarem você.

Lovisa segurou a cabeça e disse:

— Mas aaah! Você é igual aos *adultos*.

Disse a última palavra como se fosse um palavrão muito feio.

— Talvez sim. E os adultos não querem que as crianças morram ou se machuquem.

Quando Wille e Hasse pegaram a próxima tábua para submeter ao mesmo tratamento da primeira, levantei-me do tronco e disse que tinha algo a fazer. Felicia olhou para mim meio desconfiada, como se realmente achasse que iria para a casa de Helena para *ir até o fim*. Lovisa mostrou a língua e eu mostrei a língua para ela. Parecia que aquilo estava se tornando a nossa coisa.

Coloquei a chave no cadeado da casa de barcos e estava quase abrindo quando me contive. Meus pensamentos estavam em outra parte quando peguei a chave no seu esconderijo e coloquei no cadeado. Percebi que já estava se tornando uma rotina, um hábito, *olhar um pouco para a sereia*, como se fosse normal.

Respirei fundo e tentei afastar os pensamentos de toda a confusão: o quarto sob o cais, as queimaduras de Helena, a raiva de Mattias e a separação dos meus pais, entre outros. Aqui estava mais uma vez, no limiar do tempo, o milagre sobre o qual na realidade não sabia nada. Agravante.

Puxei e tirei o cadeado da fechadura, tentei manter um sentimento de entrar em uma igreja ou um quarto sagrado. Não sei por que me parecia tão importante ter essa atitude, mas era assim. Talvez porque ninguém mais o fazia. Estavam mais interessados em um quarto afundado do que em uma figura viva de conto de fadas e eu achava isso incompreensível.

As solas dos meus sapatos chafurdavam enquanto atravessava o quarto indo para a jacuzzi. Provavelmente as tábuas do piso incharam com a água e as fendas estavam menores de modo que a água que entrava não saía com tanta facilidade. Precisaria ver o assunto com Wille, ver se ele teria alguma ideia para reduzir a inundação.

A sereia estava deitada na água com os olhos abertos, sentei-me na borda da jacuzzi mais distante de sua cabeça e portanto seca. Fitamos os olhos um do outro.

Eu queria intensamente encontrar alguma expressão no seu olhar, ao menos algo simples, como um reconhecimento. Mas nada. Seus olhos eram escuros e frios como o mar em novembro e até eu comecei a pensar que era apenas um animal, um simples animal. Por exemplo, os cães, gatos e porcos davam sinais claros sobre como se sentiam. Apesar do seu canto, talvez no final das contas fosse simplesmente um peixe.

A cauda da sereia se moveu quando seu rosto subiu para a superfície. Ela se sentou, com as costas retas sem interromper nosso contato visual. Engoli em seco e olhei para a cama surrada no canto do quarto. Preferia estar sentado lá, fora do alcance de suas mãos rápidas como um raio, mas não me atrevia ou queria interromper nosso contato.

Com um movimento excessivamente lento e claro, apontei o dedo indicador para meu peito e disse:

— Johannes. Johannes. Meu nome é Johannes. Qual é seu nome?

Percebi que era ridículo de muitas formas. *Qual é seu nome?* Nada indicava que ela entendia a pergunta ou sequer entendia o *conceito* de pergunta.

Nada dizia que tinha um nome, não, nem ao menos havia algo que indicasse que apontar o dedo significava algo para ela. Eram convenções humanas.

Daí minha admiração quando ela apontou para si mesma e emitiu um ruído rascante, lamentoso, que ainda acho fisicamente impossível repetir. Apontei para mim novamente e disse:

— Johannes.

Ela apontou para si mesma e fez o mesmo ruído novamente. Pude entender então que era seu nome. Portanto tinha um nome e disse isso para mim! Conseguimos nos comunicar!

Ok. Então ela tinha um nome e entendia o conceito de indicar as coisas apontando. Isso já a tornava consideravelmente mais avançada. Por exemplo, quantos sapos usavam suas pequenas patas para apontar e dizer: *Olha, uma mosca?* Ri com essa ideia e a sereia fez um som que parecia uma furadeira. Seria a sua risada? Sua boca não se movia nem um milímetro.

Havia a possibilidade de ela estar simplesmente imitando meus movimentos sem entender seu significado, tal como eventualmente fizera quando fiz a mímica de comer. Pensei um pouco e depois apontei para sua cauda onde se via a marca da corda e ainda faltavam algumas escamas.

— Ali, o que aconteceu?

Ok, aqui estava a prova. Quando apontei, a sereia virou a cabeça para ver o que eu estava apontando. Ela entendia. Estudei seu rosto buscando algum sinal de sentimento, mas novamente sem resultado. Sua boca estalou e rangeu e ela fez alguns movimentos ondulantes com as mãos. Claro que não entendi nada, mas agora estava quase certo de que ela tinha uma linguagem. Será que eu poderia aprender?

Será que, por exemplo, também entendia que fora eu que a salvara cortando a corda? Talvez não, porque naquele momento estava inconsciente. Mas certamente deveria entender que me preocupava com ela já que trazia comida? Talvez sim, talvez não. Parecia perigoso tirar conclusões sobre sua atitude, mas pelo menos, um primeiro canal de comunicação fora aberto.

Levantei-me da borda, apontei para mim e depois para a porta e disse:

— Johannes. Vou.

Fiz um gesto de colocar algo na boca e mastigar.

— Trarei comida.

A sereia imitou o gesto. Concordei, levantei a mão, acenei e disse:

— Até logo.

Quando me afastei, vi, com sentimentos confusos, que ela levantou a mão e acenou. Presumi que apenas me imitava, mas havia algo bonito naquela figura mística sentada na sua banheira e acenando para mim. Bonito e muito triste.

11

Depois de trancar o cadeado novamente, fiquei parado com a chave na mão. Não esquecera minha sugestão para o Mattias relacionada a Helena, seu olhar pensativo para o céu. Pensei em esconder a chave em outro lugar. Talvez teria feito isso se não fosse pelo novo acontecimento. Comunicação e até mesmo compreensão. O risco de a sereia ser um animal predador por instinto que poderia nos atacar fora reduzido significativamente com nossa "conversa". Coloquei a chave de volta no lugar habitual. Nada indicava que Mattias me levaria a sério ou que Helena o acompanharia. Que ficasse como estava.

Peguei a bicicleta para ir a casa e resolver o próximo problema: peixes. A ajuda de Mattias e o barco do Krutgubbe não pareciam mais disponíveis e fui obrigado a encontrar um novo método. Tive uma ideia. Se era possível seria outros quinhentos.

— Qual é o melhor lugar para lançar redes?

Papai olhou do canteiro da horta, colocou a pá de lado e se sentou na grama. Agachei-me ao seu lado. Hoje, ele não parecia tão abatido, mas talvez o trabalho no jardim fosse um alívio. Eu não pretendia interferir.

Papai coçou o rosto e disse:

— Sim, essa é uma pergunta divertida.

Eu não entendi porque um lugar para lançar redes seria divertido, mas deixei para lá e ele continuou:

— Você me acompanhou algumas vezes e testamos vários lugares, não foi?

Não podia dizer que lembrava dos lugares onde estivemos, mas claro que lembrava que foram vários, então concordei.

— Hum. Mas no verão passado decidi tornar isso fácil, e sabe o que fiz?

Se não entendia como um local para lançar redes poderia ser divertido, muito menos entendia como poderia ser *fácil*, as experiências daquela manhã não indicavam isso. Papai apontou para o mar lá embaixo e disse:

— Prendi uma ponta da rede no cais e depois puxei direto para fora e sabe de uma coisa?

Imaginava o que viria a seguir, mas deixei papai se divertir e disse:

— Não faço ideia.

— Melhor lugar para lançar redes em todo o arquipélago! Vinte peixes em apenas algumas horas! Entendeu? Nem precisei do barco para recolher, simplesmente me sentei no cais e puxei. Aí está.

Eu sorri. Em parte porque a pescaria, conforme papai dizia, fora consideravelmente simplificada e em parte porque foi bom ver o papai feliz e ocupado. Ao mesmo tempo senti um nó na garganta quando percebi que provavelmente era apenas temporário, um caso excepcional.

Papai limpou um pouco de terra de suas mãos e perguntou:

— E por que tá perguntando isso?

— Nada. Pensei em testar.

— Oh. Mas você consegue? Você nunca...?

— Fiz isso com o Mattias algumas vezes.

— Ah, sim. Quer que eu acompanhe?

Para não estragar o bom momento, queria recusar a companhia do papai da forma mais amigável possível, então disse:

— Não, quero ver se consigo fazer sozinho.

Felizmente o papai não ficou surpreso nem triste, parecia mais orgulhoso sobre minha ambição. A verdade é que queria evitar a todo custo a pergunta sobre para que seriam os peixes.

— Se estiver sozinho, precisa alternar, você sabe?

— Alternar?

— Hum, remar mas só com um remo.

— Mas como, então fico apenas rodando, rodando?

Papai riu e bateu as mãos nos joelhos. Durante um momento, tudo parecia tão normal e entendi que tentava evitar pensar *que parecia normal* simplesmente para evitar que a sensação fosse embora.

— Você coloca um grampo de remo no suporte da popa e coloca o remo ali. Depois você o alterna para frente e para trás com uma mão enquanto solta a rede com a vara na outra mão, entendeu?

Na verdade, tive alguma dificuldade para entender como aquilo funcionaria, mas pensei que no pior caso poderia *nadar* com a rede me afastando do cais. Precisaria tomar cuidado para não ficar embaralhado na rede, apenas isso. Nesse caso poderia ser complicado.

— Ok! Você pode fazer sozinho agora?

— Uhum. Mas você não pode olhar. Promete?

— Eu prometo. Pensa só. Cara grande. Lança a rede sozinho.

Levantei-me e papai me acompanhou com o olhar e parecia querer dizer mais alguma coisa, então perguntei:

— Algo mais?

— Não. Só que eu te amo, meu garoto.

Não lembrava da última vez quando papai dissera aquilo e possivelmente teria respondido se o nó não tivesse *explodido* na minha garganta e fui obrigado a me virar antes das lágrimas escorrerem.

12

Já descrevi detalhadamente o trabalho: lançar e recolher as redes, de modo que tentarei ser conciso. Havia estudado atentamente como Mattias fazia quando lançava a rede e entendia o princípio básico. A diferença é que agora não poderia usar as duas mãos.

Antes de instalar a rede, tentei o método de alternar. Foi muito ruim. Quase nenhum movimento na frente enquanto a popa balançava loucamente igual a um gato no cio. Havia alguma técnica que não entendi direito. Então o que fazer? Fiquei sentado com a rede instalada na vara, dobrada sobre meus joelhos, com o queixo apoiado nas mãos.

A única coisa que precisava fazer era esticar a rede desde o ponto de fixação no cais. De alguma forma precisava ter *velocidade*. Conseguia ver apenas uma forma de executar. Prendi a rede no cais com a popa encostada contra ele. Depois peguei o gancho do barco com uma mão e segurei a vara da rede com a outra mão. Encostei a ponta do gancho do barco contra um poste do cais e disse – mais para me encorajar do que qualquer outra coisa:

— Ok. Um. Dois. *Trrrêes*!

Empurrei com o gancho do barco com toda minha força e quase caí sobre a popa quando o barco se afastou do cais e as malhas da rede soltaram da vara. O barco continuou deslizando para fora enquanto as malhas da rede caíam cada vez mais lentamente na água. Quando o barco parou totalmente restavam apenas algumas malhas da rede.

Olhei para a vara de rede quase vazia na minha mão. *E agora*? Não precisava me preocupar com a boia porque a rede estava presa no cais. Então não havia mais nada a fazer. Apesar de parecer totalmente estranho, balancei os ombros e joguei a vara de rede no mar.

Remei alguns metros na direção do cais, inclinei-me sobre a borda e olhei para baixo. A rede estava apenas alguns metros abaixo da superfície e consegui ver o desenho quadrado das malhas que ficavam, exatamente como Mattias dissera, *suspensas* sobre o fundo. Sentei-me no banco do meio e esfreguei as mãos. Havia resolvido aquilo.

Havia algo significativo naquilo. As meninas não conheciam a sereia, os rapazes não ligavam muito, ocupados com os problemas de relacionamentos ou a construção do hotel. E como havia conseguido lançar a rede sozinho, não precisava mais da ajuda dos outros, nem de sua interferência.

Agora éramos somente ela e eu.

13

Não havia comida pronta na geladeira, então preparei a única comida quente que sabia fazer: misto quente com queijo e presunto, que mamãe chamava de Krock Möss-jö (mistura crocante). Peguei um refrigerante Zingo e fui até o cais onde me sentei e comi o sanduíche enquanto olhava para a água.

Havia algo verde se movendo para frente e para trás? Já havia conseguido... alguma presa? Peguei a corda fina pendurada no cais. Sim, conseguia sentir vibrações leves. A rede se movia porque alguma coisa estava presa. Fiz um brinde para o céu com o Zingo. Quando terminei de comer, me estiquei no cais cujas madeiras aquecidas pelo Sol eram como um abraço quente nas minhas costas. Senti-me muito autossuficiente e não queria encontrar os outros.

Você e eu, Olivia.

Imaginava se o som rascante e melancólico da sereia seria realmente seu nome. Tentei imitar o ruído e descobri que não era totalmente impossível como havia pensado, se o fizesse junto com a inalação. Talvez pudesse realmente aprender sua linguagem, esse pensamento me deixou tonto. Por enquanto poderia pensar nela como a Olivia.

Quero enfatizar mais uma vez que meu relacionamento com a sereia não tinha nada de amor romântico ou sexualidade. O relacionamento do Elliott com o E.T., no entanto, não é uma boa analogia, de modo que tentarei novamente: não era um relacionamento com uma *mulher,* mas sim com a *feminilidade* na sua representação mais pura *da outra parte*. Não consigo explicar melhor.

Cochilei um pouco deitado lá e acordei sentindo que a corda vibrava mais do que antes. Mesmo assim, pretendia esperar. O sol estava se pondo e havia muita gente fazendo sua caminhada. Talvez tenha sido excessivamente atrevido entrando na casa de barcos na luz do dia. Bem, ainda demoraria algumas semanas antes de ficar realmente escuro a qualquer hora do dia.

Bocejei, esfreguei os olhos, me levantei e olhei para o mar que quase parecia um espelho. Será que realmente haveria outras como a Olivia lá embaixo sob a superfície? Teriam um povo? Uma... cidade? Nesse caso, por que não tentava voltar para os seus?

Não tinha como saber, mas planejava passar mais tempo com ela e talvez aprender e entender como ajudá-la. Sentia uma esperança no peito ao pensar nisso.

14

Meus pais eram pessoas ativas que estavam sempre *fazendo* alguma coisa. Talvez por isso precisavam do Yatzy, uma não ocupação que ainda sim incluía *alguma coisa* acontecendo. De outra forma estavam sempre em movimento ou tinham coisas nas mãos. Portanto, parecia estranho quando voltei para casa e encontrei papai sentado nos degraus da frente sem fazer nada além de olhar para o ar vazio. Quando me viu, disse:

— Olá. Como foi com a rede?

— Bem.

— Pegou alguma coisa?

— Ainda não recolhi.

Havia um pedido na sua voz, um desejo de retornar para o bom momento que tivemos antes. Mas minha conversa sobre pescaria fora uma necessidade e minha atitude perante mamãe e papai continuava inalterada. Não poderiam destruir tudo sem que eu, pelo menos, me distanciasse do trabalho de destruição. Mesmo assim, meu coração doía um pouco quando papai me acompanhou com o olhar enquanto subi os degraus e abri a porta da frente.

Eu te amo, meu garoto.

Também te amo, papai, poderia dizer porque seria verdade. Mas, por exemplo, também é verdade que a terra gira ao redor do Sol e da mesma forma como a declaração de amor, não havia nenhum motivo ou necessidade de dizê-lo. Fui para meu quarto e tranquei a porta.

Deitei na cama, busquei *Some great reward* com Depeche no meu walkman e ouvi até o fim. Depois voltei a fita e ouvi a canção *Somebody* mais algumas vezes. *I want somebody to share, share the rest of my life. Share my innermost thoughts, know my intimate details* (*Quero alguém para compartilhar, compartilhar o resto da minha vida. Compartilhar meu desejos mais íntimos, conhecer meus detalhes mais íntimos*).

Se pudesse escolher apenas uma canção que representasse minha vida sentimental, então seria *Somebody*. A letra, a melodia, a forma como Martin Gore cantava, o piano de Alan Wilder. Tudo entrava direto, e aqui preciso ressaltar que não estava pensando na sereia. Ela não pertencia àquele sonho, na medida em que seria um sonho.

Quando algumas pessoas ouvem uma canção sobre a saudade de um amor como *Somebody,* talvez pensem em uma determinada pessoa a quem associem a canção, o que não acontecia comigo. Ouvia apenas a voz clara e sentimental de Martin Gore vinda de um quarto vazio, uma prece enviada para o universo e destinada a solitários. Quando apertei o STOP tinha os olhos molhados de lágrimas. Estava inquieto e não conseguia me concentrar em um livro, então passei um tempo olhando os velhos gibis do Homem-Aranha. Acabara de levantar da cama para recolher a rede quando ouvi um barulho na janela.

Merda.

Achei que seria Felicia jogando pedras, mas não era ela, então senti alívio e surpresa quando vi Mattias parado no caminho e acenando para que eu saísse. Isso era algo novo. Sinalizei para que esperasse e vesti o que agora considerava como "roupas de pescaria".

Quando saí, encontrei Mattias no caramanchão de lilases sentado em uma cadeira balançando uma perna. Apontou para outra cadeira e disse:

— Senta, seu diabo, senta.

Seu rosto estava vermelho e o cabelo desarrumado. Sentei-me e perguntei:

— Aconteceu alguma coisa?

— Hum, podemos dizer que sim. Fiz o que você sugeriu.

— O que eu sugeri?

— Levar a Helena à casa de barcos.

— Não.

— Sim, e sabe de uma coisa? Quando aquela, você sabe, quando cantou, sabe o que a Helena fez?

Alguma coisa na expressão dos olhos de Matte, sua boca meio aberta e seu rosto vermelho me fizeram adivinhar mais ou menos o que estava para contar, então eu disse:

— Escuta, eu realmente acho que não quero saber.

Matte arregalou os olhos.

— O quê, por que não quer saber?

— Porque é algo entre vocês. Não quero saber.

— Ah. Você sabe, eu tava lá deitado na cama, o que...

Bati na mesa com a mão e me levantei da cadeira.

— Então, Matte, estou dizendo. Não quero.

— Que merda você tem? Foi você que sugeriu.

— Sim. Mas não *por isso*.

Mattias sorriu um pouco timidamente e disse:

— Você nem sequer sabe o que foi, o que a Helena...

— Não, e quantas vezes preciso dizer? Eu. Não. Quero. Saber.

Matte fez uma careta quanto percebeu que eu realmente estava sério. Ele realmente esperava poder compartilhar aquilo. Gabar-se. Eu presumia que não seria a mesma coisa contar para o infantil do Wille, e o Hasse não era tão relevante. E se fosse relevante, eu não ligava.

Quando o vi pensei que poderia me ajudar com a rede já que não havia ajudado de manhã, mas agora abandonara a ideia. No momento não queria nada com Matte. Tinha *usado* a sereia para convencer Helena a fazer o que fizera. Eu não era tão sexualmente ignorante para perceber que se tratava de uma entre três coisas, ou uma combinação, e não queria ver a imagem.

— Tenho coisas a fazer. Então você pode ir agora — disse.

— Mas o que é isso? Você tá *chateado* ou o quê? Por causa da Helena? Não pensei que estivesse a fim dela.

— Não estou, Matte. Mas pode ir embora agora.

— É sério, ficou completamente maluco? O que foi?

Não aguentava mais aquela palhaçada e virei as costas para descer para o cais. Era inútil tentar explicar quando mal conseguia me entender e Mattias entenderia ainda menos. Novamente, tinha algo a ver com *dignidade*. Fui para baixo, para a água e felizmente Matte não me seguiu.

15

Havia sete peixes presos na rede, mas um estava tão embaralhado que morreu antes que conseguisse soltá-lo e jogá-lo no balde de lata que havia enchido com água do mar. Coloquei as mãos nos lados do balde e observei os corpos esverdeados se movendo ao redor uns dos outros em uma dança lenta e me senti estranhamente oprimido.

Afinal qual seria o objetivo disso tudo? Poderia continuar lançando as redes e providenciando alimento para a sereia, poderia continuar indo e vindo da casa de barcos... e depois? O que realmente esperava realizar? Comunicar-me com ela, entender sua linguagem, sim. Mas por quê?

Balancei a cabeça. Será que o Elliott alguma vez fez essas perguntas depois que o E.T. entrou em sua vida? Fiz um autoexame e percebi que estava irritado com a sereia.

Cantara quando eu não estava presente e incentivara Helena a... fazer coisas. Essa coisa suspeita reduziu um pouco a aura mágica da sereia. Mas realmente *ela* não era culpada, apenas minhas visões românticas foram um pouco abaladas. Precisava ficar esperto e enfrentar o problema atual: como transportar os peixes vivos para Bodvik?

Teoricamente poderia colocar o balde no barco e depois remar. Mas Bodvik ficava do outro lado da ilha e levaria uma hora ou mais para chegar lá. De bicicleta levaria no máximo dez minutos. Fui até o galpão de ferramentas e peguei uma bolsa térmica de plástico com tampa com fecho. Enchi até a metade com água e coloquei três peixes enquanto os outros três poderiam ficar no balde que estava preso no pé do cais.

Demorei um bom tempo para fixar a bolsa térmica no bagageiro da bicicleta com ajuda de duas cintas elásticas. Sacudi a bicicleta para cá e para lá sem que bolsa caísse. *Se,* mesmo assim, acontecesse confiava que o fecho não abriria, mas talvez os peixes morressem de concussão cerebral. Teria que assumir o risco.

Ouvia um ruído de água respingando nas minhas costas quando parti e o movimento da água me fazia cambalear, mas consegui chegar inteiro em Bodvik. Abri a bolsa e vi que os peixes ainda estavam vivos. *Ok*. Então agora tinha um método para aquilo. O que quer que *aquilo* significasse.

Quando entrei no barracão, a sereia já estava sentada na jacuzzi com os braços pendurados na borda que se estivesse me esperando. Fui até ela carregando a bolsa térmica. Ela inclinou a cabeça, um gesto muito humano, como querendo entender que coisa estranha eu estava carregando. Coloquei a bolsa térmica no chão perto dela e abri o fecho.

A sereia não se moveu quando viu os peixes que subitamente adquiriram velocidade, como se pudessem prever o perigo. Mal tive tempo de levantar a bolsa e jogar os peixes na jacuzzi quando seus braços se esticaram e as garras entraram em um dos peixes. Ouvi um lamento. Provavelmente provocado pelo rompimento da bexiga de ar, mas parecia realmente que o peixe entoava um canto mortal quando a sereia o levou até a boca.

Virei a cabeça para não ver quando ela abrisse a boca. Meu olhar parou na cama. A coberta, que antes estava presa e arrumada, agora estava amassada e solta. *Fiquei deitado lá na cama, sabe.* Não pretendia ir até lá e olhar, e definitivamente não pretendia me sentar lá e acabar com alguma... mancha. Ao diabo com Mattias. Por quê tinha que *contar*?

Sentei-me à mesa e olhei pela janela ouvindo os ruídos e respingos da jacuzzi. Mais um respingo, mais sons de quebrado e mastigado. Fiz uma careta. Será que foi isso que se ouviu quando Mattias e Helena...?

Suspirei. Por quê me envolvi naquilo, podiam muito bem fazer o que quisessem. O que isso tinha a ver comigo? Sim, o que me afetava era que Helena me mostrara suas feridas. A dor que sentia. Mattias havia se aproveitado disso e usado a sereia para ajudar. *Isso* me afetava e me perturbava, para dizer o mínimo.

Baixei a cabeça e apoiei as mãos sobre a mesa, sentia raiva e tristeza em uma mistura que não conseguia separar. Então ouvi os primeiros acordes. Mais um e mais um. O canto da sereia. Levantei a cabeça cuidadosamente e aquela coisa afiada, pegajosa e horrível no meu peito se soltou como um verniz no removedor de tinta. Tudo ficou leve e minha cabeça ficou cheia de imagens da superfície do mar refletindo o sol. Levantei-me.

Enquanto me aproximava lenta e sonhadoramente da jacuzzi, o canto continuava e a superfície brilhando ao sol transformou-se no azul infinito das profundezas do oceano onde eu flutuava, ondulando através da coisa mais perto da eternidade na terra, o oceano antigo. O canto da sereia flutuava, ondulando, vindo dos seus lábios quase humanos e me inclinei sobre ela, queria seguir o canto até sua origem, absorvê-lo e desaparecer.

O canto parou subitamente no momento quando a porta abriu. Saí do meu feitiço e virei. Helena estava parada na porta. Levantou as mãos como em uma prece e sussurrou:

— Não para. Não para.

16

Ficamos parados um momento, Helena e eu. O único som que se ouvia era a água caindo no chão. A sereia afundou de novo sob a superfície. Os peixes desapareceram da bolsa térmica. Derramei o resto da água na jacuzzi e fechei a bolsa. Helena apontou para a bolsa e perguntou:

— É você que... alimenta ela?

— Sim.

— Peixe?

— Uhum.

— Onde os consegue?

— Rede.

— Ah.

Helena reduzira bastante suas coisas de mulher. Usava pouquíssima maquiagem e estava vestida com jeans e uma camisa xadrez, mas o perfume de verão ainda era percebido. Ficamos parados, distantes uns dois metros um do outro e nos olhamos timidamente. Depois Helena levantou a manga da camisa e me mostrou o braço direito.

— Olha.

Primeiro não entendi o que ela queria dizer, mas depois me lembrei. As queimaduras. Haviam sumido. Concordei e disse:

— Eu tinha uma ferida na mão. Também desapareceu.

— Quando ela... cantou?

— Sim.

Helena era a única além de mim que se referia à sereia como *ela* e *dela*. Parecia bom. Menos bom quando, ao citar o canto, olhou ao redor e viu a coberta amassada na cama. Olhou para mim e perguntou:

— O Mattias disse alguma coisa?

— Sobre o quê?

— Sobre mim.

— Não, não que eu saiba.

Helena acenou e parecia aliviada. Menti mais por causa dela do que de Mattias e fiquei feliz por não ter permitido que ele contasse. Isso tornava a mentira mais leve. Helena olhou para a jacuzzi e fechou um pouco os olhos.

— Esse canto...

Disse e eu acenei encorajando, queria saber como ela o considerava. Helena esfregou os olhos e prosseguiu:

— Foi como se... como se tudo estivesse bem. Mais do que bem. Excelente. Você sente o mesmo?

— Sim. Dá vontade de ouvir mais. Não é?

— Sim. Foi por isso que eu vim.

Olhei para a sereia que estava quieta no fundo com os olhos fechados.

— Bem, eu não sei... Parece como se, eu não... pode ser... perigoso.

— Como assim?

— Bem, é meio... que muito grandioso. Grandioso demais. Pra nós.

— Hum. Talvez.

Apesar das promessas de *não contar nada para as meninas*, parecia totalmente natural, até mesmo correto que Helena e eu conversássemos sobre essas coisas. Provavelmente foi a conversa lá na pedra e no seu quarto que facilitou a passagem. Além disso, Helena *a viu*.

— Você não vai contar para ninguém?

— Sobre... ela?

— Sim.

— Não. Por que contaria?

Concordei e peguei a bolsa térmica. Helena parecia relutante em deixar o barracão, então eu disse:

— Acho que não haverá mais canto agora.

Helena virou como se sentisse uma resistência. Quando fui até ela, me fitou nos olhos e perguntou:

— Você a ama? A pergunta me pegou de surpresa e fiquei sem palavras. Durante alguns segundos apenas fitei com os olhos arregalados antes de conseguir dizer:

— Acho... que não. Você ama?

— Sim. Talvez.

— Como... assim?

— Como assim o quê?

— Mas tipo... por quê?

— Acho que ela me entende. Não faço ideia por quê.

Saí do barracão e Helena me seguiu. Apesar de eu ser, vamos dizer assim, o mais próximo da sereia, não tinha nenhuma certeza de que ela me entendia ou que eu a entendia, e considerei o que Helena disse como simples desejo. Ou? Talvez também entendesse muito pouco sobre Helena.

Tranquei o cadeado na porta e quando ia deixar a chave no seu esconderijo sob as telhas, fiquei pensativo. Helena notou e perguntou:

— O que foi?

— Acho que talvez vou... esconder a chave em outro lugar.

— Por quê?

Olhei para Helena e senti meu rosto ficar vermelho. Não gostava da forma como Mattias havia se *aproveitado* da sereia, mas não podia dizer isso. Levantei uma pedra um pouco afastada da escada e escondi a chave sob a pedra. Helena me acompanhou com o olhar e questionou:

— Então agora somos somente você e eu que sabemos onde está?

— Sim.

— Não é estranho?

— Como assim?

— Mas, tipo você e eu. Afinal nós nunca...

Helena não precisava explicar mais, entendi exatamente o que queria dizer. Dei de ombros. Era simplesmente o verão de 1985 e nada era como costumava ser.

— Não sei. Gosto dela também. De alguma forma. Eu acho. Talvez.

Ficamos parados no lado de fora da porta da casa de barcos sem dizer mais nada e sem olhar um para o outro. Possivelmente vigiando se o outro não entraria novamente. Finalmente, caminhamos lentamente para a estrada onde nossos caminhos se separavam. Depois de andar dez metros, olhei por cima do ombro e vi que Helena fazia o mesmo. Levantei o braço acenando. Ela levantou seu braço.

17

A véspera do solstício de verão foi exatamente tão constrangedora quanto eu temia. Arenque, batatas, ovos e pão servidos na mesa do caramanchão de lilases e depois ficamos sentados lá comendo e conversando, mamãe, papai e eu. Todas as tentativas de comunicação falharam. Quando mamãe perguntou se deveríamos descer para a celebração ao redor do poste do solstício, senti um tremor enquanto negava com a cabeça. Não achava isso divertido nem quando era pequeno e na situação atual seria simplesmente uma tortura.

Suportei vinte minutos antes de agradecer a comida e me levantar. Mamãe e papai pareciam querer me interromper, mas acho que não encontraram as palavras. Talvez tivessem medo de ficar sozinhos um com o outro, mas isso era problema deles. Fui até Felicia e no meio do caminho senti uma forte vontade de chorar.

Era uma véspera de solstício de verão perfeita. Bastante quente e com um céu azul-claro. Antigamente, mamãe, papai e eu organizávamos o que chamamos de "Midsommar-OS" (Olimpíadas do Solstício de Verão), diversos desafios onde competíamos e o melhor resultado geral ganhava. Até o ano passado havíamos organizado isso. Hoje ninguém tinha vontade de brincar. Meus olhos ardiam quando pensava na *insignificância* de ficar sentado em silêncio em um belo dia de verão se não fosse necessário. Como muitas vezes antes, conseguia combater minha tristeza com raiva. Que pais idiotas eu tinha. Poderiam ficar sentados lá olhando um para o outro.

Durante a tarde havia estendido a rede novamente e depois fui de bicicleta até a casa de barcos com os três peixes do balde. Não tinha certeza, mas achei que sentira o perfume de Helena, então talvez ela houvesse estado lá pela manhã. Ou o perfume ainda estava lá do dia anterior. Helena que *amava* a sereia. Isso me desagradava mesmo sentindo a mesma coisa.

Não acho que era ciúme, não se tratava disso. Poderia dizer que amo a sereia da mesma forma como amo viajar. Uma possibilidade e uma aventura, poder ir além do comum. Achava que Helena entendia de uma forma diferente que eu não conseguia entender e isso me preocupava. Mesmo assim tínhamos uma nova forma de relacionamento porque éramos *irmãos na fé*.

Felicia e seus pais estavam sentados almoçando na sua varanda. Disse que poderia voltar mais tarde, mas a mãe de Felicia disse:

— Bobagem, senta logo.

Depois que disse *não, obrigado* para o almoço e *sim, obrigado* para o suco de laranja, o pai dela apontou para o cais lá embaixo.

— Vi que lançou redes. Pegou alguma coisa?

— Sim, alguns peixes.

— E o que fez com eles?

— Fritei.

— Opa — disse a mãe, que parecia impressionada. — Então você sabe fritar peixes. Ouviu isso, Felicia?

— Sim, ouvi — respondeu Felicia sem deixar de olhar para mim. — Johannes é muito prendado.

A mãe de Felicia continuou perguntando sobre meus pais e eu continuei mentindo, enquanto Felicia me observava com certa pena no olhar. Gostava dos pais de Felicia, mas aquele almoço estava bastante difícil e foi um alívio quando Felicia informou que estava na hora de colher flores.

— Não devemos ajudar com a louça primeiro? — perguntei, o que fez a mãe levantar os braços e exclamar:

— Que gentleman! Procure sonhar com ele esta noite, Felicia. Vocês têm minha bênção, só para deixar claro.

Diferentes variações da última frase eram padrão com a mãe de Felicia, então nem corávamos mais. Felicia disse:

— Obrigada, mãe. Embora eu prefiro ser raptada.

— Posso resolver isso. Com bigode falso e tudo — respondi.

Felicia cruzou as mãos sobre o peito e disse encantada:

— Oooh. Quando você vem?

— Quando menos esperas, baby.

A mãe de Felicia riu com os olhos brilhando. Acho que havia algo sério por trás de sua brincadeira e sempre me viu com bons olhos. Pessoalmente, estava feliz porque Felicia e eu acertamos o passo que esteve bem descompassado durante o verão.

Depois de recolher a louça da mesa, me ofereci para lavar, se Felicia secasse. Era a ordem natural das coisas. Quando estendi o primeiro prato limpo, ela olhou para a mãe, que continuava na varanda bebendo café, baixou a voz e perguntou:

— Por que você mentiu?

— Não quero falar sobre isso. Acho penoso.

— Não sobre seus pais. Eu entendo isso. Mas sobre a rede. Os peixes. Por que mentiu sobre isso?

Meus pensamentos voavam buscando uma mentira nova e mais confiável, mas logo desisti. Não estava satisfeito. Agora que Helena conhecia o segredo, apenas me enrolaria mais e mais e quando Felicia descobrisse ficaria aborrecida e havia o risco do nosso relacionamento ir pelo mesmo caminho dos meus pais. Para o inferno.

— Ok. Vou contar. Depois.

18

Sete tipos de flores. Parece tão simples, mas, pelo menos, em Särsö, era uma história bem complicada. Dente de leão e botão de ouro, eu encontrei logo. A cicuta dos prados não parecia bem uma flor, mas deveria servir por falta de coisa melhor. As únicas outras flores que conhecia eram a anêmona azul e anêmona branca, mas parecia ser a estação errada para elas. Achei algo que parecia um lírio que não estava muito fresco, mas a necessidade não tem lei.

Estávamos nos campos ao redor do grande carvalho. Aqui e ali havia outras pessoas colhendo e fazendo guirlandas ou fazendo o mesmo que nós. Felicia veio na minha direção com um buquê que parecia mais cheio que o meu.

Viu minha pequena coleção e torceu o nariz enquanto se abaixava e pegava algo que parecia uma margarida ao lado do meu pé direito. Estendeu para mim e questionou:

— O que há de errado com esta?

— Obrigado. Nada de errado. Mas os homens não conseguem ver essas coisas.

— Sexista. Fora isso, até que você é bom. Conta agora. O que é tão secreto que você precisou mentir para a coitada da minha mãe?

Sentei-me na grama com as pernas cruzadas e Felicia se sentou na minha frente na mesma posição. Coloquei meu buquê incompleto com cuidado no colo e disse:

— Ok, você não vai acreditar mesmo.

— Tenta.

— Então vou falar: encontramos uma sereia. Em Svärtan. Uma sereia ferida. Trouxemos ela pra cá e agora tá em uma casa de barcos em Bodvik.

Felicia acenou cautelosamente, pegou um talo de grama e mastigou enquanto olhava para a Árvore.

— Hum. Mas ela não pode morrer se ficar em terra?

— Havia uma jacuzzi velha na casa de barcos. Enchemos com água e ela tá lá agora.

— Uma jacuzzi?

— Sim.

— Com bolhas e essas coisas?

— Não. Ela tá bem velha.

— Humm.

Percebi que Felicia não acreditava em uma palavra do que disse, naturalmente. Se era quase impossível acreditar na sereia, acho que o detalhe da jacuzzi foi a sentença de morte para a credibilidade. Mas seria tão ruim assim? Isso significava que podia contar para Felicia sem risco de consequências. E quando descobrisse realmente eu poderia alegar inocência. Afinal de contas, eu *havia* contado.

— Por isso eu tenho lançado as redes e pescado. Pra conseguir alimentá-la.

— Claro. E ela come com bom apetite?

— Sim. Mas precisam estar vivos. Os peixes, quero dizer.

— Sim. Isso se pode entender.

Achei que não poderia ficar pior, então me atrevi a dizer:

— Felicia, é *verdade*.

— Claro que é. Mais ou menos como o que você contou sobre a cabana na floresta ser habitada por demônios.

— *Evil dead*? Mas isso é um filme.

— Tá bem. E essa história não é?

— Não. É verdade.

— Hum. E o que ela faz? A sereia?

— Ela canta.

— Ah sim. E o que ela canta? "Boas vibrações", talvez? Não, eu sei! "Leve-me para o mar!"

Embora fosse um alívio contar para Felicia, começava a parecer um pouco chato. Era aquela coisa da verdade. Eu considerava a sereia como algo quase divino e Felicia a considerava como um embuste. Não podia usar isso contra ela, mas começava a ficar aborrecido. Peguei meu buquê ralo e me levantei, ajudei Felicia a se levantar e disse:

— Bem... agora você já sabe.

— Sim, realmente sei. Também gostaria de saber o que faz com os peixes.

— Eu já disse.

— Sabe o que eu acho? Acho que você não pesca nada, mas fica com vergonha de reconhecer.

Cortamos caminho pelos campos para chegar à estrada que levava para casa. Levantei os ombros e disse:

— Pode acreditar no que quiser.

Qual era o problema das meninas e das flores? Mesmo prestando atenção, não vi nada quando Felicia em um único movimento se abaixou e esticou os braços. Quando se levantou tinha uma flor azul balançando na mão.

— Por favor, seu palhaço. Uma campânula azul.

Faltava apenas um tipo. É estranho, mas, mesmo sendo uma coisa insignificante e sem sentido, queremos cumprir o objetivo estabelecido e eu tinha a intenção de continuar até encontrar a sétima flor. Ou ganhar de presente.

Conversamos sobre os planos para a noite. Felicia disse que haviam falado sobre uma fogueira na praia, enquanto estavam ocupados com as pranchas no cais, e achei que parecia bom. O grupo como um todo não estivera tão reunido quanto de costume naquele verão, acabou sendo assim. Se pelo menos o Hasse não trouxesse seu violão.

Quando chegamos a minha casa, Felicia apontou para um arbusto florido e disse:

— Aí está sua sétima.

Com cuidado quebrei um galho e completei o buquê com uma rosa mosqueta levemente perfumada. Felicia concordou e disse:

— Venha para a praia depois de colocar as flores na água.

Havia dado alguns passos em direção a sua casa, mas parou, bufou e disse:

— Uma sereia na casa de barcos, sei... Veja se não tem um vampiro no sótão também. Ou duendes no mezanino.

19

Foi uma boa noite. Espalhamo-nos e recolhemos madeira velha e pinhas secas na mata durante um quarto de hora, depois juntamos com jornal e preparamos uma fogueira que Helena acendeu com seu isqueiro. Todos estavam lá e Wille conseguiu a aprovação de seus pais para fazer Lovisa ficar em casa na noite da véspera do solstício de verão. Sua melhor amiga, Melinda, viria no dia seguinte, então ela aceitou meio relutante.

Infelizmente, Hasse trouxe seu violão. Havia algo com a praia, fogueira, mar que tornava ilegal não tocar *Stairway to heaven* e *The boxer* para todos cantarem juntos. Ninguém parecia ser contra isso exceto eu. Não sei qual é o meu problema, apenas acho horrível quando as pessoas ficam sentadas cantando em grupo. Se quiser me fazer ouvir um coral precisa me matar primeiro.

Hasse ficou inspirado com o *Na-na-na* entusiasmado dos outros acompanhando *The boxer* e quando a canção terminou ele continuou com o refrão de *Smoke on the water*. Fiz uma prece silenciosa para que uma corda arrebentasse. Acredite se quiser, quando Hasse balançou o violão para arrasar realmente, o braço partiu. Não estou brincando. Subitamente Hasse estava sentado com a caixa de ressonância no colo, o braço na mão e seis cordas soltas penduradas. Dizer que parecia arrasado seria um eufemismo. Mattias se jogou de costas na praia e morria de rir.

Talvez em uma forma de salvar as aparências, Hasse cuspiu e disse *merda de violão*, depois jogou na fogueira de onde subiu uma nuvem de faíscas. O violão queimou rapidamente e uma fumaça espessa se espalhou sobre a água e compartilhou o destino da última música tocada. Quando observei, parecia que Hasse queria me bater e Wille me aplaudia.

Felicia estava sentada ao meu lado e apoiava a cabeça contra meu ombro. Coloquei o braço nas suas costas. Achava muito bom que estava tudo bem entre nós, sentira falta disso. Mas dizem que a alegria dura pouco. Subitamente Felicia se endireitou, riu e disse:

— Sabem de uma coisa, Johannes contou uma história fantástica hoje!

Merda.

Consegui chamar a atenção de Wille e Mattias balançando a cabeça quase imperceptivelmente antes de Felicia continuar:

— Ele disse... ele disse que encontraram uma *sereia* em Svärtan e agora ela tá em uma casa de barcos em Bodvik! Ele dá peixes para ela comer e...

Felicia virou para mim e perguntou:

— Qual foi a canção que ela cantou?

— Não disse que ela cantou uma canção.

— Não, mas eu sugeri em todo caso "Leve-me para o mar" porque, vocês sabem, uma sereia...

Apenas Maria ria. Os outros rapazes pareciam não saber para onde olhar e Helena aparentava não ter ouvido nada com o olhar perdido no mar. Eu fiquei indeciso. Se jogasse tudo e dissesse algo como:

— Sim, haha, e ela tem asas também...

Então minha sinceridade com Felicia se tornaria uma mentira. Por outro lado, parecia estranho que nem eu nem os outros rapazes não diziam nada.

Fui salvo pelo Wille, que levantou um saco plástico e disse:

— Mas agora tá na hora do salsichão, não tá?

Os minutos seguintes passaram procurando e cortando palitos para espetar os salsichões e depois começou a guerra habitual pelas melhores posições, empurrões e salsichões caindo na fogueira e tostando. A sereia foi esquecida momentaneamente.

Mattias também tinha um saco plástico com sete latas de cerveja forte do porão de sua casa. O saco foi passado ao redor e todos, menos Maria, pegaram uma lata. Espumava e borbulhava quando abrimos e tomamos um gole. Era algo novo, algo que os *grandes* faziam.

— Aahh... — disse Mattias que devido a sua aparência tinha tendência a falar. — Cerveja da estaca, isso é uma coisa!

— Cerveja da... estaca?

Admirou Wille em meio soluço. Mattias apontou para a lata branca da marca Chess onde os três riscos, um ao lado do outro, indicavam que se tratava de uma cerveja classe três.

— Aqui. Estaca. Isso. Agora, Chess é uma forte, toma cuidado para não ficar enjoado, Wille.

Mattias estava a todo vapor. Depois de acenar para Wille, deixou sua mão cair como por acaso no joelho de Helena. Ela puxou a perna, se levantou e foi até a beira da água onde ficou olhando para o mar.

— Nenhum... Perigo — disse Wille que já parecia bêbado simplesmente por autossugestão.

Tomei um gole de cerveja. Não achei gostoso, mas era mais um tipo de ritual ao qual nos dedicamos. Depois de alguns minutos baixou uma grande paz sobre nossas cabeças e me encontrei sentado olhando para as pernas queimadas de sol do Mattias saindo das pernas cortadas de seu jeans.

Lembrei-me de como ficamos deitados um de frente para o outro no lado de fora da casa de barcos, os pelos finos nas axilas de Mattias fazendo cócegas e se misturando com os meus. Percebi que começava a ficar tonto e cruzei as pernas, depois tomei um grande gole de cerveja que me fez tossir. Felicia bateu nas minhas costas e disse:

— Vai com calma, homem de fantasia.

Começamos a falar do *Live Aid* que seria realizado dentro de duas semanas. Perguntei se alguém sabia quais músicas o Depeche tocaria, mas não sabiam de nada. Que tipo de show de metal seria aquele realmente?

Depois planejamos um novo encontro na praia um ou dois dias antes do concerto para ouvir os artistas que participariam. Disse algo elogiando as guitarras elétricas e no mesmo instante ouvimos estalos e galhos quebrados quando alguém se aproximava através da floresta. Todos escondemos as latas apressadamente e ficamos sentados como velas acesas aguardando a chegada de algum adulto.

Quem saiu da floresta cambaleando ainda não era bem adulto. O irmão de dezessete anos do Hasse, o Krille. Logo na chegada percebemos que havia algo errado com seus olhos, cobertos por um filme turvo. Ele piscava demais e esfregava o rosto. Seria problemático.

— Olá, irmãozinho e toda a cambada do irmãozinho — disse, caindo sentado na areia. — Estão bem aqui. — Olhou ao redor, percebeu o saco plástico nos pés de Mattias e puxou para si.

— Mas olhem só! — exclamou abrindo o saco. — Aqui tem alguma coisa — pegou a última lata de cerveja e disse:

— Fico com esta, ok?

Ninguém se atrevia a recusar. Hasse havia contado que seu irmão podia ter ataques sérios, especialmente quando estava sob o efeito de alguma coisa. Krille abriu a lata, engoliu a metade e arrotou. Olhou ao redor, franziu as sobrancelhas e disse:

— Merda, como parecem preocupados, o que tá acontecendo com vocês?

Mattias foi o primeiro que se atreveu a pegar sua lata de cerveja. Levantou para Krille e tomou um gole. Krille brindou de volta, piscou quando todos pegamos nossas cervejas e disse:

— Aí sim! Agora talvez vocês virem gente.

— Krille... — Hasse começou, mas Krille levantou as mãos e disse:

— Relaxa, irmãozinho. Não vou estragar sua noite. Eu entendo. Vocês querem ficar sentados aqui e conversar um pouco, assim como estão. Nenhum problema. Já vou embora. Apenas vi o fogo e vocês sabem como é. Vemos uma fogueira. Vamos até lá.

Krille acenou para o axioma que inventou e olhava concentrado para o fogo. Repentinamente foi como se uma manta molhada fosse jogada sobre ele. Fez uma careta, se curvou e cobriu o rosto com as mãos murmurando:

— Não tenho nenhum lugar para ir desde que assassinaram o Danne.

Olhamos uns para os outros. Hasse fez um gesto com as mãos como dizendo *não faço ideia* e eu disse cautelosamente:

— O Danne... se afogou, não foi?

Krille abaixou as mãos e olhou para mim como se eu não fosse muito inteligente.

— O Danne nadava bem pra caramba! Estava totalmente sóbrio e usava o colete salva-vidas! Como poderia se afogar? E onde estava o peixe, será que alguém pode dizer?

— Que peixe? — questionou Felicia.

— Havia sangue de peixe no barco, sangue freso de peixe, mas não tinha nenhum peixe. Como se entende isso?

Com o risco de deixar Krille ainda mais furioso, me atrevi a perguntar:

— Mas quem, ou... quais pessoas você acha que poderiam ter assassinado ele?

— Como diabos vou saber? Mas foi assassinado, sim!

Helena havia voltado da praia e estava atrás de Krille, que não a percebeu. Ele se assustou quando ela disse:

— Talvez ele tenha se suicidado.

Quando ele se virou e olhou para ela, seu olhar se demorou desnecessariamente na sua barriga exposta pela roupa curta. Helena percebeu e deu um passo para trás mudando o ângulo.

Krille balançou a cabeça, fez um gesto para a barriga de Helena e disse:

— A Tuttlisa aqui é o gênio do grupo, ou o quê? Quem usa um *colete salva-vidas* quando pretende se afogar, hein? Vocês tão totalmente pancada. Todo o bando.

Krille bebeu o resto da cerveja, amassou a lata e jogou no fogo. Levantou-se, cambaleou e quase caiu na fogueira, mas conseguiu se endireitar. Olhou para todos e parecia que diria mais alguma coisa, mas apenas balançou a cabeça e voltou pelo mesmo caminho por onde viera.

Ficamos sentados em silêncio por um tempo até que o Hasse disse:

— Sorry por isso. Ele tá assim desde... sim, desde Danne.

— Você não tem culpa — disse Maria. — Mas e se ele realmente foi assassinado... A polícia? Devem ter...

— Claro que sim. É só meu irmão que é maluco.

— Mas mesmo assim é estranho — comentou Felicia. — Como ele disse, essa coisa com o colete salva-vidas e o sangue.

— Claro! Mas não é inexplicável. Alguém queria assassinar o Danne Eklund. E por quê? Para roubar seus peixes ou o quê?

— Não precisa ser tão agressivo, Hasse — disse Felicia. — Estou só dizendo.

— Sim, sim. Sorry. Simplesmente é difícil para o meu irmão.

Demorou um pouco, mas a boa atmosfera retornou aos poucos, com o auxílio da cerveja que todos beberam. Conversamos e contamos histórias engraçadas, nos apoiamos uns nos outros, rememoramos lembranças da infância e alimentamos o fogo ocasionalmente. Foi uma noite gostosa, a última noite agradável que tivemos juntos.

A escuridão já havia se transformado no alvorecer quando Felicia e eu fomos para casa. Abraçamo-nos no meu portão e desejamos boa noite. Quando entrei em casa peguei as flores que havia deixado em um vaso na bancada da cozinha. Sequei os talos com uma toalha antes de colocar sob meu travesseiro, deitei na cama e adormeci imediatamente.

Naquela noite sonhei com Helena. Não, não foi assim. Sonhei que ela flutuava fundo na água. Seus olhos estavam abertos mas não viam nada, o rosto pálido e inchado. Usava as mesmas roupas que tinha na casa de barcos, jeans e uma camisa xadrez. A camisa flutuava ao redor do seu corpo e os cabelos longos passavam sobre seu rosto com as ondas do mar. Ao seu redor, boiavam sete tipos de flores.

SEGUNDA PARTE

LIVE AID

VII
MORFINA ACÚSTICA

1

Depois veio a chuva. Começou no dia do solstício de verão e com interrupções mais curtas ou mais longas, continuou por uma semana. As fendas e os buracos nos rochedos de Särsö ficaram cheios de água e transbordaram, a vegetação, que começara a secar devido à desidratação, levantava quando a chuva parava só para tombar novamente quando recomeçava. O mar era regado pelas gotas e nos portos as pessoas se abrigavam em seus veleiros.

Quando nos reuníamos para jogar cartas na varanda coberta do Matte, precisávamos gritar para sermos ouvidos sobre o barulho da água no telhado de chapa corrugada e não havia a alternativa de se encontrar no pátio de leite. Os encontros espontâneos não aconteciam e ficamos mais isolados.

Dizem que a pescaria melhora com a chuva. Esses casos também se aplicam a outras finalidades além da alimentação. Na tarde do solstício de verão, quando recolhi a rede que havia lançado pela manhã, consegui contar *quinze* peixes. O balde ficou tão cheio que me senti culpado, achei que estava praticando crueldade contra os animais.

Fantasticamente foi somente nesse dia que percebi que deveria *documentar* a sereia. Atualmente é óbvio pegar o celular e fotografar sempre que vemos algo extraordinário, ou até mesmo o prato do almoço. Em 1985 era mais projeto e em nossa família as fotos eram realmente raras.

De qualquer forma, encontrei o que procurava em uma gaveta da bancada da cozinha. Entre as extensões, tomadas e lâmpadas antigas havia uma velha câmera Instamatic.

Verifiquei o cubo de flash e percebi que dois dos quatro flashes estavam queimados. O contador indicava que ainda havia cinco fotos no filme. Não lembrava de quando a câmera fora usada pela última vez e tive uma leve sensação fantasmagórica quando peguei na mão. Não seria impossível ter fotos de minha irmã. Quanto tempo se conservava um filme? Não sabia, então só podia arriscar.

Coloquei a câmera e meu walkman em uma caixa de plástico com fecho que enrolei em um saco plástico, para proteger contra a chuva. Calcei minhas botas de borracha e vesti as calças e casaco impermeáveis. Quando saí, a chuva havia aumentado e fui com cuidado pelas rochas com a bolsa térmica na mão até chegar à base do cais. Depois de recolher o balde com algum esforço, usei um remo para passar três peixes para a bolsa térmica, depois joguei o balde de volta ao mar. A chuva escorria pelo meu rosto e entrava pela gola do casaco.

Quando finalmente consegui prender a bolsa térmica no bagageiro da bicicleta, tinha as costas completamente molhadas em uma combinação de suor e chuva infiltrada. Em geral, me sentia muito miserável. Para me animar, cantarolei a melodia de *Jakten på den försvunna skatten* (*caça ao tesouro perdido*) e tentei recordar uma sensação de aventura enquanto serpenteava pelas estradas lamacentas de Särsö.

A ladeira descendo para a casa de barcos estava tão escorregadia que tive de descer e conduzir a bicicleta. Escorreguei e o saco plástico pendurado no guidão bateu no quadro enquanto caía de costas na lama e a bicicleta por cima de mim. Fiquei parado piscando com a chuva nos olhos. Isso nunca aconteceu com Indiana Jones.

Poderia me imaginar reclamando e xingando, e até chorando de raiva. Ao contrário. Estava lá deitado na lama com a bicicleta por cima, fui tomado por uma *calma* extraordinária. Não sei como explicar, mas naquele momento tudo parecia estar exatamente como deveria. Talvez fosse simplesmente por que o tombo e o acidente me permitiram uma pequena pausa. Fiquei parado por alguns minutos. Se alguém passasse na estrada poderia pensar que estava morto ou gravemente ferido. Mas não. Estava totalmente ileso e sentia uma harmonia que não sentira há muito tempo.

Depois que levantei e conduzi a bicicleta no último trecho, ria e balançava a cabeça para mim mesmo. Como poderia entender uma sereia ou qualquer outra pessoa quando você mesmo é tão incompreensível? Deitado na lama? Sim, sim, maluco!

Levantei a pedra sob a qual escondera a chave e constatei duas coisas. A chave não estava exatamente onde a deixei e a própria chave e solo ao redor estavam secos. Como a chuva começou cedo pela manhã, Helena deve ter estado ali durante a noite da véspera do solstício de verão, depois que nos separamos. Lembrei do meu sonho e fiquei um pouco inquieto quando abri o cadeado. A imagem mais forte eram as flores flutuando ao redor dos olhos mortos de Helena. Não acreditava em sonhos que se tornam realidade, mas a imagem era muito desagradável.

Nada no barracão indicava que alguém esteve lá. Quando passei pela porta, a sereia apareceu na superfície e me olhou. Levantei a bolsa térmica e disse:

— Olá. Trouxe comida.

A comunicação estava definitivamente estabelecida porque ela fez o gesto com os lábios. Sorri e imitei. Será que reconhecia a bolsa ou teria aprendido a palavra "comida"? Independente do que fosse, indicava a inteligência que tanto desejava que ela possuísse.

A sereia estendeu a mão.

— Um momento.

Tirei meu walkman da caixa. Felizmente não parecia danificado devido a minha queda. Tinha colocado uma fita virgem e agora apertei REC e PLAY e coloquei na mesa. Depois coloquei a bolsa térmica ao lado da jacuzzi e abri o fecho enquanto me virava.

Talvez um dia me acostumaria com a visão de sua boca de predador e com o ruído que fazia ao comer. Mas ainda não. Olhei para sua larga cauda de peixe que balançava para frente e para trás no movimento mais amplo permitido pelo espaço disponível. Imaginava que poderia nadar muito rápido, então mais uma vez: por que abandonou sua liberdade?

Uma lâmpada vermelha estava acesa no gravador indicando que a gravação continuava. A qualidade do som não era a melhor, mas deveria servir. Mais problemático era a chuva no telhado, como um ruído de fundo constante. Felizmente o telhado do barracão não era de chapa e sim de telhas, mas, ainda assim, o ruído atrapalhava. Tirei o gravador da mesa, encontrei um lugar seco no chão mais perto da jacuzzi e coloquei o gravador com cuidado naquele lugar. Depois olhei para a chuva que escorria pela janela enquanto esperava.

Sim. Depois de comer o último peixe, ela começou o canto. Não sabia se era algo que fazia simplesmente, se era uma forma de me agradecer por trazer comida ou um agradecimento para o universo pelo alimento que a mantinha viva. Não fazia diferença. Ela cantava.

No final de sua vida, minha irmã Olivia recebia muita morfina. Havia um limite de quanto se podia injetar naquele corpo pequeno, mas toda noite vinha uma enfermeira que injetava uma boa dose junto com um sonífero. Costumava ficar presente porque era um alívio ver o rosto tenso e atormentado de minha irmã relaxar. Como seu corpo martirizado relaxava e ela suspirava por estar bem. Nessas ocasiões podia dar um sorriso angelical antes de adormecer.

Eu nunca recebi morfina, mas achava que o canto da sereia tinha um efeito similar. Morfina acústica. Podia ser comparado aos minutos quando fiquei deitado sob a bicicleta, mas elevado à décima potência. *Uma bênção* deve ser a melhor palavra para descrever. Algum tipo de revelação, mas em lugar da luz eterna celestial, era a profundidade eterna do oceano que representava a expansão da vida. *Expansão* talvez não seja a palavra certa. *Imersão* seria melhor.

Fiz uma experiência e coloquei meus braços ainda vestidos com roupa impermeável ao redor do meu corpo, queria testar se conseguiria resistir ao impulso de me aproximar dela.

A atração era enorme. O canto era a água clara, corrente na sede do deserto, uma mão refrescante contra uma testa febril e as palavras mais reconfortantes em um dia triste. Apertei os olhos e me abracei, ouvindo o ruído leve do gravador no chão, tentando me concentrar naquele ruído enquanto o canto continuava.

Não. Não consegui. Não conseguia mais me controlar, virei lentamente e dei um passo na sua direção. A sereia fez um movimento como uma cobra com o corpo que de alguma forma entendi como um *desafio*, e depois parou o canto. Como se dissesse: *Não pense que consegue resistir ao meu chamado*.

Abaixei, peguei o gravador no chão e apertei STOP. A sereia seguia meus movimentos com o olhar. Meu walkman ainda não tinha alto-falante para poder reproduzir seu canto, e colocar fones de ouvido nela parecia muito complicado. Uma pena. Seria interessante ver como ela reagiria.

Coloquei o gravador de volta no saco plástico e peguei a câmera. Olhei pelo visor e tentei encontrar um bom ângulo. A sereia continuava acima da superfície da água com os braços apoiados na borda da jacuzzi. Gostaria de ter a cauda de peixe também na foto, mas poderia ser uma foto separada. Deveria me apressar antes que afundasse novamente.

A sereia fez aquele movimento muito humano inclinando um pouco a cabeça como se admirasse o que estava acontecendo. Olhei pelo lado da câmera e disse:

— Diga omelete — e apertei.

O flash iluminou toda a casa de barcos com a luz azulada e a pele da sereia reluziu com um brilho perolado. No mesmo instante, ela fez um movimento forte com a cauda espirrando a água da jacuzzi e me molhando enquanto *voou* dois metros no ar, bateu no teto e caiu no chão atrás da jacuzzi com um baque forte que vibrou através do piso.

— Desculpa, desculpa!

Gritei e quase derrubei a câmera. Fui um idiota que nem sequer pensei que ela poderia se assustar. Seu conhecimento de flashes somente poderia ser associado com os trovões e eu havia soltado um relâmpago a dois metros em sua face. Naturalmente ficou assustada e talvez ferida ainda por cima. *Idiota*.

— Como foi? — perguntei estupidamente. — Como...

Ouvi um assobio furioso, bem parecido com um cisne e dei um passo para trás com a câmera apertada contra o peito. Depois pensei e coloquei-a na mesa para indicar que não usaria mais o flash. O assobio ficou mais forte e agora foi minha vez de ficar com medo. Parecia terrivelmente agressivo. Dei mais um passo para a porta. Meu walkman continuava na mesa, mas no momento não estava pensando nisso. Mais um passo.

Estiquei a mão nas minhas costas e senti a porta.

— Desculpe... — disse novamente ao me virar. — Nunca mais...

Antes de terminar de falar, a sereia veio *correndo* pelo piso. Não podia ver exatamente como fazia, mas com a ajuda dos braços e da cauda se movia muito rapidamente e me alcançou em um segundo.

Apertei-me contra o canto e levantei as mãos na minha frente, não sei se para rezar ou me proteger. Não consegui me conter, soltei um grito quando a sereia bateu as mãos no chão e se *levantou*. Sim. Com a cauda no chão ficou ereta balançando para frente e para trás.

Abriu sua boca e mostrou os dentes afiados antes de soltar um *grito* em alta frequência que ensurdeceu meus ouvidos e provocou um zumbido na minha cabeça. Talvez tenha desmaiado por alguns segundos porque subitamente estava no chão no canto com a sereia balançando acima de mim.

— Desculpa... — solucei. — Desculpa, desculpa, desculpa.

Seus olhos negros fitavam os meus e não me atrevia sequer a piscar. Soltou mais um assobio antes de se mover pelo chão em um movimento ondulante ainda na posição ereta.

Quando chegou à mesa, esticou o braço e jogou a câmera que bateu na parede e quebrou. Olhou para mim sobre o ombro antes de dobrar a nadadeira – e mais mergulhou do que pulou na jacuzzi – e desapareceu no fundo. Fiquei sentado lá. Um longo tempo. A respiração e o pulso se acalmaram e não tinha certeza se as pernas me sustentariam. O que aconteceu foi a coisa mais desagradável que jamais ocorreu em toda a minha vida. Pensei que fosse morrer e foi quase incrível não ter me borrado todo. Talvez alguma parte de mim ainda não se atrevesse a perceber que ela poderia ter me matado.

Quando os piores tremores passaram e o corpo começou a entender o fato que deveria continuar vivendo na terra, me arrastei com cuidado até a mesa, estiquei o braço, peguei a caixa plástica com meu walkman e fui para a porta, ainda rastejando. Antes de abrir a porta, disse:

— Desculpa. Nunca mais faço isso novamente. Querida, me desculpa — levantei com a ajuda da maçaneta e saí da casa de barcos.

Meu coração ainda batia mais forte que o normal quando tranquei o cadeado no lugar. Hesitei antes de colocar a chave de volta sob a pedra. Depois coloquei lá de qualquer jeito. A sereia não era perigosa, eu é que era um idiota.

2

Embora fosse minha culpa, não poderia negar que meus sentimentos em relação à sereia esfriaram – ou se tornaram mais realistas? – depois do acontecimento com o flash. Embora tivesse uma comunicação rudimentar, eu não podia considerar que saberia prever ou entender suas reações. O fato é que não era humana, precisava colocar isso na minha cabeça. Não poderia nunca considerá-la como um animal, mas definitivamente era desumana e eu tentaria agir conforme isso.

No dia seguinte, somente levei os peixes em um balde até a jacuzzi e depois saí da casa de barcos. Com o tempo, talvez tentaria retornar e melhorar nossa comunicação, mas sentia que precisávamos de uma pausa. Não sei se foi uma impressão, mas achei que a sereia parecia um pouco desanimada com tudo quando apareceu na superfície e colocou os braços na borda. Pelo menos não estava agressiva tampouco apresentava sinais de reprovação devido aos acontecimentos do dia anterior.

Naquele dia estava apenas chuviscando, mas eu ainda usava o traje impermeável azul. Quando ia de bicicleta na subida para nossa casa, Felicia surgiu vindo de sua casa usando uma roupa idêntica na cor amarela. Não sei bem o porquê, mas, quando fui até ela, algo me fez pensar em *Vi på Saltkråkan*. Coisas como: *Salve, Suécia, a bandeira sueca e o verão sueco*. Não, eu não sei o motivo.

— Oi. Por onde andou?

— Bodvik. Levei comida para a sereia.

— Ah. O que tinha no cardápio?

Acenei para a bolsa térmica presa na bicicleta.

— Peixe. É tudo o que tenho.

Felicia olhou para a bolsa térmica e franziu as sobrancelhas. Chegou para frente, abriu e cheirou. Até eu senti o cheiro persistente de peixe. Felicia fechou a bolsa e disse:

— Bem, logo vou começar a *acreditar* em você.

— Pode acreditar.

— Mas sério, o que tá fazendo?

— Exatamente o que digo.

Felicia fitou meus olhos e durante alguns segundos achei que me levava a sério. Fosse como fosse. Com o incidente do dia anterior, até minha posição em relação ao segredo havia mudado. Porém, no final, Felicia balançou a cabeça e disse:

— Sim, sim. Você vem examinar o quarto?

— Embaixo do cais?

— Sim. Vi que Wille tava lá fazendo alguma coisa ontem.

Olhei cético para o céu chuvoso. Não era um bom dia para nadar, mas qual a diferença? Ficaria molhado de qualquer jeito e gostaria de fazer alguma coisa com Felicia, então disse:

— Vai com o vento, disse Kalle Blomster.

Era provavelmente a associação que restava com o Saltkråkan.

Felicia já usava o traje de banho sob a capa impermeável e peguei meu calção de banho que estava pendurado na cerca secando. Estava mais molhado do que seco quando vesti. Fomos de bicicleta para o cais e competimos para ver quem conseguia jogar mais água no outro passando pelas poças. Quando chegamos ao cais, nossas calças estavam marrons de barro.

O chuvisco havia se transformado em chuva normal e senti calafrios quando tirei a capa de chuva. Dizem que um banho é sempre bem-vindo, mas este poderia ser o banho que contrariava minha tese. Minha vontade de mergulhar e olhar para algumas pranchas mal serradas era zero. Felicia pareceu perceber porque empurrou meu ombro e disse:

— Alô! Perdeu a coragem ou o quê?

Respondi com o que estava se tornando minha nova resposta padrão:

— Sim, deve ser a idade.

Não sei se seria o jeito de Felicia repetir minha réplica anterior sobre Kalle Blomster porque correu para a borda gritando:

— O último a chegar é um arenque podre!

Pulou na água e pensei em descer pela escada, considerando a *idade*. Olhei aborrecido para a superfície onde a cabeça de Felicia apareceu na chuva. Depois pulei.

Não, provavelmente não me arrependeria deste banho. A água que me envolveu parecia mais quente que o ar e logo fiquei mais animado com o projeto. Ao subir, belisquei o dedinho do pé de Felicia e, quando cheguei à superfície, ela xingou me chamando de idiota.

Quando mergulhamos era um pouco mais difícil que da primeira vez porque havia menos luz. Conseguimos entrar de qualquer jeito e embora já soubesse como era, não podia evitar um certo medo de bater a cabeça no teto quando subi embaixo do cais. O fato é que o espaço mais claro acima da cabeça parecia menor do que antes.

O motivo da mudança ficou evidente quando Felicia e eu chegamos ao quarto. Wille, ou ele e Hasse, fizeram um bom trabalho. Seis pranchas largas formavam um piso que cobria metade do quarto. O piso e o tempo ruim combinados tornavam o quarto bem mais escuro do que antes. Vi que havia coisas no piso, mas não conseguia distinguir o que seriam.

As pranchas estavam apenas poucos centímetros acima da superfície da água, então não tivemos problemas para subir. Os olhos começavam a se acostumar com a escuridão e Felicia disse:

— Merda. Podemos dizer que é ambicioso.

No meio do piso havia duas cadeiras dobráveis com estrutura de metal e tecido listrado. Entre as cadeiras havia uma lanterna e um pequeno toca-fitas que reconheci do quarto de Wille. Dois sacos de salgadinhos sabor churrasco. Só faltava a TV. Sentei-me em uma cadeira e Felicia sentou-se na outra. Olhamos um para o outro e rimos. Questionei:

— Quando será que virão os primeiros hóspedes?

— Onde será a recepção?

— Será que podemos pedir pra nos despertar pela manhã?

Continuamos com algumas réplicas similares até Felicia apresentar a mais divertida e então consideramos a brincadeira terminada. Ela perguntou:

— Será que podemos trazer o cachorro?

O questionamento encerrou o assunto.

Peguei a lanterna, acendi e deixei a luz percorrer as paredes de cimento úmidas antes de ligar o toca-fitas. Felicia questionou:

— O que será que ouvem quando tão sentados aqui?

Inclinou-se e apertou PLAY. Acho que a música que se ouviu dos alto-falantes chama-se Calypso e logo começou uma voz masculina cantando: *Morar perto do mar tranquilo em uma pequena ilha, conforme o folheto de um paraíso. O paraíso acabou há muito tempo, agora apenas uma oferta para os turistas.*

Felicia apertou STOP, sorriu e perguntou:

— O que *é* isto?

— Povel Ramel.

— Povel... é aquele do coco?

— É aquele do coco. Wille costuma ouvir.

— Não posso dizer que estou surpresa — Felicia deu de ombros. — Mas em todo caso... Divertido de certa forma.

— *Wille* é bem divertido, de certa forma.

— E *você* é divertido.

— Não tão divertido quanto você.

Assim continuamos com as brincadeiras verbais *até* esgotar as possibilidades, depois recostamos nas cadeiras e ficamos um pouco em silêncio. O único som que se ouvia era um gotejar lento que ecoava nas paredes. Como se houvesse o risco de alguém ouvir, Felicia baixou a voz até quase um sussurro e disse:

— Você nunca contou como foi com a Helena.

— ...porque você começou a brincar.

— Você sabe como sou. Mas conta agora.

Não achei que estava quebrando nenhuma confidência quando disse:

— Ela tá mal. Muito mal.

— Hum. Maria disse que ela tá muito estranha.

— Como assim?

— Que mal consegue falar com ela. Tá totalmente assim... ausente. E ela sai durante a noite. Parece que quase não dorme.

— E o que a Maria faz?

— O que ela pode fazer? Tá totalmente ocupada com sua mãe.

No verão passado, após alguns dias chuvosos, quando Maria não apareceu, explicou que foi obrigada a ajudar a mãe, cujo reumatismo ficava muito pior com o tempo úmido. O pai continuava fora, e, naquele verão, novamente Maria precisava ajudar em casa. De Maria, meus pensamentos foram para Helena.

Ela sai durante a noite.

Provavelmente era como eu imaginara, Helena visitava a sereia quando eu não estava lá, e isto a tornava *totalmente ausente*.

— Não, não ficará muito melhor do que isto — disse quando me levantei. Precisava dobrar o pescoço para que minha cabeça não batesse no teto.

— Isso é alguma coisa nova? Falar como se estivesse, sei lá, em um filme do Åsa-Nisse?

— Nunca assisti nenhum. Soldado Bom, por outro lado: *Não perca a razão, o mundo está cheio de gente sem razão.* O último a entrar e assim por diante.

Sem dar uma chance para Felicia escapar do arenque podre, pulei do piso, afundei e voltei para o cais.

Não levamos nenhuma toalha e parecia estranho ficar no cais, na chuva, e vestir as capas. Como se tentássemos manter a umidade dentro de lugar de fora, mas achava que de outra forma o vento ao pedalar para casa seria muito frio.

Esquecemos a brincadeira de respingar no outro quando voltamos para casa e a chuva lavou a maior parte da lama das nossas calças. Não falamos muito com o outro e, quando paramos no portão da minha casa, Felicia disse:

— Prometi ajudar com a limpeza. O que vai fazer?

— Não sei. Pensei ir até a Maria. Verificar a situação.

— Aí está! Você é divertido!

— Hum, e você, Felicia? *Realmente* existe uma sereia em Bodvik.

— Eu sei! E você é muito divertido por isso!

3

Quando entrei, mamãe me chamou da cozinha e fui até lá. Estava mexendo alguma coisa no fogão e disse:

— Pretendo fazer uma lasanha para o almoço. Podemos comer juntos uma vez pra variar?

— Você e eu?

— Não, todos os três, é claro.

Poderia considerar almoçar somente com mamãe, ou somente com papai por outro lado, mas a atmosfera do almoço do solstício de verão ainda estava fresca na lembrança, então decidi não me comprometer:

— Veremos.

Depois saí da cozinha para evitar o rosto triste da mamãe.

Pendurei a capa para secar no banheiro e foi um prazer vestir roupas secas depois de ficar constantemente úmido ou encharcado o dia todo. Fiquei confortável com meu casaco e meus jeans e fui olhar minha estante de livros. Achava que Maria ainda não lera *Cujo*, então enrolei o livro de bolso em um saco plástico e fechei com um elástico. Depois percebi que havia um problema. Ficaria encharcado se fosse de bicicleta até Nybygget sem alguma proteção contra a chuva e não tinha alternativa.

Procurei em um dos armários do hall e encontrei o que procurava. Uma velha capa de chuva cinza que o papai usava ocasionalmente. Vesti e descobri que chegava até meus pés. Poderia ser complicado pedalar e teria que aceitar ficar um pouco molhado nas pernas. A capa tinha bolsos grandes e o livro cabia em um deles. Abotoei todos os botões exceto os dois mais embaixo e fui para a bicicleta.

Realmente era bastante complicado, mas funcionava. A chuva havia diminuído e não fiquei tão encharcado. Quando passei pela casa de Helena, dei uma olhada no jardim, talvez para ver alguma *suposta coisa muito estranha*. Naturalmente tudo parecia igual como sempre e o gramado alto, não aparado, estava caído. Não vi Helena em lugar nenhum.

Apoiei minha bicicleta contra a moita de lilases na frente da casa de Maria e entrei no jardim. A janela da cozinha estava aberta e Maria e sua mãe estavam sentadas à mesa. Maria virou a cabeça, me viu e se assustou.

— Mamãe, socorro. Tem um vagabundo no jardim! — exclamou.

Mamãe esticou o pescoço para ver onde eu estava com minha capa longa. Pena que não estava mais com meu calção de banho, ou poderia ter aberto a capa e representado meu papel. Não teria feito isso de qualquer jeito, não sabia exatamente o tipo de humor da mãe de Maria. Contentei-me com a *mímica* de tirar a capa.

— Mas veja só! Johannes — disse a mãe. — Vem com toda a... indumentária?

Cumprimentei-me pela desculpa do *Cujo* porque me dava um motivo para dizer:

— Sim. Trago um livro para Maria.

— Não fique parado aí e... parado assim. Entre, entre.

A mãe de Maria era bibliotecária e não sei se seria porque lia livros demais, ocasionalmente tinha dificuldade para encontrar as palavras que deveria usar. Não a conhecia muito bem, mas achava que era meio divertida.

Entrei no hall e pendurei minha *indumentária.* Embora não tivesse chovido muito forte, começou a pingar no tapete.

— A capa tá pingando… —gritei para a cozinha. — Tudo bem?

— Melhor que a capa dançando — disse a mãe enigmaticamente e tirei o livro do bolso.

Quando entrei na cozinha, Maria se levantou e me abraçou. A mãe fez um gesto com a mão que parecia uma garra e disse:

— Desculpe se não me levanto. Estou um pouco… rígida no momento.

— O reumatismo da mamãe fica pior quando chove.

— Sim, eu sei. Vim ver se não precisam de nada.

A mãe levantou as sobrancelhas, olhou para Maria e virou a cabeça na minha direção.

— Esses aí não dão em árvores. Nem nos arbustos.

Sabia que eu tinha uma reputação entre os adultos de ser educado e simpático e me esforçava para manter essa impressão. Por quê? Era natural para mim e não via motivo para mudar. Acho que queria ser apreciado e a vida é mais fácil se os adultos confiam em você. Simples assim.

Tirei o *Cujo* do saco e mostrei para Maria.

— Já leu este?

Maria balançou a cabeça.

— É aquele do cão São Bernardo, não é?

— Sim. Com raiva.

— Sim, meus queridos — disse a mãe de Maria, que por falar nisso chama-se Berit. — Aquele Stephen King. Sim, sim. É bom que os jovens leiam, acho eu. E onde estão meus modos? Aceita alguma coisa, Johannes? Café, suco, bolo, rosca, chá… e um… wafer? É o que temos para oferecer no momento.

Havia uma chaleira na mesa, então eu disse:

— Um chá vai bem.

— Pode pegar uma xícara, Maria?

Enquanto Maria fez conforme pedido, sentei-me à mesa, apontei para o *Cujo* e perguntei para Berit:

— Já leu algum livro dele?

— Queria ver porque todos estavam tão encantados então eu li aquele... pensei que era algo russo porque estava escrito errado, de propósito, percebi, como se chama aquele...

— *O cemitério*?

— Exatamente, exatamente. Horrível. Horrível. Não mal escrito, perceba, mas horrível. Por que inventam essas coisas?

— Talvez porque aqueles como Maria e eu gostem de ler?

— Sim. Deplorável.

Depois de uns momentos conversando, Maria e eu fomos para seu quarto. Igual ao caso com Helena, nunca estivera sozinho no quarto de Maria, mas desta vez parecia menos estranho. Por exemplo, Maria pelo menos tinha livros. Além disso, uma estante de cassetes que se estendia do chão quase até o teto. Ou Maria tinha duplicatas ou grande parte eram apenas capas de plástico. The Cure, Cocteau Twins, Kate Bush entre outros.

Conversamos um pouco sobre música e nossas preferências se cruzavam em Sofi Cell que não era favorito de nenhum dos dois, mas achávamos ok. Estranhamente apreciávamos seu cover de *Where did our love go?* que estava no lado B do simples *Tainted love*, o grande sucesso que nem Maria nem eu considerávamos grande coisa.

Apenas um exemplo. Conversamos e tivemos um bom momento, mas depois de um minuto de pausa, Maria perguntou:

— Por que veio? Não me entenda mal, foi bom ter vindo, mas... você entende. Não é normal.

— Bem, Felicia disse que sua mãe não tava bem e... eu não sei. Queria apenas verificar a situação.

— Legal da sua parte.

— Sim, eu sou legal. Talvez.

— Você não sabe?

— Não. Você sabe? Se você é legal, quero dizer?

Maria apertou os olhos enquanto pensava e percebi o que achava estranho em sua aparência. A franja rosa havia desaparecido. Talvez pertencia a uma máscara urbana que achava que não precisava usar em Särsö. Não sei em que direção foram os pensamentos de Maria relacionados com a bondade, mas terminou dizendo:

— Gostaria de poder fazer algo por Helena.

Eu não queria dizer que parte dos motivos da visita seria a Helena e por isso foi bom que Maria apresentou o assunto.

— Sim. Ela não parecia melhor quando falei com ela.

— Tá ficando cada vez pior. Não sei o que Mattias faz com ela.

— Mattias?

Até este momento, a porta do quarto de Maria estava aberta. Ela foi até lá e fechou a porta antes de se sentar perto de mim e dizer baixinho:

— Ela sai durante a noite. Ontem… eu a segui. Sabe Bodvik? As casas de barcos lá? Ela entrou em uma delas e… acho que o Mattias tava lá dentro. Acho que eles, você sabe, *tão fazendo aquilo*. E Helena se sente mal por isso. Mas eu não sei, o que você acha?

Apesar de minha fantasia bastante criativa, eu era um péssimo mentiroso porque minhas bochechas tinham uma tendência a me trair. Mas também considerei que meu rosto vermelho poderia ser assumido como um desconforto relacionado com sexo. Afinal de contas, também não me sentia muito confortável com isso. Inconscientemente me afastei alguns centímetros de Maria, talvez para que ela não se queimasse com minha pele ardente.

— Quer dizer, eu não faço ideia. Pra ser sincero, eu não tô… sabendo.

Maria também começou a corar quando disse:

— Eu também não, mas o que mais poderia ser?

Assumi que Maria estava errada e o que Helena e Mattias fizeram na casa de barcos foi um evento isolado. Lembrei da atitude de Helena contra Mattias na véspera do solstício de verão. Não, era outra coisa que ela encontrava na casa de barcos. Mas por que ficava passando mal? Eu havia constatado, quando Mattias e eu estivemos na casa de barcos, que o canto da sereia podia ter efeitos diferentes em pessoas diferentes. Mas se fazia Helena passar mal, por que continuava indo para a casa de barcos? Comecei a pensar na semelhança anterior com a morfina, mas não consegui concluir o pensamento quando Maria perguntou:

— O que tá pensando?

— Morfina. Álcool.

— O que quer dizer?

— Quero dizer, podemos fazer coisas que não são boas, que nos fazem mal.

— O quê, você quer dizer que Helena está *dependente* do Mattias? Não parece um comportamento dela.

— Não. Então… eu não sei.

Não falamos mais desse assunto e depois de entrar em assuntos sérios ficou difícil retornar para a conversa mais leve sobre música e filmes, então depois de alguns minutos de conversa mais lenta, me levantei do sofá de dois lugares onde estávamos sentados e disse:

— Sim, mas como disse. Queria apenas verificar como estão as coisas e agora tá verificado. Certeza que não tem nada onde posso ajudar?

— Certeza total. E você...

Maria foi até sua estante e pegou um livro grosso e me entregou. *Hollywood Wives* da Jackie Collins. Maria ficou novamente um pouco vermelha quando disse:

— Talvez você fique um pouco mais... sabido.

4

Não fiz mais muita coisa naquele dia, fiquei deitado na minha cama lendo *Hollywood Wives*. Como dito, não era tão picante quanto sua fama. Claro que tinha muito sexo, mas nada muito detalhado, na maior parte muita infidelidade para todos os lados. Era simplesmente incompreensível porque as pessoas se casavam se isso não significava nada, tudo era apenas um jogo de poder.

Mas eu gostei, quase tanto quanto do Stephen King, e a trama estranha com o assassino em série era bastante emocionante. Um livro legal, simplesmente. Entrei na Los Angeles ensolarada e fiquei lá algumas horas. Na hora do almoço, me juntei a mamãe e papai contra minha vontade.

Desta vez estavam realmente *conversando* e talvez tenha sido mais doloroso que na véspera do solstício de verão. Tudo parecia falso e havia uma ameaça estranha ou talvez uma insinuação que me fazia mal. Por exemplo, quando papai disse que parecia que haveria mais groselhas este ano, mamãe disse:

— Sim, você ama suas groselhas.

É difícil reproduzir por escrito. A réplica de mamãe era em parte uma reclamação porque papai passava tanto tempo no jardim, em parte uma zombaria porque papai gostava tanto das groselhas e finalmente uma lembrança de que *o que você ama será tirado de você*. Tudo em um resumo. Papai respondeu:

— Sim, precisamos amar alguma coisa.

Acho que não preciso dizer mais nada. Foi difícil ouvir e logo deixei a mesa.

Voltei para *Hollywood Wives* e seus problemas de relacionamentos fictícios e pensei que em certo nível seria melhor se papai e mamãe se separassem aqui e agora. Quebrar logo o gesso em lugar de sentar e cutucar a ferida. Tudo parecia desesperador, então continuei lendo porque era bom se envolver nos problemas dos outros.

Jackie Collins não deixava de usar a frase clichê *ele acordou com um sobressalto* e foi exatamente o que aconteceu comigo depois de ir para a cama e dormir uma meia hora. Pulei como se tivesse levado um choque elétrico e arregalei os olhos. Sentei-me na cama e passei as mãos pelo rosto.

Sonhei com Helena, o mesmo sonho da noite do solstício, mas com uma diferença: desta vez ela abriu os olhos sob a água, olhou para mim e sorriu largamente e pude ver que tinha dentes de predador igual à sereia.

Pensara em visitar Helena depois de deixar Maria, mas algo havia me impedido. Acho que simplesmente não queria saber o que ela estava fazendo, assim como me recusava saber o que ela e Mattias fizeram.

Quando fui dar comida para a sereia, constatei que algo realmente estava mudando. Movia-se mais lentamente e parecia mais esbelta. Não podia acreditar que tinha alguma relação com o flash que disparei contra ela. Talvez estivesse associado com Helena. Eu precisava saber.

Agora pode parecer que a sereia subitamente era algo que só interessava a Helena e a mim. Pode parecer assim porque *era* assim. Por exemplo, ninguém havia reagido ao fato de a chave ter mudado de lugar porque ninguém esteve na casa de barcos.

Vesti-me rapidamente e desci a escada. Ouvi as vozes dos meus pais no quarto. Pareciam irritados e a voz de mamãe tinha um tom sibilante. Eu também fiquei irritado. Minha imagem anterior de feridas e curativos havia se fixado e pensei: *Façam isso logo de uma vez, não fiquem aí lutando como duas cobras.* Como sempre, quando a tristeza é substituída pela raiva, o corpo se sentia melhor e a alma ficava pior, se é que existia uma alma. Aquele lugar onde a moral fica sussurrando.

No momento, a chuva havia parado e a noite estava clara, de modo que não havia problema ir de bicicleta para Bodvik. Desci e levei a bicicleta para que o barulho da corrente não me denunciasse. Apoiei a bicicleta com cuidado na grama uma dezena de metros da casa de barcos e me aproximei silenciosamente.

Quando estava alguns passos distante da casa de barcos, ouvi o canto. O efeito não era tão forte nessa distância e ainda mais com a porta fechada, mas, mesmo assim, senti o alívio e a grande profundidade. Fiquei parado por um momento com os braços caídos ao lado do corpo. Depois me recompus e fui até a bicicleta, sentei-me na grama e abracei os joelhos. Esperei.

Uma meia lua crescente brilhava no céu claro de verão. Um rouxinol cantava na ilha ao lado. Havia um cheiro forte da vegetação revigorada pela chuva. Quando o rouxinol parou, eu conseguia distinguir o canto da sereia muito longe. Devo ter esperado uns dez minutos e ela continuava cantando. Helena estaria lá dentro ou a sereia cantava sozinha? Nunca havia a ouvido cantando por tanto tempo e quem sabe quando começou?

Não queria espionar, então esperei mais dez minutos sem que nada acontecesse e sem parar o canto. Então me levantei. Fosse o que fosse, precisava saber. Caminhei em silêncio para a casa de barcos e, também em silêncio subi os três degraus. O canto e a água escorrendo continuavam fortes. Tentei me reforçar contra a tentação e manter a capacidade de raciocinar recordando as imagens de *Hollywood Wives*.

O que Angel faz o dia inteiro no motel? E se o Buddy gosta tanto dela, por que...

No meio da porta, mais ou menos um metro do chão, havia uma fenda da largura de um dedo entre duas tábuas. Prendi a respiração e me ajoelhei no degrau superior, fechei o olho esquerdo e aproximei o olho direito da fenda.

Angel, Buddy, Gina...

Devido à escuridão no barracão, primeiro tive dificuldade para distinguir mais do que os contornos e tudo parecia normal. Depois os contornos começaram a ser preenchidos como um desenho com números e campos coloridos. A luz da noite refletia na mesa e vi uma pilha de roupas, que deveriam ser de Helena, no chão, na frente da jacuzzi.

Olhei para cima e respirei fundo. A sereia estava recostada na jacuzzi entoando seu canto eterno. O ângulo não me permitia ver muito além da borda, mas vi a cabeça de Helena apoiada no ombro da sereia. Havia se despido e entrado na água para ficar o mais perto possível. Seus olhos estavam abertos e vazios, sem ver nada, igual ao meu sonho. Eu não sabia se estava viva ou morta.

Afastei a cabeça da fenda e baixei como em uma prece. Fiquei lá na frente da porta e sentia como se houvesse testemunhado algo sagrado. Sagrado e aterrorizante. Lá e então percebi que os dois mundos não eram mutuamente excludentes.

5

Dormi mal naquela noite. Ao invés da imagem do sonho com Helena, agora era atormentado pela imagem da memória. Depois do meu pensamento sobre o sagrado e terrível, olhei pela fenda mais uma vez e vi que Helena moveu um pouco a cabeça. Então não estava morta, mas os olhos estavam vazios e ausentes como uma pessoa afogada.

Morfina acústica.

O que fazia Helena deitada nua encostada na sereia? Atos indevidos? Não havia sinal de *satisfação* em seu rosto, apenas uma ausência total, abandono. Seria algo pelo qual valeria a pena lutar quando alguém se sentia como Helena? Talvez, mas dificilmente seria saudável. Deitado encolhido na cama, a lembrança de seu rosto parecendo morto me deu calafrios.

Senti-me culpado. Eu havia sugerido para Mattias deixar Helena encontrar a sereia, plantado o pensamento de dar a primeira dose para ela e agora estava viciada. Não podia ver nada bom resultando disso.

Fiquei rolando na cama, tenso como uma corda de violino. Quando percebi que não conseguiria dormir, peguei meu walkman, rebobinei a fita para o começo, coloquei os fones de ouvido, apertei PLAY e fiz uma careta quando ouvi o som da sereia comendo, acompanhado de um barulho de chuva bastante forte.

Ficou melhor depois que coloquei o gravador no chão, o ruído da chuva não era tão forte. E logo começava o canto. Meu parafuso interno girou algumas voltas no sentido anti-horário, a corda de violino relaxou e assumiu um tom mais agradável. Expirei e coloquei as mãos sobre o estômago.

O efeito do canto não era tão forte como quando se ouvia *ao vivo*, mas algum efeito da mágica foi transferido para a fita cassete de plástico. Não era aquele sentimento de ficar submerso no oceano infinito, receptivo, mas através do canto podia ouvir as ondas batendo e um bem-estar e uma impressão de *flutuar*.

Quando o canto parou, rebobinei e ouvi novamente. Mais uma vez. Depois de ouvir pela última vez, mal tive energia para tirar os fones de ouvido antes de adormecer.

6

Na manhã seguinte estava chovendo novamente. Fiquei na cama por um tempo e li *Hollywood Wives* antes de descer para o desjejum. Já na escada ouvi as vozes de mamãe e papai. Estavam na cozinha, brigando. Não quero recordar a situação. Era o de sempre. *Você não entende como eu me sinto. Você nunca considerou...* e assim por diante. E assim por diante.

Voltei para meu quarto e fechei a porta. Depois que percebi que mamãe e papai brigavam, não conseguia parar de ouvi-los. Suas vozes irritadas se propagavam pelas madeiras da casa. Tampei o rosto com as mãos. Enfiei os dedos nos ouvidos. Deitei de barriga e apertei o travesseiro sobre a cabeça. Tudo inútil. Brr, brr, dizia papai, bzz, bzz, dizia mamãe. Cobras, insetos, idiotas.

Já disse isso, mas o pior era me sentir impotente. Tinha vontade de descer para a cozinha e participar do coro de gritos, mas lembrei das palavras de Helena: *Não há nada que você possa fazer*. Helena, antes de desaparecer na névoa do canto.

A briga continuava. Agora batiam portas e também as portas dos armários e eu não conseguia mais resistir. Queria ir para algum lugar onde havia silêncio e paz. *Ah, é claro*.

Nada havia mudado no quarto sob o cais desde o dia anterior, de modo que provavelmente ninguém mais esteve lá. Subi para a borda e fiquei lá por um momento balançando as pernas na água. A luz, que era verde veneno na primeira vez quando visitamos o local, agora parecia mais verde musgo. Musgo escuro. Passei as mãos pelos meus braços enrugados e pensei que toalhas de banho seriam uma boa coisa para levar até lá. Talvez alguns cobertores também. Colocar em um saco plástico e...

Opa. Opa.

Planejava mudar para lá agora? Não, mas certamente era muito bom ter este lugar, especialmente quando meus pais se comportavam daquele jeito. Poderia fazer minha contribuição. Sim, pelo menos um par de toalhas de banho. Acenei para mim mesmo e me sentei em uma das cadeiras, peguei um saco de salgadinhos, abri e coloquei um punhado na boca. Estava bastante faminto, poderia comprar um saco e repor mais tarde. Mais a toalha.

Mastiguei e mastiguei e através do ruído que enchia minha cabeça consegui ouvir vozes. Parei de mastigar com a boca cheia de salgadinhos meio triturados. As vozes vinham fracas pelos furos de ventilação e não conseguia entender o que diziam. Teriam descoberto o quarto e adotariam... providências? Nesse caso, quais providências?

Ah.

Bati de leve na minha cabeça. Saí de casa faltando vinte para as onze e agora seriam quase onze horas. O barco da Vaxholm. As pessoas esperavam no cais. Era divertido pensar que estavam logo acima da minha cabeça. Poderia fazer alguma brincadeira, mas não consegui pensar em nada, então simplesmente esperei.

Depois de alguns minutos, conseguia sentir a barca se aproximando. Havia um rumor no quarto e a superfície da água verde escura começou a tremer. Depois senti um tranco nas solas dos meus pés descalços se propagando como uma onda por minha coluna quando a proa da barca atingiu o cais.

Ouvi o ruído da prancha de desembarque sendo abaixada, depois os passos das pessoas andando no meu teto que era o piso delas. Não havia um poema sobre isso? Depois de alguns minutos, as vozes se calaram e os passos se distanciaram. O quarto tremeu quando a barca partiu.

Fiquei sentado por um tempo com as mãos cruzadas sobre o estômago sem pensar em nada. Havia algo agradável na penumbra e no silêncio do quarto, como se o cérebro estivesse se ajustando a alguma coisa que parecia o quarto. Pacífico, poder-se-ia dizer. Depois de alguns minutos, achei que tinha gozado o suficiente da paz, inclinei-me para frente e apertei o PLAY do gravador.

Barcos aportando no cais recém-construído,
pessoas burras que nos chamam de malaios.
Peça aos malaios para dançar a dança verdadeira,
os malaios fazem uma dança que nunca existiu.
Filhos da natureza...

Realmente achei bem divertido e a melodia era contagiante. Tipo tão distante quanto possível do Depeche, mas eu gostava bastante, por exemplo, do Madness, e também era um pouco assim, *maluco*. Escutei mais algumas músicas. Uma sobre neve caindo e tirando nossos sapatos, mais a do coco. Tudo estava bem.

Não sei se era minha imaginação, mas o ar do quarto começava a parecer um pouco mofado. Já teria usado todo o oxigênio? Parecia improvável, mas talvez fosse relacionado com pressão baixa. Fui até o furo de ventilação e aspirei o ar que vinha de fora. Sim. Definitivamente parecia mais fresco.

Fui à borda pular na água e ir embora, mas algo estava acontecendo lá no fundo. Inclinei-me para frente na tentativa de ver melhor. Uma figura pequena, esbelta e pálida saiu do buraco e logo depois mais uma. Pensei ter visto nadadeiras.

O povo do mar.

O que faziam aqui? De alguma forma sabiam que eu mantinha a sereia presa e vieram se vingar? Lembrei da corrida quando disparei o flash e como ela *avançou* em uma velocidade surreal. Eram fortes e rápidas. Olhei ao redor procurando uma arma, algo para me proteger e vi o saco de salgadinhos.

Sim. Ofereça salgadinhos. Certamente gostarão.

O tecido fino das cadeiras não oferecia proteção. A única chance seria tocar Povel Ramel e esperar que se envolvessem no problema de conseguir um coco. Resumindo: não tinha *nada*. Recuei um passo da borda quando as figuras subiram. Talvez poderia cegá-las com a lanterna? Abaixei e peguei a lanterna, segurei na altura do estômago ao mesmo tempo que a água respingava e duas cabeças pequenas e muito humanas apareceram na superfície.

Apesar de as duas usarem máscara, reconheci a irmãzinha de Wille, Lovisa e sua melhor amiga Melinda. Sob a superfície podia ver suas nadadeiras, mas uma variante de plástico. Lovisa tirou a máscara e disse:

— Merda. Que legal.

Depois virou a cabeça e me viu. Seus olhos se estreitaram, torceu o nariz e disse:

— Diabo!

7

As meninas subiram na plataforma e tiraram os pés de pato. As duas eram pequenas para a idade e tinham nariz e queixo pontudos, e o rosto cheio de sardas. A grande diferença é que o cabelo de Melinda era castanho enquanto o de Lovisa era ruivo e além disso Melinda tinha um pouco de orelhas de abano.

— Não tenho certeza — disse eu. — Mas *pode* ser que o ar esteja acabando aqui dentro.

— Ah — Lovisa não parecia muito preocupada, sua preocupação era de outro tipo. — Você pretende contar?

— Sim — completou Melinda. — Você é um contador?

Eu sorri. A união de Lovisa e Melinda me fazia pensar em Bill e Bull ou porque não Teddy e Freddy?! Wille contara que andavam juntas o tempo todo na cidade também e frequentavam a mesma escola, então tiveram muito tempo para refinar sua rotina.

— Não sou um contador *per se*, mas...

— Quem é ele? O Per Se? — perguntou Melinda.

— Quero dizer que não sou um contador, *por assim dizer*.

— Meu Deus, como você fala complicado! — exclamou Lovisa.

— Eu não sou um *contador*, ok. Mas acho que não é muito conveniente vocês nadarem pra cá.

Lovisa cruzou os braços sobre o peito amassando seu maiô azul com bolinhas brancas:

— Não. E eu não acho conveniente que *você* nade pra cá.

— Não. Realmente muito inconveniente.

Melinda parecia um eco de Lovisa:

— Exatamente. E sabe por quê?

Balancei a cabeça, queria terminar isso antes que todos desmaiássemos por falta de oxigênio. Lovisa apontou para o fundo e disse:

— Porque aquele buraco é pequeno e você é grande. Não é nosso caso. Somos pequenas.

— Muito pequenas. Se alguém vai ficar preso será você.

— Não se trata de ficar preso.

— Não? De que se trata então?

Agora Melinda também cruzou os braços sobre o peito e as duas meninas mantinham poses idênticas e pareciam uma mini versão das Dupont.

— Sim. De que se trata afinal?

— Trata-se de... trata-se que devemos sair daqui antes que o ar acabe.

Dei um passo para a borda da plataforma e Lovisa deu um passo para o lado para ficar na minha frente. Levantou a mão em sinal de parada e disse:

— Vai devagar.

Melinda colocou o braço nos ombros de Lovisa como para reforçar o muro entre mim e a água. Apontou com o dedo indicador e disse:

— Agora vamos com calma.

Não pude deixar de rir. Presumo que as meninas imitavam o que elas achavam que os adultos falariam em uma situação assim, mas o resultado parecia eu quando imitava as falas dos filmes preto e branco.

— Aqui tem bastante ar.

Lovisa aspirou um par de vezes demonstrando. Melinda também confirmando para Lovisa.

— Exatamente. Tem bastante.

— Não se trata apenas de ar. Trata-se de oxigênio também e...

— Para de enrolar agora.

— Sim, baixa a bola.

Fiquei resignado. Provavelmente sentiria na cabeça quando estivesse a ponto de desmaiar por falta de oxigênio, dificilmente seria algo que aconteceria subitamente. E *havia* furos de ventilação. Sentei-me em uma das cadeiras enquanto as meninas continuavam de pé me olhando – bastante aborrecidas.

— Bom. Agora vamos resolver de uma vez.

— De uma vez. *Por que* não podemos ficar aqui, o que quer dizer?

— Porque... porque me preocupo com vocês e não quero que aconteça alguma coisa.

— Porque você se preocupa conosco...

— Sim. Você pode deixar pra lá.

Naturalmente não queria que acontecesse nada com as meninas, mas queria ainda menos que fosse *minha responsabilidade* se isso acontecesse. Percebi que seria inútil argumentar, a única coisa que poderia ajudar seria uma proibição expressa, mas como poderia ter certeza de que seria obedecida? Levantei as mãos e disse:

— Ok, façam o que quiserem. Mas não me culpem quando se afogarem.

A expressão de Lovisa se suavizou e seu tom ficou mais conciliador quando disse:

— Sabemos que pode ser perigoso. Tomamos muito cuidado.

— Somos super cuidadosas. E já mergulhamos mais fundo do que isso, não é?

— Muito mais fundo. Pelo menos o dobro. Então temos só a pergunta mais importante...

— Exatamente. Você vai contar?

Suspirei.

— Não, não pretendo contar. Agora podem ir embora daqui?

— E você?

— Vou logo depois.

Lovisa cutucou Melinda com o cotovelo e disse:

— Ele não quer ser visto junto conosco, não percebe?!

— Aham. Porque então será sua culpa se flutuarmos completamente mortas.

Tentei imitar o tom de Melinda quando disse:

— Exatamente. Vão agora antes que eu mude de ideia — disse apontando para a água.

Lovisa parecia tentar inventar algo novo, depois balançou os ombros e colocou a máscara. Melinda fez o mesmo. Ficaram lado a lado, na borda, olharam uma para a outra antes de apertar o nariz e pularam juntas.

Levantei-me e fui até a borda para ver quando nadaram para fora. Realmente tinham boa velocidade com os pés de pato e passaram juntas pelo buraco como se nunca tivessem feito outra coisa. Dificilmente se arranhariam. Balancei a cabeça. Lovisa e Melinda. Piff e Paff de Särsö. Esperei alguns minutos e depois segui atrás delas.

8

Quando saí da água, Lovisa e Melinda estavam sentadas na borda do cais, na chuva, cada uma enrolada na própria toalha e apoiando os queixos nas mãos. Nadei até a escada e subi perguntando:

— O que tão esperando?

Lovisa deu de ombros.

— Queríamos verificar se você não ficou preso no buraco com sua barriga gorda.

— Exatamente. Porque nos preocupamos com você e não queremos que nada aconteça.

Sentei-me ao lado delas e abracei meus braços arrepiados. Lovisa tirou a toalha e me estendeu.

— Quer?

Estremeci e disse:

— Só pra me secar, depois devolvo, ok?

— Claro. De outra forma não seria emprestado.

Talvez não tenha ficado claro em nossa conversa no quarto secreto, mas eu realmente gostava de Lovisa e Melinda, achava que eram garotinhas realmente espertas. Mas também achava que frequentemente eram realmente chatas e melhor em doses pequenas, então não invejava o Wille.

Depois de me secar, coloquei a toalha de volta nos ombros de Lovisa enquanto a chuva me molhava novamente. Ela olhou pensativamente para minha pele enrugada e perguntou:

— Por que os adultos sempre sentem mais frio que as crianças?

— Acho que tem algo a ver com a gordura subcutânea. E não me chamaria de adulto.

— Então por que tá tremendo?

— Talvez tenha pele de adulto, sei lá.

Lovisa acenou como se fosse uma resposta aceitável, sorriu e disse:

— Eu tenho oito dentes de adulto.

— E eu tenho dez. É chamado de gordura de adulto.

— Gordura de adulto...

— Gordura subcutânea.

As duas sorriram. Realmente lembravam um par de comediantes melhorando constantemente suas réplicas.

Subitamente o rosto de Lovisa ficou concentrado e com um tom de voz totalmente diferente perguntou:

— O que tá acontecendo com a Helena?

Veio tão subitamente que eu não sabia como responder. Melinda cutucou o ombro de Lovisa e disse:

— Shhh!

— Eu sei. Mas acho que precisamos contar pra algum adulto — olhou para mim. — Ou meio adulto.

— Mas não somos *nós* que contamos.

— Hum. Mas não é tão ruim quando não é um adulto verdadeiro. Ou é?

Melinda pensou alguns segundos sobre esse código moral recém-inventado antes de dizer:

— Não. Acho que você tá certa.

— O que aconteceu? — perguntei. Comecei a tremer, peguei minha capa de chuva e vesti. Lovisa olhou para minhas pernas nuas, com os pelos arrepiados e o casaco azul-claro dizendo:

— Você não parece muito esperto.

— Escapou do manicômio.

— Falem agora.

— Ok — disse Lovisa. — Isso na verdade é um segredo, mas normalmente espionamos.

— As pessoas — explicou Melinda. — Espionamos as pessoas pra ver o que fazem.

— Uhum. E anteontem espionamos a Helena.

— Porque ela tava muito estranha.

— Estranha como?

As meninas olharam uma para a outra como comparando telepaticamente suas impressões sobre a estranheza de Helena. Como eu saberia, talvez fizessem isso. Se havia alguém em Särsö que poderia se considerar capaz de conversar pelo pensamento, então seriam as duas sentadas na minha frente.

— Ela andava como uma sonâmbula.

— Exatamente. Como se não soubesse quem era — completou Melinda.

— E seus olhos estavam estranhos.

— Muito estranhos. E com olheiras.

— Como se não tivesse dormido? — perguntei.

— Exatamente. Muito estranho também.

— Então espionamos ela.

As meninas contaram como seguiram Helena quando ela entrou na área da floresta acima de Bodvik. Esconderam-se entre as árvores e tomaram cuidado para não pisar nas pinhas secas, mas Helena não se virou nenhuma vez. Finalmente chegou a uma clareira onde se sentou em um toco.

— E então ela pegou uma garrafa. Com certeza uma garrafa de pinga. E então bebeu. Bastante.

— E fumou. Também bastante.

— Como se chama. Quando uma pessoa fuma um cigarro e depois acende outro com a guimba?

— Fumante inveterado — respondeu Melinda. — Ela é uma fumante inveterada.

— O tempo todo.

— Muito, muito.

— E bebe, bebe. Muito.

— Quase toda a garrafa.

— Espera um pouco: mas ela não *fez* nada?

— Não tá ouvindo? Ela fumou e bebeu. Aos montes.

Algo muito adulto apareceu no rosto de Lovisa quando balançou a cabeça sombriamente e disse:

— Ela é muito jovem pra continuar assim.

Bufei com a seriedade das palavras de Lovisa e ela me olhou severamente e questionou:

— Você acha que isto é *divertido,* ou o quê?

Levantei as mãos:

— Desculpe, é só que... nada. E depois?

— Então parece que tava muito bêbada — disse Melinda. — Porque caiu do toco e rastejou de quatro.

Melinda ilustrou esticando os braços na sua frente e chutando com as pernas. Lovisa concordou:

— E havia musgo molhado ali, então espirrava enquanto ela se arrastava. E ela chorou.

— Uhum. E fazia barulho.

— Que tipo de barulho? — admirei-me.

— Difícil de descrever. Parecia uma porta, uma porta velha, que fica meio aberta então tem um barulho...

— Um rangido?

— Sim, assim...

Melinda tentou imitar um rangido que parecia mais um gemido. Lovisa também tentou, mas com resultado igualmente ruim. Fiz aquele ruído com aspiração que era a melhor aproximação da linguagem da sereia que eu consegui repetir e Lovisa apontou para mim e disse:

— Sim. Mais ou menos assim. O que é isso?

— Um rangido.

Contentei-me em dizer. Tipo, tudo bem se as meninas tinham acesso ao quarto secreto, mas *não* pretendia envolvê-las com a história da sereia, cuja influência, eu estava cada vez mais convencido, era de natureza destrutiva.

— Ok. E o que aconteceu depois?

As meninas olharam uma para a outra e pareciam um pouco envergonhadas. Lovisa deu de ombros e disse:

— Conversamos um pouco baixinho. Se deveríamos ajudar ou... você sabe... consolar ela. Porque estava chorando também. Mas...

Extraordinariamente Lovisa pareceu ficar sem palavras e balançou as mãos sem saber o que fazer.

— Foi assustador... — reconheceu Melinda. — Ela rastejando daquele jeito e fazendo aquele barulho. Parecido com um animal, realmente.

Lovisa levantou e disse:

— Mas esperamos! Esperamos pra ver se ela ia pra casa e... ia embora dali. Ela foi, mas a garrafa ficou.

— Nós cheiramos. Era álcool. Quase certo.

— Ok. Foi bom que vocês contaram.

9

Não vi meus pais quando fui para casa vestir roupas secas. Melhor assim. Aqueles que foram minha fortaleza tinham se tornado uma perturbação. Pela primeira vez na minha vida começava a pensar seriamente como seria quando me mudasse da casa dos meus pais. Percebia que não poderia ser *agora*, mas os pensamentos se moviam em caminhos antes não pensados.

Olhei para a janela, onde a chuva batia, e me senti muito mal com tudo isso, me deitei na cama e fiquei apenas olhando para o teto durante meia hora. Tinha muito a pensar, mas acho que não pensei em nada além de qual tipo de aparelho estéreo eu teria no meu futuro apartamento. Quando me levantei da cama, lá fora estava um pouco mais claro e a chuva havia diminuído. Contentei-me apenas com o casaco impermeável quando fui de bicicleta para Nybygget.

Demorou um pouco antes que Yvonne, a mãe de Helena, abrisse a porta depois que eu bati. Parecia cansada. Cansada e triste, possivelmente também um pouco alcoolizada embora ainda não fosse muito tarde. Disse que Helena estava doente e não poderia receber visitas. Esperei até ela fechar a porta e ouvi seus passos se distanciando, antes de dar a volta na casa e bater com os dedos na janela de Helena onde a cortina de rolo estava abaixada. Quando a cortina subiu lentamente meio metro, quase dei um passo para trás. Helena tinha um aspecto horrível. Achei que lembrava os cartazes no metrô que alertavam sobre o perigo do mau uso de drogas mostrando as fotos antes e depois? Helena parecia o pior tipo de *depois* e era difícil entender como uma pessoa poderia mudar tanto em apenas alguns dias.

Seu cabelo louro caia emaranhado sobre as bochechas encovadas. Os olhos estavam opacos e sem brilho e com olheiras azuladas. Os lábios estavam inchados e rachados como se os tivesse mordido e tinha *rugas* que não deveriam aparecer em uma menina de catorze anos. Vestia uma camiseta branca com uma grande cara sorridente amarela e uma mancha irregular que ia do ombro para a clavícula. Vômito? Tinha um curativo ao redor do pescoço.

Helena olhou fixamente e sinalizei para ela abrir a janela. Primeiro parecia negar, mas depois piscou e levantou um pouco a sobrancelha indicando, *sim, sim, merda.* Abriu os trincos e levantou a janela uns dez centímetros. Senti aquele cheiro de carne assada e quando Helena levantou o braço vi a queimadura. Apontei e perguntei:

— Ainda tá fazendo isso?

A voz de Helena era quase um sussurro quando respondeu:

— E daí? Vai sumir de qualquer jeito.

— E o pescoço? O que aconteceu aí?

— É um interrogatório ou o quê?

— Helena, tô preocupado com você.

Helena levantou um lado da boca em um sorriso torto e disse:

— Não liga, não, Johannes. É minha vida.

— Não por muito tempo, pelo que parece.

Com um movimento cansado, Helena esticou o braço para segurar no trinco da janela.

— Se não tem nada mais...

— Sim. Uma coisa — enfiei a mão no bolso e peguei a fita cassete que gravei na casa de barcos. Estendi para Helena através da fenda na janela. — Aqui.

Helena olhou para a caixa plástica sem identificação e perguntou:

— O que é isso?

— Seu canto. Eu gravei.

Uma sombra de interesse brilhou nos olhos de Helena quando disse:

— Ah é, sim. Obrigada.

Depois fechou a janela. Vi que virou e olhou a cassete depois me lançou um último olhar e baixou a cortina. Naquele tempo, eu não conhecia a palavra, mas hoje sei com o que poderia comparar a fita cassete. Metadona. Subutex. Substituto da droga verdadeira.

10

Quando voltei para casa, meus jeans estavam encharcados. Ouvia as vozes dos meus pais em casa e não pareciam alegres. Não suportava mais me importar com um ou com o outro, tudo parecia tão desanimador, parado ali com a chuva pingando do meu cabelo e entrando pela gola.

Fui até o cais e peguei o balde. Quando abri o cheiro parecia um pouco diferente. O motivo ficou claro quando vi que apenas um peixe se movia um pouco. Todos os outros estavam mortos.

Ok, pensei. *Resolve o assunto.*

Tombei o balde para jogar os peixes mortos no mar. Alguns flutuavam na superfície e o que estava vivo apenas balançava um pouco a cauda. Tampei o rosto com as mãos enquanto sentia a culpa me apertando o peito. Agora seria suficiente. Peguei a bicicleta e fui até Bodvik com os jeans colados nas pernas. Já não me afetava mais. Já estava cansado.

Quando cheguei à casa de barcos, minha impressão do dia anterior sobre a sereia foi reforçada. Havia uma lentidão nos seus movimentos e seu corpo parecia ter enfraquecido ainda mais. O termo não era usado naquela época, mas parecia *esgotada*. Não sabia se seria devido a uma relação simbiótica com Helena que estava matando as duas, ou se era como os peixes no balde.

Abri toda a porta e apontei para a chuva.

— Vai embora. Ou arraste-se. Ou seja lá o que faz. Não tem mais comida.

Sabia que na verdade não tinha motivos para ficar aborrecido com a sereia, mas meu próprio sentimento de culpa me fazia considerar suas ações de forma humana. Ela não era má, mas era como se fosse *a raiz do mal*. Ou talvez fosse eu.

A chuva aumentou quando saí e me sentei de pernas cruzadas no cais olhando para a casa de barcos. Queria apenas me livrar do que parecera um milagre. A água escorria pelas minhas costas e me fazia tremer. Poderia simplesmente acabar.

Apertei as mãos cerradas contra o peito e parei de respirar quando vi a cabeça calva da sereia deslizando pela porta do barracão. Suas mãos seguraram o degrau do meio e ela se arrastou. Ouvi um ruído de raspar quando suas escamas deslizaram sobre a madeira e ela jogou o corpo de modo que o torso caiu na grama molhada.

Moveu os braços. A cauda batia para frente e para trás e o corpo se movia como uma cobra, ou melhor uma enguia se arrastando na grama, chegou na praia onde enterrou os dedos na areia e com um último puxão mergulhou na água.

Exalei e no mesmo momento veio o pensamento: *será que cometi um erro terrível?* Não, falei comigo mesmo. Elliott deixou o E.T. partir e meus pensamentos anteriores de seguir a sereia haviam desaparecido completamente.

Fiquei sentado no cais e vi o contorno brilhante da sereia se aproximar sob a superfície da água. Virou o corpo para longe sem um olhar ou um movimento de adeus. Depois fez alguns movimentos fortes com a cauda e desapareceu para baixo e para longe. Fiquei sentado por um tempo olhando para a superfície da água com a chuva respingando sem nenhum vislumbre da sereia. Ela se foi.

VIII
GUELRAS

1

Depois de soltar a sereia, passei a tarde na cama fazendo nada. Fiquei a maior parte do tempo imóvel, com o braço direito dobrado sobre os olhos. Sentia como se tivesse me privado do sentido da vida. Continuava convencido de ter feito a coisa certa, embora isso não ajudasse com a dor no peito.

Percebi que fui ingênuo, mas tive muita esperança no meu encontro com *o outro*. Uma linguagem, um canto, um mundo do qual poderia participar. Acho que lamentava menos a perda da sereia do que a perda da esperança no futuro. Algo que poderia *elevar*. Agora era apenas continuar ciscando como sempre.

O quarto começou a clarear com o passar do tempo e, quando tirei o braço dos olhos, vi manchas de céu azul pela janela, talvez o período de chuva estivesse passando. Não fazia diferença para mim, ao contrário, o céu nublado seria melhor para minha atitude e o sol brilhando parecia mais um problema a resolver. Coloquei o braço sobre os olhos novamente e suspirei.

Não havia nada a fazer. Depois de algumas horas, o corpo começou a coçar e sorri para mim mesmo quando percebi que desejava ser velho e doente. Então poderia ficar na cama o dia todo, o que eu realmente desejava. Mas agora eu tinha catorze anos e não podia suportar esse grau de inatividade.

Havia coisas que precisavam ser feitas. Depois que a sereia nadou para longe me senti tão deprimido que simplesmente deixei as coisas como estavam na casa de barcos. Deveria ser arrumada. Gemi como o velho que desejava ser e joguei as pernas para fora da cama. Vamos lá.

2

Quando saí para o jardim, o céu estava azul claro e meu desejo por um clima combinando com meu estado de espírito parecia esmagado. Peguei a bicicleta e fui pela estrada onde as poças de água começavam a secar. Depois de cinquenta metros, encontrei Felicia e Maria vindo de bicicleta na direção oposta. Paramos juntos.

— Oi. Vai pra onde?

— Bodvik.

— Ah, a sereia, não é? — Felicia acenou para Maria. — Falamos disso agora mesmo. Podemos acompanhar e olhar. Afinal, existe assim uma pequena chance de não a encontrar.

Maria mostrou com o polegar e o indicador como a chance era pequena. Alguns milímetros.

— Não tá mais lá. Soltei ela.

— Mas que pena. Agora que queríamos ver e tudo mais.

Felicia falava com ironia.

— O que não entendo é como você consegue manter essas coisas *por tanto tempo*. Foi no verão passado que você disse que tinha uma nave espacial atrás do celeiro verde? Você simplesmente *se recusou* a admitir que era uma mentira e quando fomos olhar você disse que a nave havia partido.

— Mas é claro! Tinha até esquecido. Como é, Johannes, você *ainda* não admite que inventou a história?

— Então posso admitir agora. Não havia uma nave espacial lá. Apenas um monte de esterco.

— E a sereia? — perguntou Felicia.

— Ela é verdadeira. *Era* verdadeira.

— Realmente incrível. Como você aguenta.

Dei de ombros. Havia esquecido a história da nave espacial, mas sua descrença era, em algum grau, natural. Não fazia mais nenhuma diferença.

— Bom, o que acha de fazer aquela coisa do *Live Aid* amanhã?

— Que coisa do *Live Aid*?

— Lá na praia. Ouvir os artistas.

— Claro. Por mim tudo bem.

Preparei-me para continuar o caminho quando Maria perguntou:

— Por falar nisso, você tem visto a Helena ultimamente?

— Não.

Menti e fui embora. Definitivamente havia *uma* coisa boa com a partida da sereia. Acabariam as mentiras e os segredos que nos distanciavam. Esperava que até Helena ficasse normal novamente. As coisas seriam como sempre. Assim esperava.

3

A porta da casa de barcos estava aberta como a deixei. Encostei a bicicleta na parede e subi os três degraus lembrando do ruído de raspar quando a cauda da sereia passou pelos degraus. Parecia que havia passado muito tempo. Quando cheguei ao barracão, parei. Helena estava sentada à mesa. Seu braço direito estava dobrado sobre a mesa e sua cabeça estava apoiada no braço. Parecia dormir.

Fiquei parado, indeciso, estava um pouco inquieto sobre o que dizer ou fazer se ela acordasse. Dei um par de passos para frente e sua respiração lenta e regular confirmou que eu estava certo. Estava dormindo. Pensando como seus olhos estavam antes, isso não era surpreendente.

Deixei-a como estava e fui até o canto onde estava a câmera Instamatic quebrada. Cheguei a pensar que o rolo de filme dentro de algum tipo de cassete poderia ter sobrevivido, mas não. Até mesmo o cassete estava quebrado e o filme foi exposto à luz. De outra forma teria mandado revelar apenas para mostrar para Felicia e Maria. Estava um pouco sentido porque achavam que eu continuava com brincadeiras infantis como a nave espacial. Claro, podia entender. Mas mesmo assim.

Fui até a parede e tirei a tomada do contato na caixa elétrica, enrolando a extensão no braço, caminhei até a praia e tirei os sapatos antes de entrar na água para chegar à bomba. Quando tirei a bomba da água, a mangueira escapou e ouvi quando a ponta bateu no chão dentro da casa de barcos. Esperei. A bomba pingava nos meus jeans.

Helena veio até a porta e se apoiou no portal. Ainda tinha o curativo ao redor do pescoço. Fiquei parado na água com a bomba nos braços. Sentia-me culpado, preso. Helena parecia tão miserável quanto de manhã e agora seus olhos estavam inchados indicando que havia chorado. Helena apoiou a cabeça no braço que estava encostado no portal e perguntou:

— O que tá fazendo?

— Arrumando um pouco.

Helena balançava para frente e para trás como se acompanhasse o ritmo de alguma onda interna.

— Ela foi embora?

— Sim.

— Por quê?

Saí da água com a bomba, coloquei-a ao lado da extensão e comecei a soltar a mangueira. Helena parecia a ponto de cair. Apontei para a escada e questionei:

— Não quer se sentar?

Se eu desejara ser um homem velho, Helena se comportava como uma velha doente. Deu um passo hesitante para a escada apoiada no portal e, quando ia se sentar, tropeçou, quase caindo para frente. Dei um passo como reflexo para segurá-la, mas depois ela recuperou o equilíbrio e se sentou no degrau com um gemido.

— Como você tá?

Perguntei, apesar de ser evidente como estava.

— Mas que diabo. Fala logo. Por que ela não tá aqui?

— Porque... eu soltei ela.

Helena me fitou com os olhos exaustos e piscou algumas vezes antes de murmurar:

— Por que você fez isso?

— Por sua causa.

— Por mim?

— Sim. Olha pra você.

Helena realmente olhou para si mesma, deixou seu olhar percorrer seus jeans pretos com rasgos nos joelhos, a camiseta do sorriso com a cara amarela e as sandálias descascadas. Balançou a cabeça cansada e perguntou:

— O que tem eu?

Não pude encontrar uma expressão diplomática, então disse simplesmente:

— Você parece mal. Muito mal. Doente.

Aquele sorriso, que não era um sorriso, apareceu nos lábios feridos de Helena quando ela disse:

— Nunca me senti melhor...

Apontou o dedo para a cabeça.

— ...aqui.

— Não parece assim.

— Não. Mas é assim. Era assim.

Helena soltou um gemido e se inclinou para frente com as mãos sobre o estômago.

— Por que você *soltou* ela?

— Não podia fazer outra coisa.

Helena ficou sentada por um tempo se balançando para frente e para trás. Quando olhou para cima, seus olhos estavam cheios de lágrimas e escuros de tristeza. Ela disse:

— Você deveria ter falado comigo.

— Talvez. Mas não fiz isso.

— Ela era minha vida.

— Sim, mas nesse caso... sua vida tava matando você.

Helena se inclinou para frente novamente e apoiou a cabeça nos joelhos enquanto seu corpo se sacudia com os soluços. Sentia a dor no meu peito. Não havia fim para a culpa que eu sentia. Nesse momento, desejei nunca ter encontrado a sereia. Quando coloquei a mão no ombro de Helena, ela a afastou sem levantar a cabeça.

Enrolei a mangueira e a pendurei no gancho do canto junto com a extensão. Helena soluçava o tempo todo. Sentia-me tão mal, tão mal, e mesmo assim sabia que tinha feito a coisa certa. Quanto tentei esvaziar a jacuzzi, percebi que deveria soltar o tampão pelo lado de fora. Não podia me arrastar embaixo da casa de barcos ouvindo o desespero de Helena.

Por um momento, eu estava acabado.

Saí e me sentei um degrau abaixo de Helena, fui obrigado a fazer uma última tentativa.

— Helena? Posso ver que você não tá bem, mas eu realmente fiz isso por sua causa. Pra que você não... ficasse totalmente perdida.

Helena suspirou e não levantou a cabeça quando murmurou tão baixinho que tive dificuldade para ouvir.

— Entendo isso, Johannes. Mas você não entende. *A profundidade.*

— Você disse *profundidade*?

Helena não respondeu. Continuei sentado por um tempo procurando alguma coisa para dizer. Depois encontrei. Tentei dar um tom despreocupado, como se nossa conversa anterior nunca tivesse acontecido.

— Por falar nisso, vamos para a praia amanhã à noite. Ouvir os artistas que estarão no *Live Aid*. Você vem?

Helena balançou a cabeça sem forças, em sinal de recusa.

— Vou até a cidade com a mamãe.

Era um alívio saber que Helena realmente faria algo diferente em lugar de ficar sentada no quarto se queimando e achei que seria bom para ela sair de Särsö.

— Ok, quando estará de volta então? Podemos esperar alguns dias.

Ainda com a cabeça contra os joelhos, Helena acenou com a mão e disse:

— Não quero ir de qualquer forma. Vão vocês.

— Certeza?

— Sim. Eu não quero.

É horrível dizer isto, mas senti um certo alívio. Helena no seu estado atual dificilmente animaria uma festa. Sinceramente, esperava que alguns dias longe de Särsö fossem bons para ela. Que alguma versão da Helena antiga retornaria com a barca.

— Ok, Posso fazer *alguma coisa* por você? — perguntei, me levantando da escada.

Um tremor passou pelo corpo de Helena e finalmente ela levantou a cabeça e olhou para mim com um olhar vindo do fundo de um poço e disse:

— Faz ela voltar.

— Isso eu não posso fazer.

— Então não tem nada.

4

Subi a ladeira com a bicicleta até a casa de Mattias para informar sobre a reunião do *Live Aid* na noite seguinte. O Krutgubbe estava sentado na sua espreguiçadeira ao lado da casa e quando levantei a mão em um aceno, ele realmente acenou de volta. Depois o Burken me viu e deu sua corrida com o tranco resultante, girou e ganiu quando a correia esticou. Cachorrinho de aquário. Dei a volta a uma distância segura dos dentes rangendo e o Krutgubbe me acompanhou com o olhar, sorrindo.

Encontrei Mattias na varanda. Na mesa ao seu lado havia uma garrafa de Coca pela metade e uma pilha de revistas em quadrinhos, principalmente Batman e Super-Homem pelo que consegui ver. Eu disse:

— Oi.

Sentei-me em uma cadeira e foleei um pouco um número antigo onde o Batman encontra o Coringa e os Peixes Risonhos. Mattias baixou o gibi que estava lendo, olhou rapidamente para mim e depois perguntou:

— O que aconteceu na casa de barcos?

— O que quer dizer?

Mattias olhou para o lado da casa antes de se inclinar para frente sobre a mesa e disse:

— O vovô passou por lá. Estranhou porque tava aberta. A bomba e a mangueira e tudo aquilo.

— Já recolhi tudo.

— E aquilo que você chama de sereia?

— Foi embora.

Mattias acenou e disse:

— Bom.

E voltou para seu gibi. Pisquei incrédulo e achei seu descaso realmente fascinante para não dizer provocante. O que para mim – e ainda mais para Helena – significava um mundo destruído, para Mattias era apenas um problema prático que fora superado.

Abri e fechei as mãos e certamente teria dito alguma merda se não tivesse ouvido passos. Passos e um atrito de tecido contra tecido. O Krutgubbe chegou, acenou e se sentou, apoiando-se nos braços da cadeira. Eu não podia fazer outra coisa senão olhar. Seria fácil esquecer que o Krutgubbe, além de uma entidade mitológica, era o avô de Mattias, um homem aposentado que era o dono da varanda onde estávamos sentados. Até as cadeiras eram dele e na *verdade* não era estranho que ele se sentasse ali. Entretanto, era como imaginar a figura mitológica Näcken em um par de esquis de slalom.

Krutgubbe cruzou os dedos nodosos sobre o tecido de sua calça Fristad, que se estendia até o estômago e resmungou:

— Estão sentados aqui aproveitando.

— Sim.

Comentei, apenas para dizer alguma coisa:

— Na sua idade... agora estaria ocupado, podemos dizer. Eram outros tempos. Então havia anzóis e redes secando. Agora são refrigerantes e revistas em quadrinhos.

Eu não sabia o que dizer, então apenas sorri constrangido e balancei a cabeça como se lamentasse como as coisas mudaram e desejasse retornar aos dias felizes do trabalho infantil.

— Johannes... — disse o Krutgubbe e se virou para mim. Meu sorriso constrangido ficou ainda mais forçado. — Você se chama Johannes, não é?

Concordei exageradamente e entendi a ideia do poder dos nomes nos contos de fadas. O fato de Krutgubbe saber e dizer o meu nome me colocava de certa forma sob seu poder. Parecia ameaçador para dizer pouco.

Krutgubbe acenou para a água.

— Estive lá embaixo, na casa de barcos. Estava aberta e a banheira estava cheia com a mangueira. Sabe alguma coisa sobre isso?

Acho que podem entender que eu simplesmente não *podia* mentir com a figura imponente do Krutgubbe a um metro de distância. Acenei e disse:

— Sim. Nós usamos como poço.

Os olhos já semicerrados do Krutgubbe se transformaram em fendas quando disse:

— Nós?

Engoli em seco. Deveria ter adivinhado o que viria em seguida. Mas de qualquer forma ainda estava aborrecido com o descaso de Mattias, ele bem que poderia assumir sua participação no caso, então disse:

— Mattias e eu. Lançamos as redes.

— E usaram meu barco?

— Sim.

Não me atrevia a olhar para o lado do Mattias. Não contara sobre Lovisa e Melinda, mas certamente fiz isso com o Mattias. Entreguei tudo. Krutgubbe deu mais uma volta no parafuso quando disse:

— Porque perguntei para o Mattias aqui e ele negou qualquer conhecimento sobre o assunto.

Olhei rapidamente para Mattias. Considerando sua expressão facial, minha próxima réplica seria totalmente desnecessária, mas mesmo assim, disse:

— Ficamos com medo.

Quando criança, nossas noções sobre a raiva potencial dos adultos frequentemente são bastante exageradas. Eu previa que agora Krutgubbe incitaria o

Burken contra Mattias e eu, ou até pegaria sua espingarda da parede, mandaria correr e daria uma salva de tiros de chumbo grosso nos nossos traseiros. Insano, eu sei, mas o terror fala com partes do cérebro diferentes do sensato.

O que realmente aconteceu foi que o Krutgubbe afundou mais na cadeira e disse:

— Sim, sim. É bom que estejam aprendendo. Mas da próxima vez perguntem primeiro.

— Próxima... vez? — gaguejei.

— Sim, como disse. Bom que aprendam. Na sua idade eu pescava diariamente. Mas não podemos pegar as coisas sem pedir licença.

Finalmente, Mattias e eu nos olhamos e dissemos em uníssono:

— Desculpa.

Acrescentei:

— Isso não vai se repetir.

— Tudo bem — Krutgubbe arfou ao se levantar da cadeira. Quando ficou de pé, perguntou:

— Hum, e como foi? Pescaram alguma coisa?

— Algumas percas.

— Onde lançaram?

Mais algumas réplicas sobre locais para lançar a rede e como era a pesca quando Krutgubbe era jovem, e depois ele foi embora. Assim que desapareceu atrás da casa, Mattias e eu olhamos um para o outro, por pelo menos meio minuto. Finalmente Mattias disse:

— Isso foi uma merda — e ficamos lá deitados no mato. E pensamos que fôssemos morrer.

— Não exagera.

Balançamos a cabeça e rimos. Mesmo se a situação agora fosse boa, eu realmente não queria deixar Mattias continuar com sua atitude *deixa estar*, então eu disse:

— Hey. A Helena tá na casa de barcos. Parece que tá realmente mal.

— De que jeito isso é meu problema?

Então, estamos assim novamente? Os problemas e as dificuldades eram como água para Mattias e ele era um ganso. O que realmente era *importante* para ele? Agitei as mãos e questionei:

— Vocês não tão juntos?

— *Não* estamos. Ela tem estado fria como gelo depois daquilo que você *absolutamente* não quer ouvir. Então, não, não quero saber dela.

Considerei contar sobre a estranha atração que Helena sentia e como isso a havia afetado física e psiquicamente, mas percebi que seria inútil. Depois que Mattias conseguia sua diversão, ele não se importava, exceto se incluísse uma briga. Apesar de tudo era meu amigo, mas era também um merda.

— Por falar nisso... Você e Felicia, como estão?

— O que significa *como estão*?

— Ué, vocês estão como que juntos?

— Não. Somos amigos, nada mais.

— Ok.

— Por que tá perguntando?

— Só perguntando.

Mattias segurou uma perna contra o peito e eu fiquei quase enojado com a visão da parte interna de sua coxa. Será que agora começaria a perseguir Felicia também? Como ela reagiria a isso? Comecei a pensar seriamente que talvez Mattias não era meu amigo, apenas algum tipo de máquina maldita. Ao me levantar, disse de qualquer forma:

— Pensamos em nos reunir na praia amanhã. Ouvir os artistas do *Live-Aid*.

— Legal. Vou tentar arranjar algumas cervejas. Vamos ver como fica o Hasse...

— O que tá rolando com ele?

Mattias coçou a nuca.

— Bem, o vovô me deu uma tarefa muito chata. Acho que descobriu que menti sobre o barco, então talvez foi algum tipo de castigo, não sei.

— Que castigo?

— Sabe, a família do Hasse aluga a casa e paga um aluguel mais baixo porque... tipo, você sabe aquelas pranchas que ele e o Wille usaram? O pai do Hasse deveria construir uma nova varanda com as pranchas. Ele não fez isso. Então o vovô me pediu, ou melhor, me deu a tarefa de conversar com eles. Contar como tá a situação.

— O Hasse não vai gostar.

— Não. Exatamente.

— Ok. Até a próxima.

— Até.

Mattias voltou para o gibi do Super-Homem que estava lendo. Algo na sua atitude me dizia que não considerava a tarefa do vovô chata, mas sim divertida. O merdinha.

5

Na frente da nossa casa, encontrei Felicia novamente quando vinha de bicicleta do outro lado, desta vez sem Maria. Paramos e eu disse:

— Precisamos parar de nos encontrar deste jeito. O que tem feito?

— Passei pelo pátio de leite, só isso. Wille tava lá, então agora já sabe sobre amanhã. Ele vai falar com o Hasse.

— Eu falei com o Mattias. Ele vai.

— Bom. Agora só falta a Helena.

— Ela deve ir à cidade. Disse pra fazer sem ela.

— Hum, ok. Então você se encontrou com ela?

— Agora há pouco.

Felicia olhou estranho para mim e eu olhei estranho para ela, tentei ver com os olhos de Mattias. Sim, claro que era bonita, apesar do rosto um pouco anguloso e o cabelo curto. Não tão atraente quanto Helena – como Helena *fora* –, mas definitivamente suficiente para a atitude de Mattias de *atacar tudo que se move*. Talvez não Maria, mas eu também não estava totalmente certo disso.

— O que foi?

Perguntou Felicia quando notou meu olhar.

— Nada. Quando estive com o Matte agora, ele indicou que estaria interessado em você.

— Em *mim*? E indicou isso como?

Fiquei aborrecido porque Felicia mesmo assim queria saber, esperava que apenas risse e dissesse *claro, Laban* e tudo bem. Mesmo assim respondi:

— Ele perguntou se estávamos juntos.

— Hum? E isso pode parecer estranho?

— Hum, mas ele estranhou de um certo jeito, como se... difícil dizer.

— Mas e daí? Ele não tá com a Helena?

— Não. Não tá mais.

— O-k.

— De modo que... de alguma forma você ainda é uma menina mesmo que você não perceba.

— Merda pra você.

Como era difícil definir exatamente o que no tom de Matte indicava que estava interessado na Felicia, eu também não conseguia descobrir o que nas palavras e atitudes de Felicia me diziam que ela necessariamente o rejeitaria.

— Você pode se imaginar...? — perguntei.

Felicia deu de ombros.

— Veremos.

— *Mattias*?

— Como eu disse, veremos.

Eu não podia ver. Quando me deitei na cama com o H*ollywood Wives,* tive dificuldade para me concentrar na história porque meus pensamentos voltavam para Felicia e Mattias. Não gostava nem de pensar nos seus nomes na mesma onda mental e ainda menos gostava das imagens que se apresentavam, talvez inspiradas pelo livro.

Aceitava facilmente que Mattias era o cara mais bonito, mas era como já disse: um merdinha. Como Felicia poderia ser tão superficial? *Veremos*. Realmente não queria ver e comecei a me preocupar com a noite seguinte, não sabia como reagiria se Mattias e Felicia começassem a... se abraçar no brilho da fogueira. Sacudi a cabeça com força meio que para afastar as imagens e voltei para o livro onde de forma geral todas as pessoas eram motivadas pelo sexo, sua sede de poder e seu desejo de fama. As pessoas eram idiotas.

6

Na tarde seguinte, bateram à porta. Ouvi os passos do papai passando pelo corredor, a porta abrindo e depois a voz de Mattias. Pus o livro de lado e me sentei na cama. Não diga que o diabo veio pedir recomendações sobre como agradar Felicia durante a noite. De mim não receberia nenhuma indicação, desde que eu não conseguisse inventar alguma coisa que fosse diretamente contraproducente, tipo dizer que Felicia ama gatos. Ela não gostava, achava que eram *estranhos*.

Já estava de pé e vestido há algumas horas, mas a cama era o melhor lugar para ler. Havia pensado em pedir uma poltrona para meus pais, mas esqueci o pensamento antes que chegasse à minha boca. Todo tipo de arrumação na casa de Särsö poderia ir embora com o vento, desaparecido no próximo verão.

Bateram a minha porta e Mattias entrou sem esperar resposta. Olhou imediatamente para o cartaz do E.T. e parecia querer dizer alguma coisa, mas apenas deu de ombros. Sorte dele, porque conforme deve estar claro, minha atitude com ele não era a melhor.

— E aí? — perguntou ele sem esperar pela resposta. — O que tá fazendo?

— Lendo.

Mattias viu o livro que estava ao meu lado na cama e talvez foi a garota em traje de banho e óculos escuros na capa que chamou sua atenção. Sem pedir licença, pegou o livro, estudou a garota por um momento e depois leu a contracapa. Sim, seus lábios se moviam enquanto lia. Baixou o livro e perguntou:

— Não é, tipo assim, como se diz... novela pra mulheres?

— É bom.

— Não parece bom.

Não respondi a essa crítica literária de Mattias, mas esperei para ouvir seu assunto, Mattias não costumava aparecer sem um motivo. Com um último olhar para a moça de maiô, Mattias deixou o livro na mesa de cabeceira e disse:

— Só queria ver se você quer visitar o Hasse.

— Pra... falar com ele?

— Hum.

— *Eu* não pretendo falar com ele.

— Bem, mas você sabe, você vem apenas como... não sei.

Como testemunha, eu pensei. Não entendi bem qual seria a função do ponto de vista de Mattias, mas poderia pensar em acompanhar para ver se Mattias não seria muito maldoso com Hasse, que subitamente subiu para o número dois na minha lista de amigos.

Pegamos as bicicletas. Pelo caminho, Mattias apresentou uma lista das coisas que Krutgubbe havia previsto para a casa. Deveria ser pintada, trocar as venezianas, calafetar as janelas e Deus sabe o quê. Parecia impossível e talvez não seria apenas eu que seria obrigado a abandonar Särsö após este verão.

7

Mattias bateu a porta onde a tinta azul estava desbotada e havia uma chapa de madeira compensada solta na borda. Depois de um momento ouvimos passos lentos se arrastando na escada, a porta se abriu e lá estava Krille. O peito estufado de Mattias afundou um pouco quando perguntou:

— Oi. Seu pai tá em casa?

— Na cidade com a mãe. O que foi?

Talvez a explicação do porquê, Mattias queria minha companhia por um motivo mais simples do que pensei: tinha medo de Krille e agora as coisas estavam acontecendo exatamente como ele *não* queria. Krille parecia sóbrio, mas havia algo ameaçador em sua figura ligeiramente desleixada, como um cachorro peludo cujas intenções não sabemos prever, nem mesmo quando abana o rabo. Krille não abanava o rabo de nenhuma forma perceptível.

Hasse apareceu atrás do irmão e Mattias disse:

— Posso voltar outro dia.

Krille acenou para mim e disse:

— Por quê? Agora que você tá aqui com *guarda-costas* e tudo. Tudo bem. Acho que entendi do que se trata.

— Não vem de mim, mas do vovô.

Se Krille não estivesse lá, acho que Mattias estaria muito mais propenso a brincar de segundo proprietário, era o que havia previsto.

— O que é isto então? — perguntou Krille. — Pretendem nos *despejar*?

— De preferência, não. Mas os reparos precisam ser feitos. Pintura. Varanda. Coisas que vocês disseram que iam fazer.

Krille olhava friamente para Mattias que terminou dizendo:

— Coisas que vocês receberam... quero dizer... material e assim por diante.

Krille concordou.

— E não é *você* que está dizendo, é seu avô?

— Sim, exatamente.

Krille coçou a orelha e se virou para Hasse.

— Então eu não sei se estou ouvindo errado. Mas acho que é exatamente Matteblatte que está aqui falando. *Ameaçando*, realmente. Ou o que você diz?

Seria um exagero afirmar que Hasse parecia *satisfeito* com a situação, não acho que fosse tão burro a ponto de não perceber a situação, mas disse simplesmente:

— Sim. É ele.

Krille deu um passo para frente de modo que seu rosto ficou dez centímetros na frente do Mattias que não se afastou, é preciso reconhecer.

— Você vem aqui, numa bela manhã de verão, e nos *ameaça* em nossa casa?

Para minha própria surpresa, fiz uma leve tentativa de proteger Mattias e disse:

— Não mate o mensageiro.

Krille arregalou os olhos para mim e disse:

— De onde *você* conseguiu coragem? Não se meta, diabos.

Levantei as mãos indicando que não faria mais comentários, que não tinha nada a ver com isso. Não sei se já disse isso, mas tenho um radar muito bom para ver os sinais sutis e percebi o que aconteceria alguns segundos antes de realmente acontecer, tive até tempo de dizer:

— Matt...

Antes de Krille levantar a mão e dar um grande tapa na orelha de Mattias. Ouviu-se um forte *estalo* e Mattias quase caiu pela escada enquanto levou a mão até o rosto e lágrimas surgiram em seus olhos.

Krille apontou para ele com o dedo rígido e disse:

— Toma muito cuidado! Vir aqui e nos ameaçar!

Depois bateu à porta. A última coisa que vi foram os olhos arregalados de Hasse me olhando, implorando.

Mattias ficou um tempo parado com as mãos apoiadas nas coxas. Quando levantou a cabeça, vi os rastros úmidos e brilhantes de lágrimas nas bochechas vermelhas. Sua boca se contorceu em uma careta quando disse:

— Esses diabos. Vão desaparecer.

8

Não é nenhuma surpresa dizer que foi uma noite bastante estranha. Para começar, Matte e Hatte não olharam um para o outro. Hasse tentou pedir desculpas pelo seu irmão e até convidou Mattias a dar um tapa na sua orelha, como compensação. Mattias apenas bufou e se virou para o outro lado e assim continuou.

Eu continuava triste com a sereia e com tudo o que aconteceu. Felicia estava estranha. Não sei se esperava um avanço de Mattias ou se ainda estava aborrecida com minha "história mentirosa", mas estava irritada e introvertida.

O fato de alguma coisa se manter era devido ao ministro das diversões Wille, junto com – o que era tão bom quanto único – Maria. Sua mãe estava muito melhor desde que a chuva parou e para Maria isso era algo raro e *alegre*. Quando o carrancudo Mattias distribuiu a cerveja que trouxera, Maria pegou uma e disse que seria sua estreia. Não do verão, mas sim de toda a vida.

Ademais, faltava a Helena. Ela certamente não era o ponto mais brilhante da festa no caso normal, mas faltava algo na dinâmica quando não estava presente. Duvido, por exemplo, que Matte e Hatte ficariam sentados e aborrecidos se ela estivesse lá.

Então, acendemos o fogo e tocamos as fitas cassetes no aparelho de som de Mattias. Minha banda com os artistas de *Do they know it's Christmas?* veio a calhar porque quase todos cantaram a música que seria apresentada no *Live Aid*. Mattias tinha uma fita cassete com The Cars, Hasse apresentou Elton John e

Maria, algo surpreendente, Madonna. Quando tocou *Material girl,* Wille imitou a caminhada na passarela para frente e para trás na praia como Madonna fazia no vídeo. Muito legal. Cantamos *I'm still standing* meio desanimados e mais sérios cantamos *Who's gonna drive you home*. Quando a música terminou, ficamos todos sentados olhando o fogo por um longo tempo.

— Ok, Wille — disse Felicia finalmente. — Fale agora. Vocês realmente encontraram uma sereia em Svärtan?

Wille buscou apoio de Matte e Hatte que não se atreveram a corresponder ao seu olhar. Quando se virou para mim, dei de ombros e Wille disse:

— Sim. É verdade.

— E a mantiveram na casa de barcos em Bodvik?

Wille arregalou os olhos e suas sobrancelhas se uniram ao mesmo tempo quando disse:

— *Mantemos*, pelo que eu saiba.

— Ela se foi — disse.

— O quê? Por quê? — perguntou Hasse surpreso.

— Uma longa história.

Felicia cruzou os braços sobre o peito e olhou para nós, os rapazes, dizendo:

— Pela sua honra e consciência. Pela vida de suas mães. É verdade?

Acenamos que sim e Felicia pediu que falássemos alto. Falamos alto. Felicia descruzou seus braços para acenar enquanto questionava:

— Mas por que diabos você não nos contaram?

— Eu contei. Muitas vezes.

— Mas que diabos...

Felicia parecia atacar o ar enquanto buscava as palavras.

— De uma forma que permitisse acreditar em você! Maria, ou como? Pensamos que era alguma coisa como aquela nave espacial atrás do celeiro verde.

Maria neste ponto havia bebido sua lata de cerveja e sua tolerância para cerveja parecia ser zero porque mal conseguia se manter sentada direito. O pedido de confirmação de Felicia foi respondido por Maria com soluços e risinhos e dizendo:

— Nave espacial...

— Mas presta atenção!

Felicia também não parecia muito firme de pé e apontando acusadoramente para nós, os rapazes, prosseguiu:

— Não tá ouvindo? Encontraram e mantiveram uma *sereia* sem nos contar!

Maria balançou a cabeça, sorriu e disse:

— Uma sereia. E todas as vacas no pasto.

Felicia me lançou um olhar fulminante. Eu não fazia ideia de como andavam seus pensamentos na sua cabeça porque foi direto para o Mattias, sentou-se em seu colo, abraçou sua nuca e o beijou. Mattias foi pego de surpresa, mas logo colocou as mãos sobre os ombros de Felicia e respondeu ao beijo. Todos ficaram sentados como congelados, apenas eu olhei para o outro lado e lamentei ter dito alguma coisa sobre o interesse de Mattias. Sem isso, Felicia dificilmente se atreveria a fazer o que fez, bêbada ou não.

Ouvi Maria soluçar:

— Mas Fe... licia, então! O que tá... fazendo?!

— Arranjem um quarto — murmurou Wille e desapareceu na floresta para urinar.

— Não. Eu não dou a mínima para isto tudo — disse Hasse e se levantou.

Sem dizer adeus, deixou o grupo com passos longos. Quando virei a cabeça de volta, Mattias e Felicia haviam parado de se beijar. Mas Felicia continuava no colo dele com a cabeça apoiada no seu peito e me olhava desafiadoramente. O que significava? Uma forma de me castigar por não ter contado sobre a sereia *de uma forma que ela poderia acreditar*? Felicia era realmente tão diabólica? Maria ficou sentada e olhava para o vazio. Depois pareceu lembrar de alguma coisa e apontou o dedo para Felicia e disse:

— Mas ... *que droga* Felicia! Que droga! Helena, ele... ele tá com a Helena!

— *Não* estou. Não mais.

Felicia puxou Mattias para mais perto e sussurrou:

— Não. Porque agora tá *comigo*!

Parecia tão forçado que Mattias deveria empurrá-la para longe, mas apenas concordou e murmurou. Eu não sabia por quanto tempo poderia suportar a situação. Não muito.

Maria acordou. Eu sabia sua opinião sobre a influência negativa de Mattias sobre Helena. Mesmo se Felicia e Maria só ficaram próximas durante o verão de 1985, a amiga de infância mais antiga devia ter um peso maior porque Maria levantou os dois polegares e disse:

— Então...! Só podemos... cumprimentar! Parabéns!

Wille voltou da floresta. Enquanto fechava o zíper, disse, antes de se sentar ao meu lado:

— Temos uma pausa na pornografia leve, ou o quê?

Não posso deixar de comentar sobre o motivo do comportamento de Felicia naquela noite. Depois de sua vingança, se era do que se tratava, talvez percebeu que estava sentada no colo de um cara bonito e por que não? Começaram a namorar novamente.

Agora até Maria parecia cansada da visão. Com um último olhar enviesado para os namorados, levantou-se apoiando as mãos nas coxas e cambaleou na nossa direção. Pela posição do corpo de Wille, percebi que também estava pronto para levantar se Maria caísse no fogo. Bebera apenas metade de sua cerveja, mas mesmo assim. Boa, Wille.

Maria se sentou no tronco onde estávamos sentados, esfregou os olhos com as palmas das mãos e disse:

— Acho que tô um pouco bêbada.

— Tente totalmente — disse Wille.

— Quase — Maria balançou a cabeça com força e bateu um par de vezes nas têmporas. — Em parte, é uma questão de... atitude.

Talvez sua declaração fosse verdadeira, pelo menos do seu ponto de vista. Depois de sua auto depreciação realmente parecia mais sóbria. Inclinou-se para frente para fitar meus olhos e seu olhar estava apenas um pouco enevoado quando questionou:

— Uma sereia?

— Hum... Uma sereia.

— Em todo caso, muito parecida. Embora não tão bonita como naquele filme. Muito parecida com um peixe — interveio Wille.

— E não *era* um peixe?

Deu de ombros.

— Matte e Hatte pensavam assim, enquanto Wille e eu...

— Principalmente você. Por que ela foi embora?

Contei como deixei a porta aberta e como ela foi para o mar, disse que fiz isso porque ela demonstrou que não estava bem. Deixei de fora tudo relacionado com Helena já que isso apenas complicaria as coisas e não estava disposto a conversar sobre isso mais do que necessário. Quando Maria apresentou as perguntas seguintes, respondi apenas brevemente. Finalmente ficamos quietos apenas olhando as chamas dançando no fogo. Mattias e Felicia cansaram do namoro e ela deslizou para fora do seu colo.

— Sim. O que você achou de *Hollywood Wives*?

— Bom... — disse olhando para Mattias e Felicia que também estavam sentados olhando para o fogo. — Embora um pouco chato com tanta infidelidade. Por que as pessoas se casam, então?

— Sim. Concordo. Quando me casar, pretendo ser fiel.

— Oi? — respondia a reviravolta pessoal inesperada na conversa.

— Sim — disse Maria olhando para o fogo enquanto continuava, parecia não perceber o que dizia. — Encontrarei alguém com certeza, quando tiver entre dezoito e vinte e dois anos e acho que ele será um pouco mais velho, uns cinco ou dez anos.

Depois de alguns anos nos casaremos e teremos dois filhos e o amarei muito e seremos fieis e vamos envelhecer juntos e depois...

Maria soluçou e uma única lágrima desceu pelo seu rosto.

— ...depois ele vai morrer, alguns anos antes de mim, e então ficarei muito triste, mas também estarei bem velha e, não, eu não sei, então será o fim.

Todos estavam sentados atônitos olhando para Maria. Como disse, parecia duvidoso se ela ao menos percebia que estava falando alto porque não demonstrava nervosismo nem lamentava sua confissão, apenas ficou sentada olhando para o fogo com ar sonhador.

Pensei que fosse uma sorte Hasse ter nos deixado, ou haveria o risco de Maria ouvir falar disso depois. Deus do céu, não estava certo se *eu* não comentaria. Ao mesmo tempo achei que foi bom de alguma forma. Bom e estranho ter sua vida tão bem definida na sua frente aos catorze anos.

Wille pigarreou e perguntou:

— E porque vai se casar com um *cara*?

Maria espantou-se.

— O quê?

E olhou para Wille com uma incompreensão tão genuína que ele abanou as mãos e disse:

— Ah. Não foi nada.

Não há mais nada a dizer sobre aquela noite. De alguma forma atingiu o ápice com o monólogo de Maria. Ela foi para casa logo depois de sua declaração. Nós ficamos sentados por mais um tempo. Quando Felicia se levantou para ir embora, Mattias parecia querer acompanhá-la, mas ela disse alguma coisa e ele ficou sentado. Sempre era alguma coisa.

Wille, Mattias e eu não conseguimos começar uma conversa real. Ouvimos *Let's dance* e *China girl*, e depois jogamos areia no fogo que ainda restava e cada um seguiu seu caminho.

9

O dia seguinte, o dia que mudaria minha vida, começou totalmente normal com base nas circunstâncias atuais. Acordei bem cedo apesar de deitar tarde na noite passada, li um pouco o *Hollywood Wives* antes de descer para o desjejum. Cereal e iogurte. Mamãe e papai estavam na cozinha e depois de me dar bom dia ficaram calados. Não sei do que gostava menos, das brigas ou do silêncio. Os dois eram horríveis e envenenavam a atmosfera da casa. Engoli meu iogurte rapidamente para sair para o ar fresco.

Cheguei ao primeiro degrau da frente e parei. Lovisa e Melinda estavam sentadas à mesa do jardim com rostos sérios. Fui até elas e perguntei:

— O quê... tão fazendo aqui?

— Queríamos bater — disse Lovisa. — Mas esperamos um pouco.

— Porque era muito cedo.

— Certo. E a que devo essa honra?

As meninas olharam uma para a outra, questionando. Talvez não entenderam a expressão, mas decidiram em silêncio que não valia a pena perguntar.

— É a Helena.

— O que tem a Helena?

— Estamos preocupadas — os olhos de Melinda não mostravam nada da alegria habitual. — Ontem à noite. Seguimos ela...

— Espera um pouco. Pensei que Helena estivesse na cidade.

Lovisa balançou a cabeça.

— Ontem à noite, não. Tava aqui. Passou pela nossa casa. E então seguimos ela.

— Porque ela tava estranha.

— E tinha sangue. Aqui — disse Lovisa, apontando para seus lábios e seu queixo. — Tenho quase certeza de que era sangue.

— Como um vampiro — Melinda concordou triste.

— Exatamente como um vampiro.

— Então ficamos com um pouco de medo. Mas seguimos ela.

— Mas um pouco de longe. Ela tava com uma garrafa como da outra vez.

As meninas contaram que seguiram Helena até o cais e viram quando ela começou a tirar a roupa. Subitamente ela levantou os olhos e as viu. Então ficou furiosa e gritou para elas para que a deixassem em paz.

— Então fomos embora. Pra casa.

— Mas esperamos. Esperamos no portão.

— Um tempão.

— Umas duas horas, com certeza. Mas ela não veio.

— Depois fomos obrigadas a entrar e ir dormir.

Quanto mais contavam, mais aumentava o frio desolador e aterrorizante no meu estômago. Pensei na última palavra que ouvi Helena dizer, que a única coisa que poderia fazer para ajudá-la seria trazer a sereia de volta.

— Depois que acordamos hoje de manhã...

— Espera, espera — percebi um fio de esperança. — As roupas. No cais. Já foram olhar se...

Lovisa levantou os olhos, como costumava fazer, antes de dizer:

— Primeira coisa que verificamos, claro. E não estão lá.

— Ok... — suspirei. — Ok, ok.

— Mas pode ter sido outra pessoa que as encontrou.

— Ok. Então o que vocês acham...

— Achamos que ela tá no quarto. Que ela ficou lá a noite toda.

— Porque esperamos. Esperamos um tempão no portão.

10

O frio no meu estômago só aumentava enquanto fomos juntos de bicicleta para o cais depois que peguei meu calção de banho. As meninas não me deixaram chamar mais ninguém porque então sua participação no caso seria conhecida. Além disso eu achava que seria minha responsabilidade fazer Helena sair do quarto já que fui eu que comecei a cadeia de eventos que a levou até lá. Eu nem sequer tinha conhecimento de que ela sabia sobre o quarto, alguém deve ter contado para ela.

Quando as meninas e eu chegamos ao cais da barca, passamos alguns minutos procurando na praia e olhando para o fundo do mar buscando as roupas de Helena. Não conseguimos encontrar e o frio ficou um pouco menos intenso. Helena *poderia* ter usado o caminho da costa para ir a casa, *poderia* ter ficado no quarto mais de duas horas e saído depois que as meninas foram dormir.

Ou alguém encontrou suas roupas e ela ainda estava lá embaixo. Eu não gostava disso, lembrei como achei que o oxigênio poderia acabar. Lovisa e Melinda começaram a tirar suas roupas e percebi que usavam seus trajes de banho por baixo.

— Não. Vocês *não* podem me acompanhar.

— Mas o quê? Fomos nós que avisamos.

— Fomos nós que esperamos — acrescentou Lovisa.

— Não faz diferença, não é uma caça ao tesouro e vocês não podem...

As duas meninas estavam paradas com seus trajes de banho. Viraram as costas para mim e foram até a borda enquanto Lovisa disse:

— Mas agora realmente vamos ignorar você.

— Exatamente.

— Esperem!

As meninas pararam e viraram as cabeças sincronizadas para mim enquanto eu procurava febrilmente por alguma coisa, qualquer coisa para... e então encontrei.

— Pensem: e se *tiver* um vampiro lá? Já pensaram nisso?

As meninas olharam uma para a outra e senti uma hesitação. Lovisa torceu a boca e disse:

— Ela *parecia* assustadora.

— Muito assustadora.

— Exatamente. E vocês acham que seria bom ficar naquele quartinho com um vampiro?

— Não. Mas e você?

— Sei como lidar com vampiros.

Lovisa coçou a nuca e olhou para mim com novo interesse.

— O que se deve fazer?

Fui até a escada.

— Conto mais tarde, mas agora tenho que mergulhar e verificar.

Enquanto descia a escada, vi as meninas juntando as cabeças e sussurrando uma com a outra, provavelmente sobre se os vampiros realmente existiam. Depois desapareceram atrás da borda. Quando meus pés se aproximaram da superfície da água, estremeci.

Provavelmente era minha imaginação, mas a água parecia vários graus mais fria do que antes, durante o verão. Provavelmente era o frio do meu corpo que me pregava uma peça. Durante a discussão com as meninas, por um momento consegui esquecer o frio, mas agora estava de volta, mais intenso, causando-me medo, muito medo. Mesmo assim, pulei da escada e nadei. Respirei fundo algumas vezes e segurei o ar da última inspiração nos pulmões. Depois mergulhei. Era um dia de sol brilhante, então os contornos da abertura sob o cais estavam bem nítidos. Chutei com força e dei braçadas amplas para baixo. No mesmo minuto, quando segurei as bordas da abertura com as mãos, senti dois choques quase simultâneos através da água. Olhei para a superfície e vi duas figuras brancas e esbeltas espumando. A história dos vampiros não se manteve por muito tempo. Arrastei-me pela abertura.

Quando entrei no quarto, meu olhar foi atraído por um brilho no fundo. Era uma garrafa, tão clara que não poderia estar lá há muito tempo. Nadei até lá e li o rótulo: Koskenkorva. Pensei em pegar, mas achei que não faria sentido.

Nadei para cima. Mas não o fiz. Mal comecei a nadar quando parei e agitei as mãos e as pernas enquanto um grito saiu da minha boca na forma de uma corrente de bolhas.

Helena flutuava um metro acima de mim com o rosto na água. Sua boca e seus olhos estavam abertos e sua pele estava totalmente branca. Usava apenas calcinha e sutiã e seus braços estavam pendurados nos lados do corpo. Nenhum movimento, nenhum piscar de olhos, apesar de me contorcer como um peixe no anzol exatamente abaixo dela para evitar subir, para *evitá-la*. Meus olhos estavam a apenas alguns centímetros dos dela e não havia um sinal de vida.

Consegui me controlar, virar e voltar pela abertura. Quando cheguei à abertura, quase colidi com Lovisa, que estava entrando. Consegui pegar seu pulso fino e puxei comigo enquanto chutava para subir. Melinda, que estava logo atrás de Lovisa, hesitou um momento e nos acompanhou. Logo que chegamos à superfície, Lovisa se soltou e gritou:

— O que tá fazendo? Ficou maluco?!

— Sim! Que merda tá fazendo afinal?

Acompanhou Melinda.

— Calem a boca!

Gritei com a pior voz que consegui emitir, fazendo as duas meninas piscarem e olharem assustadas para mim. Nunca havia levantado a voz para elas. Não paravam de me olhar enquanto eu hiperventilava e tentava controlar minha voz debatendo-me na água. Lovisa foi a primeira a entender que algo estava realmente errado. Então perguntou:

— O que foi? É a... Helena?

Engoli algumas vezes, consegui respirar mais fundo e respondi:

— Sim. Tá morta. Afogada. No quarto lá embaixo.

As duas meninas olharam para baixo e depois uma para a outra e começaram a nadar rapidamente para a escada. Talvez não fosse muito pedagógico dizer para duas meninas de dez anos que tem um corpo diretamente abaixo delas, mas no momento eu não conseguia fazer considerações.

Quando Lovisa começou a subir a escada, gritei:

— Corram pra casa! Peçam para os seus pais chamarem a polícia! Digam... Contem o que aconteceu!

Lovisa subiu no cais e acenou freneticamente. Esperou por Melinda que subiu rapidamente e foi para seu lado. Sem se preocupar com as roupas, as meninas correram em suas roupas de banho subindo a colina para a casa de Lovisa.

Meu coração batia tão forte e rápido que sentia um zumbido nos ouvidos e um sabor de sangue na boca quando nadei para a escada. Quando segurei no corrimão e quis dar o primeiro passo para subir, minhas pernas se dobraram sob meu peso. Fiquei parado com os dois pés no degrau inferior e apoiei a testa. Apesar da imagem de Helena morta, flutuando abaixo de mim, não conseguia me mover. Seu rosto, seus olhos mortos. Seus lábios feridos, mordidos. Não tinha mais o curativo. No seu pescoço três rasgos paralelos, profundos. Como guelras.

IX
O RETORNO

1

— Sabe o que é isto?

O policial se inclinou para frente na mesa da cozinha e apertou PLAY no pequeno toca-fitas que trouxe consigo. O canto da sereia soou no alto falante e balancei a cabeça. Haviam passado dois dias desde que encontrei Helena no quarto sob o cais e nós, os rapazes, consideramos que seria melhor não falar nada sobre a sereia. Ninguém acreditaria e isso apenas nos tornaria suspeitos.

Logo que cheguei ao cais, depois de encontrar Helena, considerei mergulhar novamente e puxar ela para o piso de pranchas. Mas estava realmente sem vida e, para falar a verdade, sentia muito medo. A polícia me informou que ela já estava morta há várias horas quando foi encontrada. Mesmo assim, estava envergonhado com minha covardia.

O canto do toca-fitas trouxe algum alívio para meu corpo cheio de remorsos e exausto. Quase não dormia desde Helena. O que antes era uma imagem de sonho, agora estava constantemente na minha mente como uma memória real e parecia que tudo era minha culpa.

Sim, foi por causa de Helena que libertei a sereia, mas o efeito foi exatamente o que queria evitar. Se a sereia ainda estivesse na casa de barcos, provavelmente

Helena ainda estaria viva. Talvez teria aprendido a lidar com sua dependência do canto, isso eu não poderia saber.

O policial apertou STOP e disse:

— Encontramos isto no quarto sob o cais, em um toca-fitas. Parece que... Helena o ouvia antes de... acabar na água. E você não sabe o que poderia ser?

— Não. Não faço ideia.

Já havia contado várias vezes como encontrei Helena e como estava o quarto sob o cais. Todos da turma foram ameaçados e prometeram que nunca mais nadariam lá. O cais da barca ficou isolado durante alguns dias enquanto mergulhadores e técnicos o examinavam minuciosamente.

A polícia mantinha silêncio sobre os eventos relacionados com a morte de Helena, mas parecia que não havia outros suspeitos envolvidos além dela mesma. Uma pergunta relacionada com "automutilação" me fez entender que o que havia considerado como guelras era algo que Helena fez a si mesma. Talvez em algum estado alterado ela tentou *fazer* guelras, impossível saber.

A mãe de Helena, Yvonne, estava completamente desolada e se culpava por deixar Helena ficar em Särsö em lugar de obrigá-la a ir para a cidade com ela. Quando Helena disse que não queria ir, havia dito que se sentiria ainda pior na cidade, mas como isso ajudava Yvonne?

Tudo era terrivelmente triste. O pior era pensar como Helena ficou sentada sozinha naquele quarto ouvindo o canto da sereia enquanto se embriagava, o que acontecia *ao mesmo* tempo em que estávamos sentados ao redor do fogo, ouvindo música e brincando. Quem sabe? Talvez Helena deitou ou caiu na água enquanto Mattias e Felicia estavam sentados, namorando. Claro que não discuti tal especulação com Felicia, que por sinal havia perdido o interesse por Mattias depois da morte de Helena.

Estávamos congelados, toda a turma. Completamente congelados. Não sabíamos como conversar uns com os outros quando as brincadeiras e ironias estavam proibidas. Ninguém ia mais para o pátio e se nos encontrávamos na vila apenas dizíamos "Oi". Uma tampa foi colocada sobre o verão e não sabíamos como levantá-la.

O pior de todos era eu. Passava os dias deitado na cama, incapaz de fazer nada, olhando para o teto. Só levantava quando a polícia queria falar comigo. Então ia até a mesa da cozinha e recapitulava mais uma vez o que preferia esquecer.

Mamãe e papai circulavam ao meu redor e olhavam frequentemente para ver se eu não precisava de alguma coisa. Não precisava de nada além de uma pílula que pudesse provocar um curto circuito no meu cérebro e queimar as imagens.

2

No terceiro dia, consegui dormir algumas horas ininterruptas durante a noite e quando acordei não me sentia tão miserável quanto nos dias anteriores. Ou: não sei. Além de um determinado ponto na tristeza ou no luto, não existe mais escala; a nitidez ou o peso da escuridão não faz sentido. O escuro é apenas escuro.

Vesti-me com a lentidão de um centenário e dediquei-me a minha nova atividade padrão. Já conhecia cada fresta, rachadura e irregularidade do teto, podia distinguir os contornos de figuras, na maior parte horríveis.

Bateram de leve à porta da frente. Passos através do corredor, porta abrindo. Vozes baixas e passos subindo a escada. Não conseguia entender quem estava chegando. Sussurraram atrás da minha porta e depois uma batida de leve. Adquirira o hábito de trancar a porta porque não suportava mais os rostos preocupados dos meus pais que a toda hora apareciam no quarto. Suspirei, levantei-me da cama e fui abrir. Atrás da porta estavam Lovisa e Melinda.

— Oi. Podemos entrar?

Fui tomado de surpresa e apatia ao mesmo tempo e não consegui fazer mais do que um gesto fraco para dentro do quarto. As meninas entraram com passos cautelosos. As duas tinham uma mão atrás das costas. Depois que fechei a porta e virei, olharam uma para a outra e acenaram antes de esticar as mãos até então escondidas. Cada uma tinha um pequeno buquê de flores silvestres nas mãos.

— Aqui. Nós colhemos.

— Pra você — completou Lovisa.

Foi como apertar um botão. As lágrimas escorreram pelo meu rosto. As meninas olharam assustadas uma para a outra e depois começaram a dar tapinhas na minha cabeça e nas minhas costas, o que só fez aumentar meu choro. Caí na cama e escondi o rosto nas mãos. Lovisa e Melinda sentaram uma de cada lado e apoiaram a cabeça nos meus ombros.

— Entendemos que você tá triste — disse Melinda.

— Sim. Deve ter sido super horrível.

Limpei as lágrimas dos olhos e disse choroso:

— É só que... vocês são tão boas.

— Quase nunca dizem isso.

— Não. Isso é extremamente raro.

Foi a primeira vez que sorri desde Helena. Sequei o rosto com a manga do casaco, pigarreei, endireitei as costas e recebi seus buquês.

— Obrigado. São muito lindas.

— Não são das piores. Já vimos melhores.

— Mas estávamos com um pouco de pressa.

— Queríamos contar.

Coloquei os dois buquês combinados em um copo com água que estava ao lado da cama, sequei os olhos mais uma vez e perguntei:

— O que querem dizer?

As meninas se inclinaram para frente para olhar uma para a outra. Novamente aquela comunicação sem palavras que resultou em Melinda dizendo:

— Felicia nos contou. Sobre a sereia.

— Ah! E vocês acreditaram?

— Claro. Por que ela inventaria isso?

A confiança das meninas em Felicia era infinitamente maior que a confiança de Felicia em mim. Talvez estivesse relacionada com a idade, considerei. Como resposta, contentei-me em levantar os ombros.

— Então ficamos curiosas — continuou Melinda em tom conspiratório. — Fomos até a casa de barcos.

Uma pontada no meu peito quando lembrei da última vez que estive na casa de barcos. A última vez que vi Helena viva. Como estava sentada desesperada à mesa, como ela...

Foi necessária uma grande força mental para afastar a imagem e ficar no presente.

— Ok. E ainda tava aberta?

— Hum-hum, hum-hum — disse Melinda.

— Aberta.

— E ela tá lá — sussurrou Lovisa.

Por um momento pensei que estavam falando de Helena e não entendi nada, então perguntei:

— Quem tá lá?

— A sereia. Ela voltou.

3

Quando Wille ganhou sua bicicleta nova e grande demais, sua irmãzinha ganhou a bicicleta velha, que por sua vez era grande demais para ela. Lovisa era obrigada a posicionar os pedais e subir em uma pedra para passar a perna sobre a barra e depois pegar velocidade rapidamente antes de cair. A bicicleta de Melinda era pequena demais para ela e a minha era uma velha bicicleta militar que tombava com facilidade, além de ser muito pesada. Formamos uma estranha patrulha de bicicletas indo para Bodvik.

Não sabia o que sentiria ao rever a sereia, embora minha vida emocional estivesse severamente amortecida. Talvez tenha acompanhado apenas para que nada acontecesse com as meninas pequenas, que eu apreciava cada vez mais durante aquele verão. Elas precisavam saber com o que estavam lidando.

Quando deixamos nossas bicicletas na grama perto da casa de barcos, perguntei:

— Ela cantou? Quando vocês estiveram lá?

— Não. Mas apenas olhamos para dentro.

— Sentimos um pouco de medo — reconheceu Lovisa. — Ela parece bem assustadora.

— Parecia ferida — acrescentou Melinda. — Apesar de eu não ter certeza.

— Ferida? Como assim?

— Como disse. Apenas olhamos para dentro.

Talvez a explicação para o retorno da sereia esteja lá. Ela estava ferida quando a encontramos e agora alguma outra coisa havia acontecido com ela, então havia retornado para sua "cama de doente". Era muito duvidoso se eu pretendia agir como enfermeiro daquela vez. Percebi que não poderia culpá-la, mas mesmo assim ela era indiretamente culpada pela morte de Helena. Sim, ela era a causa e eu era o culpado.

Abaixei para ter meu rosto no mesmo nível de Lovisa e Melinda.

— Escutem aqui: às vezes ela canta...

— O que ela canta? — interrompeu Lovisa.

— Oh-oh-oh-ohohoh... — começou Melinda. Como eu disse, *Tarzan boy* era grande naquele verão. Enquanto minha turma e eu estávamos sob o gelo devido aos acontecimentos, Lovisa e Melinda deslizavam sobre o gelo. Não eram próximas de Helena e embora entendessem a gravidade, não se deixavam afetar. Ademais, tinham apenas dez anos.

— Caladas, quietas agora! — exclamei com uma dureza desnecessária. — Desculpem, mas é importante. Ela canta, e não é nenhuma melodia que conhecemos, mas ela faz coisas com o canto.

— Que coisas?

Lovisa e cruzou os braços sobre o peito.

— Ficamos como que... hipnotizados. Parece bom em todo o corpo e então... então queremos ir até ela, queremos chegar perto, perto — passei a mão pela boca. — E ela tem muitos dentes afiados, como um tubarão.

Lovisa torceu o nariz e olhou cética para mim.

— Tá inventando agora? Igual ao vampiro?

— Não, é verdade. Ela é um animal predador também e tem os dentes pra caçar.

Melinda olhou para a casa de barcos a uma distância de dez metros.

— Ela já mordeu alguém?

— Não que eu saiba. Ela *pode* ter mordido a Helena, mas acho que não.

Lovisa colocou um dedo nos lábios como quem está pensando muito, antes de dizer:

— Aquilo da Helena. Ela lá, embaixo do cais...

Melinda terminou seu pensamento:

— ...tem relação com a sereia?

Respirei fundo e disse:

— Sim. Realmente podemos dizer que sim.

— Como?

— Falamos disso outra hora. Mas *se* ela começar a cantar, eu quero que vocês cubram os ouvidos com as mãos e corram para longe dela, podem me prometer isso?

Lovisa acenou e disse:

— Isso é muito doido.

— Super maluco.

— Mas vocês prometem?

— Sim.

Quando nos aproximamos da casa de barcos, vi que a porta estava fechada, mas o cadeado estava aberto, pendurado na fechadura. Mesmo as meninas pareciam ter percebido a seriedade porque Lovisa baixou a voz para um murmúrio que mal se ouvia quando perguntou:

— A *polícia* sabe sobre isso?

— Não. Nenhum adulto.

Ela acenou muito adultamente e disse:

— Entendo.

4

— Fiquem atrás de mim — pedi quando entramos na penumbra da casa de barcos. Embora fossem muito divertidas, podia perceber pela postura do corpo e sua respiração que estavam assustadas. Quando nos aproximamos da jacuzzi, fizeram algo inesperado, prenderam o dedo indicador no cós do meu jeans uma de cada lado, como se tivessem medo de se perder.

Conseguia distinguir muito bem o contorno da sereia sob a superfície da água. A água ainda estava clara e pude ver que as meninas tinham razão. Havia feridas e arranhões visíveis na parte superior de seu corpo e faltavam escamas em sua cauda de peixe. Uma de suas pálpebras estava ferida e afundada como se faltasse o olho embaixo. Sem soltar minha calça, as meninas foram para frente tanto quanto conseguiram para olhar para dentro da jacuzzi. Melinda aspirou fundo e questionou:

— O que *aconteceu* com ela?

— Ela foi *espancada*?

— Não faço ideia. Nenhuma ideia.

Parecia que alguém a atacara com uma faca. Quem? Helena? Pensei nos cortes no pescoço de Helena que ela provavelmente fez com algum tipo de lâmina. Teria usado a mesma arma contra a sereia? Será que lutaram no quarto sob o cais? Parecia razoável associar a morte de Helena com o estado da sereia, mas ao mesmo tempo, parecia estranho.

Lembrei do que vi pela fenda na porta. Helena nua, recostada na sereia que entoava seu canto. O sagrado e o terrível. Será que o terror venceu o bem ou se tratava de algum tipo de briga por amor até a morte? Não conseguia ver o lado correto do caso.

As duas meninas engasgaram e recuaram puxando meus jeans quando a sereia abriu o olho. Como eu desconfiava, o outro olho estava destruído, apenas um pedaço de pele no lugar da pálpebra sobre um buraco vazio. Deixei as meninas me puxarem para trás um metro quando a sereia veio para a superfície.

Como disse, era impossível perceber algum tipo de sentimento na face da sereia, mas agora havia um elemento de tormento em sua aparência. Os lábios meio torcidos, o olho apenas entreaberto e uma lentidão gelatinosa nos movimentos.

— Olá. Sou eu, o Johannes. O que aconteceu com você?

A sereia respondeu com uma sequência de rangidos e grunhidos baixos que fez Lovisa exclamar:

— Merda! Era esse barulho que Helena fazia. Quando tava na floresta, você lembra?

— Sim. Não sei. Talvez ela entendesse. Eu não entendo.

— Eu também não. Parece muito assustador.

— Uhum. Como um fantasma.

Não sabia de onde Lovisa obtivera a informação sobre como soava um fantasma, mas poderia concordar que a linguagem da sereia era *fantasmagórica*.

— Você acha que ela tá *muito ferida?* — questionou Melinda.

— Não sei. Ela conseguiu entrar na casa de barcos, então...

— *Realmente* gostaria de saber o que aconteceu — disse Lovisa e piscou um par de vezes como para ver melhor.

— Sim. Agora vamos embora.

Quando me afastei da jacuzzi com as meninas penduradas nas minhas calças, a sereia emitiu um som que poderia ser descrito como um *lamento*. Não me deixei impressionar. Como disse, se ela conseguiu chegar à jacuzzi, então poderia ir até o mar se precisasse de comida ou oxigênio. Não pretendia trancar a porta.

Depois que saímos da casa de barcos e fomos para nossas bicicletas, Lovisa parou subitamente e colocou as mãos na frente da boca dizendo:

— Espera aí!

Apontou para a casa de barcos.

— Você acha que foi ela que... matou a Helena?

— Não. Pensei nisso também, mas acho que não. Ao contrário, estou pensando em outra coisa.

— O quê, o quê?

— Preciso verificar uma coisa primeiro. Mas prometo que as manterei informadas.

— O que quer dizer com isso? — estranhou Melinda.

— Que vou contar pra vocês o que eu descobrir.

— Hummm... — disse Melinda e imitou uma pose de caratê.

— Melhor pra você.

5

Aquele dia tinha preparado muitas outras surpresas. Quando cheguei à casa de Mattias, Krutgubbe estava sentado na sua cadeira e acenou para mim de um jeito que eu, com o risco de perder minha credibilidade, poderia dizer que era *amigável*. Burken iniciou sua corrida habitual, mas só chegou até o meio do caminho e se contentou com um latido breve antes de voltar para seu lugar. Imagino que aconteceu o mesmo que aconteceu com Helena, e Burken era influenciado pela atitude do patrão. Ou talvez fosse devido a nossa conversa anterior. Seja como for, Krutgubbe estava desarmado temporariamente.

Encontrei Mattias do outro lado da casa, com fones de ouvido e empurrando um cortador de grama motorizado com ar aborrecido. O gramado tinha uns mil metros quadrados e já cortara aproximadamente a metade. Quando apareci no seu campo de visão, desligou o cortador de grama, tirou os fones de ouvido e pendurou no pescoço. Quando cheguei mais perto, consegui ouvir o la-la-la de *Delirio mind*, mais um sucesso italiano daquele verão.

— Oi. Tudo bem?

Mattias deu de ombros.

— Mais ou menos.

Talvez o barulho do cortador de grama enrudecesse Mattias porque só naquele momento percebeu a música que pulsava ao redor do próprio pescoço. Olhou para mim um pouco envergonhado e pausou o walkman que estava pendurado no cinto. Diga o que quiser sobre *Delirio mind*, mas não era o Requiem de Mozart.

— Tá cortando.

— Sim. Vou receber cinquenta paus.

— Legal.

— Sim.

Como antes, era difícil conversar quando o tom normal parecia inadequado. Normalmente diria algo divertido sobre cortar grama, ratazanas na terra, o gosto musical de Mattias, qualquer coisa, mas era como se Helena flutuasse o tempo todo olhando com seus olhos mortos. Pelo menos eu achava isso e o que podia fazer era ir direto ao assunto.

— Então... podemos ir até Svärtan?

— Svä... por quê?

— Quero verificar uma coisa.

— Svärtan deve ser o último lugar pra onde quero ir. Afinal de contas, foi lá que... não, eu não quero ir até lá. Que *coisa*?

— Quero tentar descobrir.

— Descobrir o quê?

— O que realmente aconteceu.

Mattias enfiou as mãos dentro de sua camiseta, levantou o tecido e secou o rosto. Quando soltou a camiseta, seu rosto tinha uma rara expressão de agitação e ele disse:

— Merda! Como me arrependo de ter trazido ela para a casa de barcos.

— Merda! Como me arrependo de ter sugerido isso.

— Aquela fita. Que a polícia perguntou. De onde veio?

— Eu gravei. Também me arrependo por isso. Entre outras coisas.

Não achava que Mattias sabia de todos os eventos que levaram Helena para o quarto sob o cais e não vi motivos para contar. Talvez teria aliviado um pouco minha culpa, mas no momento achava que precisava ficar com a culpa.

— Mattias... amigo...? Não podemos ir? É *importante*!

Mattias deve ter percebido a seriedade na minha voz porque me olhou durante muito tempo. Então algo do sorriso irônico de antigamente apareceu em seus lábios e acenou para o cortador de grama e disse:

— Ok. Se *você* terminar de cortar.

O trabalho levou quase uma hora e quando terminei minhas mãos tremiam devido à vibração da máquina e minha camiseta estava encharcada de suor. Desliguei o cortador de grama e deixei em um canto do jardim, achei que Mattias pelo menos poderia levar de volta para o depósito.

Encontrei-o na varanda com revistas em quadrinhos e Coca. Fantasticamente havia outra garrafa recém-aberta, ele apontou para ela e disse:

— Pega, se quiser.

Totalmente inesperado. Talvez os acontecimentos com Helena injetaram uma preocupação pelas outras pessoas em Mattias. Ou alguma outra coisa. Seja como for, fiquei agradecido com a bebida ainda fria e bebi metade de uma vez.

Ouvimos um barulho do outro lado da casa. Depois o latido de Burken, o barulho da corrente e o ganido assustado. Quem quer que estivesse chegando não foi reconhecido por Burken como aconteceu comigo. Logo depois, Wille apareceu no canto da casa.

— Então, o que tem esse diabo de cachorro?

— Talvez seu cabelo — respondeu Mattias.

— O que tem meu cabelo?

— É vermelho.

Parecia que Wille responderia algo ácido, mas percebeu pelo tom da voz de Mattias que ele não estava brincando, mas apresentando a teoria de que a cor vermelha poderia provocar Burken. Wille inclinou a cabeça como se aprovasse a teoria, sentou-se em uma cadeira e perguntou:

— O que tão fazendo?

— Nada. Vamos até Svärtan.

— Svärtan? Por quê?

— A sereia voltou e eu...

— O quê? Ela voltou?

— Eu já sabia. Lovisa contou.

— Não chego perto daquela merda novamente. Tá na casa de barcos? Deveria pegar o machado e simplesmente...

— Não precisa chegar perto de nada. Apenas me levar até Svärtan.

— E o que vai fazer lá que é tão *importante*?

— Aquela corda. Prendendo ela. Quero ver a corda.

6

Pensei em chamar Felicia para ver se gostaria de nos acompanhar, mas considerei que isso apenas tornaria as coisas desnecessariamente complicadas. Talvez poderia mostrar a sereia para ela mais tarde, mas no momento meu relacionamento com Felicia tinha baixa prioridade. Quando comecei a pensar na corda, quis ir até lá para obter respostas tão rápido quanto possível. Estávamos no meio do caminho descendo para o cais, quando Wille perguntou:

— Matte, como foi na verdade? Você e Helena estavam juntos?

— O que você tem a ver com isso?

— Apenas perguntei.

— Não interessa a você.

— Desculpa então.

Wille parecia realmente sentido.

— Queria saber apenas quanto... quanto devo ter pena de você.

— Você não deve ter nenhuma pena.

— Não. Então vamos deixar disso.

Wille franziu os lábios e enfiou as mãos nos bolsos do seu calção jeans. Acho que entre nós era o que menos sentia o que aconteceu com Helena. Até mesmo ele estava abatido e deprimido, mas não precisava estar lá. Então para quebrar o silêncio, perguntei para Mattias:

— Como ficou? Vão despejar o Hasse?

Mattias coçou o rosto irritado e exclamou:

— Mas foi só uma merda de uma conversa! Que diabo, não sou *eu* que decido, eles podem começar a cuidar da merda da casa!

Achei que Mattias estava assim devido a Helena. Lidava com a situação dos meus pais transformando minha tristeza em raiva. Talvez a estratégia de Mattias seria similar. Nada mais foi dito enquanto descemos até o cais, onde Mattias olhou para a casa de barcos e perguntou:

— Por que não tá trancado?

— Pra que ela possa ir e vir quando quiser.

— Mas então qualquer um pode entrar! — exclamou Wille.

— Francamente falando, eu não me importo mais. Perdi... perdi a atração.

— Finalmente alguém diz alguma coisa sensata. Então o que vai fazer em Svärtan?

— Só quero saber. Talvez entender alguma coisa.

Mattias acenou irritado para a casa de barcos e disse:

— Sim, eu não chego perto desse diabo novamente, só pra você saber.

— Eu sei.

O ruído do motor anulou as tentativas de conversa que, de qualquer forma, não existiam. Quanto mais perto chegamos de Svärtan, mais triste me sentia. Se ao menos tivesse desistido de verificar aquela coisa que vi na praia, talvez Helena ainda estivesse viva. Se ao menos isso, se ao menos aquilo, e assim por diante.

As rochas escuras e pontiagudas de Svärtan se aproximavam deslizando. Era realmente um lugar que em sua totalidade parecia dizer: *Não chega perto, ou algo ruim acontecerá!*

Mattias reduziu a velocidade do motor e gritou:

— Não subo em lugar nenhum, só pra você saber!

Havia muita coisa que eu deveria saber, mas aquela poderia ser a forma de Mattias se distanciar de tudo relacionado com a sereia.

— Não precisa. Vamos dar a volta para o outro lado, para a praia!

Mattias acenou aborrecido e se virou. Alguns minutos depois conseguimos deslizar para a praia de cascalho praticamente invisível. Pulei em terra e prendi o barco ao redor de uma pedra. Wille também pulou para fora enquanto Mattias ficou no controle com os braços cruzados.

— O que vamos fazer? — perguntou Wille.

— A corda Onde ela tava amarrada. Vamos investigar a corda.

O pedaço de corda que cortei da cauda da sereia não estava visível, provavelmente foi levado pelo mar, mas o quase meio metro que restava da ponta ainda estava pendurado, preso no rochedo. Wille e eu fomos até lá e puxamos. Quando não se soltou, passei um momento cortando com meu canivete.

Segurei o pedaço de corda nas mãos. Era muito leve e trançada com o que pareciam centenas de fios muito, bastante finos. Fui até a orla e coloquei na água, esfreguei com os dedos. A corda adquiriu um tom esverdeado e os fios pareciam viscosos nas pontas dos meus dedos. Acenei para mim mesmo.

— O que foi? O que tá fazendo?

— É feita de plantas marinhas. Já ouviu falar de cordas assim?

— Não. Nunca.

— Penso que não. Devem ter sido *eles* que fizeram.

— O quê? Quem?

— O povo do mar, ou como quer que se chamem. Não percebe? Foi o *seu povo* que quis matá-la.

7

Tal como em muitos mistérios, cada resposta gerava novas perguntas. Agora entendia o motivo de a sereia resolver ficar tanto tempo na casa de barcos. Tinha uma sentença de morte sobre sua cabeça e não se atrevia a sair para o mar. Quando finalmente saiu da casa de barcos talvez esperasse fugir para algum lugar, mas seu povo a havia encontrado e quase matado. Então, talvez, retornara para a tranquilidade relativa da casa de barcos. Agora a grande pergunta seria *por que* foi condenada à morte por asfixia.

Não disse nada para os outros quando voltamos para casa, apenas fiquei sentado alisando o pedaço de corda enquanto especulava qual crime poderia resultar em uma sereia sendo condenada a uma morte equivalente ao enforcamento, apenas mais cruel. Se não por outra coisa indicava que realmente havia uma civilização sob a superfície, embora cruel. Mesmo isso era estonteante.

Chegamos à terra e quando Wille e eu subimos no cais e Mattias atracou o barco, eu disse:

— Pena que não entendemos sua linguagem. Realmente gostaria de saber...

Mattias parou no meio do caminho, levantou uma mão para me silenciar e disse:

— Johannes, você não pode enfiar na sua cabeça que eu não ligo? — apontou para o pedaço de corda nas minhas mãos e disse: — A única coisa triste nisso tudo é que não conseguiram. O que você queria fazer naquela praia? Só por causa da merda da sua curiosidade.

Independente de quanto eu me culpasse, era angustiante quando vinha de Mattias. Apontei para a casa de barcos.

— E o que você foi fazer com a Helena lá? Só por seu diabo de tesão. Então, conta agora o que Helena fez, aproveita pra se gabar um pouco agora que ela tá morta.

— Gente, gente — disse Wille. — Vão com calma, não é *culpa* de ninguém.

— Cala a boca — Mattias virou-se para mim e apontou o dedo indicador a dez centímetros do meu nariz. — Fiz aquilo porque ela tava muito deprimida e me importava com ela. Porque você trouxe esse diabo de... essa criatura pra cá que *ninguém* pode entender!

— É como uma figura de conto de fadas... — Wille tentou, mas eu o interrompi dizendo para Mattias:

— Não é estranho que você não entende já que pensa... — apontei para sua calça — ...com seu pequeno cérebro aí. Helena talvez estava se afogando enquanto você estava sentado se esfregando na Felicia, já pensou nisso ou sua cabeça é pequena demais para esses pensamentos tão profundos?

Não sei qual das ofensas foi pior, mas os olhos de Mattias escureceram. Como não tinha minha facilidade verbal, deu um passo para frente e fez exatamente o que fizera com Hasse e me empurrou forte no peito. Perdi o fôlego, tropecei dois passos para trás e caí pela borda do cais.

Felizmente não havia nenhum barco naquele lado do cais e o que aconteceu foi um mergulho de costas amortecido pela minha camiseta. Mais um pouco de dor no peito que não sabia se vinha de dentro ou de fora. Quando cheguei à superfície, vi Mattias indo para terra em passos longos. Pensei em pegar uma pedra no fundo do mar e jogar nele, mas me contive. Nadei e subi pelos troncos no lado do cais.

— O que aconteceu? Você tá bem?

Wille perguntou quando apareci com as roupas encharcadas. Acenei e respirei fundo. *Sim, sentia um pouco de dor nas costelas.* Wille olhou para Mattias, que desapareceu atrás das casas de barcos.

— O que foi aquilo sobre o tesão dele?

— *Bem* uma merda de se dizer.

Limpei a água dos olhos e cocei a cabeça, achava que Mattias ouvira exatamente o que merecia.

— Você é novo demais para entender. Fica com suas invenções.

Wille parecia chocado e, quando as lágrimas começaram a aparecer nos seus olhos, também deixei o cais com passos irritados. O pedaço de corda molhado balançando na minha mão. A longa e terrível sombra de Helena me acompanhava e envenenava meus pensamentos.

8

Quando cheguei à casa de Matte para pegar minha bicicleta, Krutgubbe ainda estava sentado no jardim. Desta vez também levantou a mão acenando e Burken não tentou atacar. Matte, que estava sentado na sacada com o nariz no Super-Homem, estendeu o dedo médio no ar sem levantar os olhos do gibi.

Levantei meu dedo médio e ao mesmo tempo fiz um gesto de desculpa para Krutgubbe. Ele apenas acenou e sorriu enviesado. A vida é estranha. Agora subitamente Matte e eu nos estranhamos enquanto Krutgubbe e eu ficamos amigos só porque peguei seu barco sem permissão. Realmente estranho.

Subi na bicicleta e fui embora antes que Wille chegasse e ficasse aborrecido. Mais sentimentos de culpa. Por que fui tão mesquinho com ele? Porque estava com raiva, molhado e burro. A forma mais fácil de reparar seria fazer um cenário com ele, mas parecia que esse tipo de brincadeira estava a milhões de anos-luz de distância. Também não suportaria ser vencido no xadrez, não por muito tempo, talvez nunca.

Havia *um* brilho de luz naquele dia triste. Quando cheguei a casa, vi mamãe e papai construindo uma cerca ao redor da macieira de um ano, proteção contra os animais silvestres. Não que eu gostasse tanto de maçãs, mas faziam isso juntos. Quando parei a bicicleta, largaram suas ferramentas e perguntaram como eu estava.

Algo havia mudado entre eles durante os últimos dias. Não sei se foi a preocupação conjunta sobre meu bem-estar ou um *memento mori* provocado pela morte de Helena, mas pelo menos, podiam ficar no mesmo quarto sem começar a reclamar um do outro e agora começaram um projeto juntos. Um projeto que indicava que viam um futuro onde os animais silvestres não poderiam roer a casca e os botões de suas árvores. Havia um pouco de esperança.

Eu disse que estava bem, o que no momento era quase verdade, parei a bicicleta e ajudei a segurar as estacas enquanto papai batia com o lado traseiro de um machado e mamãe prendia a rede de plástico com braçadeiras até a árvore ficar completamente protegida. Demos alguns passos para trás e contemplamos nosso trabalho, olhamos uns para os outros e acenamos. Se minha mente não estivesse tão triste teria sido um dos melhores momentos daquele verão.

Somente quando mamãe pôs a mão no meu ombro, percebeu o estado de minhas roupas. Haviam secado um pouco durante o caminho na bicicleta, mas ainda estavam bem úmidas.

— Mas, meu querido, tomou banho vestido?

— Sim.

— Como assim? — estranhou papai.

— Caí do cais.

Olharam um para o outro e sorriram.

— Como alguém consegue fazer isso?

— Sendo desastrado. Vou me trocar.

Uma conversa completamente normal entre um rapaz de catorze anos e seus pais. Nenhum nível oculto nem reclamações mal entendidas. Se minha cabeça estivesse melhor, realmente teria apreciado isso, agora apenas observei o que aconteceu.

Quando cheirei minha camiseta, constatei que tinha um leve odor de lodo então pendurei para secar no corrimão do corredor para não contaminar o cesto de roupa. De cueca, subi para meu quarto e vesti roupas secas.

Fiquei sentado na cama e olhei para o travesseiro. O impulso de simplesmente deitar com o braço sobre os olhos era forte, mas tive um pensamento. Lembrei do que o idiota de Mattias disse acerca das ideias de seu pai sobre Svärtan, lembrava exatamente das palavras: é só alguma merda que meu avô contou a ele.

Será que Krutgubbe sabia de alguma coisa que valeria a pena saber? Nesse caso, como diabos poderia perguntar? Apesar de meu pensamento sobre *amigos* não me atreveria ir até Krutgubbe e perguntar: *Oi, tio Janne, vamos bater um papinho?* Com o Mattias fora do circuito seria ainda mais estranho, então como poderia fazer? Fiquei sentado pensando durante mais cinco minutos. Depois levantei-me para confabular com Felicia.

9

Quase não falara com Felicia desde a noite da fogueira, mas no dia anterior pelo menos acenamos um para o outro entre os jardins. Não havia uma hostilidade direta, mas sim uma certa suspeita.

Encontrei Felicia na rede da família junto com Maria. Uma banda tocava uma música triste em volume baixo que pensei identificar como The Cure. As meninas balançavam de leve para frente e para trás no ritmo da música. As duas tinham os olhos um pouco inchados. Peguei uma cadeira de jardim e me sentei na frente delas. Normalmente teria sentado no meio entre elas, mas agora as coisas não estavam muito normais.

— Oi. Tão fazendo o quê?

— Nada. Só estamos sentadas um pouco.

Acenei para o toca-fitas.

— The Cure, não é?

— Sim — respondeu Maria. — *Pornography*.

— É o nome da música?

— Do disco.

Maria inclinou-se para frente e desligou.

O silêncio parecia um pouco desconfortável e eu disse:

— Não queria incomodar.

— Você não incomoda — disse Felicia. — Como você tá?

— Bem abalado, realmente.

— Nós também. Mais a Maria, mas... é uma merda.

— Sim.

Felicia esfregou os olhos e disse:

— Não consigo parar de pensar... pensar na Helena, se... exatamente quando tava sentada lá com Mattias. Tão estúpido.

Felicia bateu na testa e repetiu:

— Tão estúpido. Uma merda de uma idiota.

Eu também havia pensado a mesma coisa e até culpado Mattias por isso, mas para Felicia eu disse:

— Uma coisa não tem nada a ver com a outra. Você não pode se culpar por isso.

— Realmente não — confirmou Maria em tom monótono.

— Mesmo assim. Mesmo assim. Não desaparece.

Coloquei as mãos nos joelhos, endireitei as costas, respirei fundo provocando uma dorzinha no peito e disse:

— A sereia. Ela *cantou*. E o canto era como... como uma droga. Helena ficou dependente daquilo. Por isso parecia doente, ela ficou totalmente... como aqueles cartazes no metrô. Embriagada. Não dormia. Apenas ia até a sereia. Todas as noites, eu acho. Por isso eu soltei a sereia, para que Helena não fosse totalmente prejudicada. E então, quando a sereia desapareceu... Helena fez o que fez. Eu sei que parece loucura, mas foi assim, e se alguém é culpado pelo que aconteceu com Helena, esse alguém sou eu.

Eu desabei. Agora havia falado. Não havia mais nada a fazer, foi um tipo de alívio finalmente poder compartilhar o que não podia contar para a polícia. Felicia e Maria olharam para mim com as testas franzidas. Finalmente Felicia disse:

— Entendo que você não tá aqui mentindo, Johannes. Entendo isso. Mas como você diz. Parece totalmente incrível. Uma sereia.

— Sim. Ela tá na casa de barcos agora.

10

Felicia e Maria pararam de balançar a rede e Felicia questionou:

— Você disse que ela foi embora?

— Ela voltou.

— Por quê?

— Não temos certeza, mas acho que o próprio povo está caçando ela e...

— Seu *povo*? — perguntou Maria e algo que pertencia à vida passou pelo seu olhar. Aproveitei a oportunidade para iluminar um pouco a escuridão e contei tudo desde o início. Como encontramos a sereia, a corda, Bodvik, o canto e o retorno.

— Ah! *Por isso* você tava tão estranho...

— Quando?

— Quando tava pescando em Bodvik. Disse que queria ficar sozinho.

— Sim. Foi por isso.

— Mas por que não contou nada? — estranhou Maria.

— Sim, então, ficamos com medo de que vocês iriam... fofocar.

— Como assim? — Maria balançou a cabeça. — Por que somos *meninas*, ou o quê?

O argumento que parecera tão bom naquele momento, agora parecia furado. É interessante como podia lembrar de cada palavra da réplica de Mattias sobre seu avô e Svärtan, mas mal lembrava de como discutimos sobre a sereia e as meninas, provavelmente porque eu não *queria* lembrar. Portanto, não tinha uma boa resposta para Maria, a não ser dizer:

— Fomos simplesmente bobos. Sorry.

— As meninas fofocam e os rapazes são idiotas — disse Felicia e bateu nas coxas. — Bom. Então já sabemos. Agora eu quero ver essa maravilha.

Por um momento parecia que Felicia esquecera que andávamos pelo vale das sombras da morte. Mas depois que levantou seus ombros, caíram e usou a palavra menos complicada para a situação:

— Quero ver a sereia.

Muitas das minhas ações neste relato agora parecem difíceis de entender. Posso adicionar mais uma coisa a essa lista. Quando fiquei parado na borda da jacuzzi entre Felicia e Maria, segurei suas mãos. Menos estranho: parece que elas achavam isso muito natural. Ficamos um bom tempo parados olhando para a silhueta da sereia encolhida sob a água. Finalmente Felicia disse:

— Pensei que ela fosse maior.

— Eu também.

— Vocês também dizem *ela*.

— Sim? O mais poderíamos dizer?

— Mattias e Hasse dizem *isso*.

Felicia estudou a sereia como se buscasse uma semelhança para usar um pronome neutro. Ela balançou a cabeça e disse:

— Não dá.

— Eles conseguem.

Felicia fez uma careta para indicar o que pensava da capacidade espiritual de Mattias e Hasse. A sereia não veio para a superfície. Quando chegamos à borda, ela abriu seu único olho e olhou para nós, depois fechou novamente o olho e ficou no fundo. Talvez estivesse muito ferida e cansada.

— Mas não é realmente... incrível? — perguntei.

— O quê?

Apontei para a água.

— Ela.

Maria soltou minha mão para se inclinar sobre a borda e estudar a sereia mais de perto.

— Não sei. É... uma criatura marinha similar a humanos.

Mesmo tendo usado a palavra *incrível,* eu mesmo não achava isso. Não mais. Algo relacionado com os últimos acontecimentos reduziu o mistério mágico. Maria não ouvira o canto da sereia, mas talvez tivesse razão. Na nossa frente estava uma criatura marinha similar a humanos com uma estranha forma de caçar e nada mais.

Felicia fez um gesto para a sereia e questionou:

— E a Helena ficou, como você disse, dependente dela?

— Sim. Ela entrou lá e ficou deitada com ela. Só vi isso uma vez, mas acho que foram várias vezes.

— E o que você fez?

Mesmo sem ter nada para me envergonhar, fiquei vermelho quando respondi:

— Nada. Não queria... atrapalhar, eu acho.

Pensando melhor, foi a lembrança de espiar escondido que me fez corar.

Maria soltou a borda, se endireitou e perguntou:

— E agora? O que pretende fazer?

— Como assim?

— Com ela.

— Não pretendo fazer nada, eu... já fiz o bastante.

Maria concordou e deve ter notado a indicação de culpa na minha resposta, pois disse:

— Não é culpa sua. De forma alguma.

— Isso... pode ser discutido. De qualquer forma tentarei descobrir o máximo possível.

— Como assim? — estranhou Felicia.

— Para começar, pretendo tentar conversar com Krutgubbe, acho que ele pode saber alguma coisa.

— Hum. Então pode ser bom se formos junto.

— Como assim?

— Instinto feminino. Aquilo que usamos quando não estamos ocupadas fofocando.

11

No final da tarde daquele dia extraordinário, ainda tinha uma última surpresa preparada. Quando Felicia, Maria e eu chegamos ao alto da colina, vimos Krutgubbe ainda sentado em sua cadeira. Acho que ele só queria ver a estrada, quem vinha e quem ia, mesmo se eu não pudesse entender para que ele usaria a informação.

Quando as meninas e eu chegamos ao jardim, Burken olhou, levantou-se e olhou para Krutgubbe e, apesar de ele não fazer nada, Burken entendeu que a forma correta de lidar com a situação seria voltar para seu lugar, rodar duas vezes e depois se deitar novamente, com a cabeça apoiada nas patas enquanto nos observava.

A caminho, subindo a colina, considerei aberturas. Começar uma conversa com um adulto amigo já era difícil, e quando esse adulto era Krutgubbe... bem, pelo menos estávamos em uma base de conhecidos, por mais estranho que fosse. Felicia sugeriu chegar diretamente e dizer:

— Então, o vovô tá sentado aqui observando tudo o que acontece.

Krutgubbe acenou e resmungou, mas parecia claro que a descrição de sua ocupação o agradava. Felicia deu mais um grande passo fora pelo menos da *minha* zona de conforto quando se sentou no gramado um metro na frente de Krutgubbe e estendeu a mão para Burken.

— Burken, não é? É um beagle?

— Sim, é um beagle — respondeu Krutgubbe, e parecia que o sobrenatural havia passado. Burken olhou para o patrão antes de ir até Felicia e começar a lamber sua mão. Felicia sorriu e coçou suas orelhas, o que fez Burken rolar de costas com as patas no ar. Maria e eu apenas nos olhamos.

— Bem, bem. Não fica sentada aí estragando ele completamente — deu um assobio curto e Burken voltou para seu lugar depois de um último olhar suplicante para Felicia.

Krutgubbe olhou para mim e Maria, enquanto estávamos parados no jardim, petrificados de admiração.

— Por que estão parados aí? — estranhou ele. — Estão pensando em alguma coisa, imagino. Falem logo.

Maria e eu avançamos no gramado e nos sentamos ao lado de Felicia, ficando ao redor dos pés de Krutgubbe, como adeptos com sede de aprendizado. Como a abordagem de Felicia parecia ter sido bem recebida, segui seu exemplo e disse:

— Sim, tio, estamos um pouco curiosos sobre Svärtan.

Krutgubbe levantou as sobrancelhas espessas e disse simplesmente:

— Svärtan? Por quê? Por que estão curiosos sobre isso?

Não sei se foi o nome da ilha ou o tom de voz de Krutgubbe, mas Burken rosnou baixinho para indicar que talvez nem tudo era tão alegre e pacífico como parecia ser. Mesmo assim, criei coragem e disse:

— Sim, Mattias disse que... o senhor contou coisas. Sobre Svärtan.

Krutgubbe olhou para nós. Por um longo tempo. Burken rosnou um pouco e olhou para o patrão como perguntando: *Pareciam ok, mas devo mandar eles embora agora?*

Finalmente Krutgubbe se afundou na cadeira e a aura de poder que sempre parecia flutuar ao seu redor se dissipou e parecia igual a qualquer homem velho razoavelmente normal e cansado. Inclinou-se para frente com as mãos nas pernas e disse:

— Vocês provavelmente não sabem, mas eu tinha um irmão, um irmão mais velho.

Olhamos um para o outro e balançamos a cabeça, nunca ouvimos falar de um irmão Krut.

— Imaginei que não soubessem. Muito antes do seu tempo. Já faz sessenta anos que ele morreu. Anders, era seu nome. Quatro anos mais velho do que eu. Eu tinha dez anos, ele tinha catorze. Podemos dizer que era meu ídolo, assim como acontece entre os irmãos quando não existem desentendimentos.

Eu não conhecia a palavra, mas *desentendimento* deveria ser alguma coisa como o que existia entre Hasse e Krille, acho eu. Besteira.

— Naquele tempo pescávamos com arpão. Sabem o que é isso?

— Mais ou menos como um atiçador de fogo — respondeu Maria. — Só que mais afiado. Jogamos assim no peixe.

Maria fez alguns movimentos rápidos para baixo. Krutgubbe apontou para ela:

— Olha só, olha só. Vocês aprendem alguma coisa na escola, apesar de tudo.

— Não. Isso eu li em um livro.

Krutgubbe levantou as sobrancelhas.

— Vocês não leem mais livros na escola?

— Sim, mas não foi em um livro da escola, foi em outro… livro.

Entendi que as pequenas manchas no rosto de Maria eram porque o livro em questão era *A tribo da caverna do urso* e ela não estava com muita vontade de discutir o conteúdo com Krutgubbe. Ele balançou a cabeça e disse:

— Livros, sim, sim, também devem ser uma forma de perder tempo.

Eu poderia dizer alguma coisa sobre ficar sentado em uma cadeira metade do dia olhando para a estrada, mas claro que não o fiz, tentei, na verdade, retornar Krutgubbe para a direção correta novamente dizendo:

— Arpão, então.

— Sim, exatamente. Anders era bom nisso. Conseguia pegar percas, peixe branco e lúcio. Naquele tempo tinha muito peixe aqui, não era como agora.

Mesmo eu, durante aquela minha breve vida podia perceber que a quantidade de peixes mudara. Quando tinha sete ou oito anos podia sair com um par de flechas e pegar seis ou oito peixes em uma hora. Agora conseguia no máximo um ou dois. Mas percas e arenques ainda havia bastante.

— E o melhor lugar para usar o arpão era Svärtan — continuou Krutgubbe e seu olhar se perdeu na direção onde ficava a ilha.

— Havia, ou ainda há, uma praia de cascalho e os peixes iam para lá como atraídos por um ímã. Eu estava com Anders naquele dia e eu não era tão bom quanto ele, mas dava para o gasto, como se diz. Em vinte minutos nossa cesta já estava pela metade.

Krutgubbe mostrou o tamanho da cesta com as mãos e que façanha era encher até o meio em vinte minutos. Depois foi como se o sol se escondesse nas nuvens e seu rosto escureceu.

— E foi então que… vimos um tipo de peixe que nunca havíamos visto. Trinta centímetros de comprimento, talvez. Caçava um peixe pequeno. Pensamos que poderia ser um picão ou até mesmo um salmão. Quando pegou o peixinho e parou um minuto, Anders o acertou com o arpão.

Krutgubbe suspirou e passou a mão pelos olhos. Burken deu um gemido patético e eu fiquei com a boca seca. Estava adivinhando o que viria a seguir.

— Quando conseguimos pegá-lo, espetado nas pontas do arpão, vimos…

Krutgubbe pigarreou, respirou e continuou:

— Então vimos que parecia uma pessoa. Uma criança. Na parte de cima do corpo. A parte de baixo do corpo... era apenas uma nadadeira. E fazia um ruído como... como nunca ouvimos. Congelava o sangue nas veias.

— Uma sereia? — interrompeu Felicia.

Novamente Krutgubbe olhou para nós um longo tempo. Talvez estivesse admirado porque não perguntamos nada, talvez não soubesse como continuar. Ou não queria. Finalmente disse mesmo assim:

— Não sei como chamar aquilo. Donzela do mar. Filha do mar. De qualquer forma, era horrível ter... ter espetado algo tão parecido com uma criança. Anders se apressou em se soltar do arpão e o colocou na água novamente, mas... não. Ficou lá sangrando um tempo, moveu a cauda um pouco e depois... ficou parado. Balançando para lá e para cá nas... ondas.

A voz de Krutgubbe ficou grave quando disse a última palavra. Olhou para longe e deu um suspiro angustiado. Felicia, Maria e eu olhamos uns para os outros e esperamos. Krutgubbe parecia perdido nas memórias dolorosas, então depois de alguns minutos, eu perguntei:

— O que aconteceu depois?

Krutgubbe piscou algumas vezes e quando me fitou nos olhos eu podia ver algo da criança que ele foi um dia. Ele perguntou:

— Por que querem saber?

Deveria ter previsto que a pergunta surgiria mais cedo ou mais tarde e, assim estaria preparado uma resposta razoável, mas agora eu não tinha feito isso e foi Maria quem me salvou. Talvez devido ao seu conhecimento sobre o arpão, ela achou que era a mais confiável para dizer:

— É interessante. Coisas que aconteceram no passado.

Krutgubbe balançou a cabeça.

— Não entendo por que estou sentado aqui contando tudo isso. Não falo disso há muitos anos, ninguém acredita. Mas vocês acreditam?

Outra noz dura de roer e dessa vez foi Felicia quem encontrou a resposta.

— Acreditamos que o tio viveu isso. E nada é impossível. De qualquer forma é interessante.

— Hum — Krutgubbe esfregou o queixo. — Hum. Sim, fica pior, isso eu posso dizer.

— Queremos ouvir — Felicia dobrou os joelhos sob o queixo e realmente *olhou* de uma forma que provocou vibrações de Saltkråka.

— Sim, sim, sim. *Sereia*, você disse. Vamos considerar que a criatura que depois apareceu na nossa frente era algum tipo de... sereia, então.

— Apareceu na frente? — estranhei eu. — Como assim?

— Veio nadando — disse Krutgubbe fazendo um movimento de onda com a mão. — Lá do mar, com muita velocidade. Como uma flecha através da água. Podíamos ver a superfície ondulando assim, então Anders e eu fomos para a praia e depois...

Foi uma lágrima que vi brilhando nos olhos profundos de Krutgubbe? Ele pigarreou e murmurou, fez alguns movimentos inúteis com as mãos antes de conseguir dizer:

— Podemos muito bem assumir que a que veio era a mãe da... criança, porque, quando chegou à criança...

Krutgubbe fez uma pantomima de pegar alguma coisa no colo e realmente uma lágrima escorreu por seu rosto.

Percebi que Felicia iniciou um movimento para bater em seu joelho ou algo assim, mas seu atrevimento ficou limitado e faltou-lhe coragem. Ficamos sentados sem saber o que fazer. Existe algo muito perturbador quando fazemos um adulto chorar, e fica pior quanto mais velha for a pessoa, acho eu.

Felizmente, Krutgubbe se recuperou rapidamente, limpou as lágrimas dos olhos e disse:

— Podem me desculpar, o velho sentado aqui se lamentando, mas fazia muito tempo que não pensava nisso.

— Não é nada, tio. Nós entendemos.

Tinha minhas dúvidas, mas começava a ficar muito grato porque as meninas me acompanharam, duvido que teria conseguido controlar a situação sozinho, com tudo o que aconteceu. Por outro lado, talvez não aconteceria a mesma coisa se as meninas não estivessem lá, e sua presença funcionava como... um amortecedor.

— Em todo caso, depois que a sereia teve... teve seu momento de luto, ficou agressiva. Como se pode entender. Era rápida em terra também. Se Anders não tivesse o arpão para nos defender, não sei o que poderia ter acontecido. Mesmo assim conseguimos chegar ao barco e ir embora. Não sei quantas variações de *desculpa* e *não tivemos a intenção* conseguimos falar, mas não acho que ela entendia e também não faria diferença.

Krutgubbe tossiu algumas vezes e ouvimos um som pegajoso. A história não se desenvolveu como achei que aconteceria. Perguntei:

— Então conseguiram escapar?

— Sim. Mas foi por um triz, posso dizer. Ela nos perseguia. Remei como um possuído e Anders ficou sentado, segurando o arpão enquanto ela tentou subir no barco. Acho que ele fez o possível para não machucar mais do que o necessário. Chegamos mais ou menos até a metade do caminho quando ela desistiu e nadou de volta para Svärtan.

— Mas...? — estranhei. — Seu irmão...

Krutgubbe tossiu novamente e disse:

— É a outra parte da história — virou a cabeça para trás e, na voz trovejante que estávamos acostumados a ouvir, gritou: — Mattias!

Demorou um pouco antes de Mattias aparecer na sacada e questionar:

— O que foi?

— Traz uma cerveja! Lá do porão!

Mattias ficou parado com as mãos no corrimão olhando para a cena abaixo dele. Krutgubbe e Burken como carneirinhos e nós sentados aos seus pés. Acho que ele não pareceria menos surpreso se eu realmente mostrasse uma nave espacial atrás do celeiro verde.

— O quê... o que tão fazendo aí? — perguntou.

— Temos um pequeno momento de histórias aqui. E preciso ter combustível. O porão, garoto.

— Eh... leve ou forte?

Krutgubbe olhou para o relógio no pulso, virou a cabeça e respondeu:

— Bem, bem. Podemos dizer que já é noite agora. Forte!

Mattias concordou e desapareceu. Fiquei imaginando o que estaria pensando. Enquanto esperávamos a cerveja, Felicia acariciou um pouco Burken e desta vez Krutgubbe deixou. Era incrível como minha impressão sobre Krutgubbe havia mudado durante os últimos dias. E a dele sobre nós, imagino eu, mas dificilmente tanto.

Não havia nada a dizer antes de continuar a história, então ficamos sentados em silêncio e o único som que se ouvia eram os ganidos agradecidos de Burken enquanto Felicia acariciava sua barriga. Quando Mattias veio com a cerveja havia conseguido obter um aspecto desinteressado que indicava que nada sob o sol era estranho para ele, nem mesmo uma hora de história com Krutgubbe. Estendeu a lata branca de Chess para o avô, que abriu, bebeu um grande gole e disse:

— Aahhh, esta caiu bem, obrigado — olhou para Mattias, que estava parado balançando na ponta dos pés e disse: — Muito obrigado.

— Como assim, eu não posso participar?

— Você perdeu o começo e *não* pretendo repetir tudo. Vai, vai. Se manda.

Mattias cruzou os braços sobre o peito e olhou aborrecido para Felicia, Maria e eu como se estivesse zangado porque roubamos seu avô. Depois balançou a cabeça, virou as costas e foi para casa. Krutgubbe olhou para sua lata de cerveja e pareceu lembrar de alguma coisa. Gritou para Mattias:

— Pode trazer algum refrigerante para seus amigos aqui também!

Sem se virar, Mattias respondeu:

— Eles podem buscar pessoalmente. E não são meus amigos.

Depois desapareceu atrás da casa.

— Então, vocês... Que educação. Tem refrigerante no porão, se quiserem.

Levantou o dedo indicador.

— Mas não toquem na cerveja! Hum, hum, tenho minhas desconfianças, mas fiquem tranquilos, não tentarei transformar vocês em fofoqueiros.

Talvez para escapar do assunto menos agradável do furto de cerveja, Felicia disse rapidamente:

— Não precisa. Mas gostaria de ouvir o resto, se o tio aguentar.

— Claro que eu aguento. Se vocês vão acreditar são outros quinhentos.

12

Krutgubbe bebeu mais um gole de cerveja e colocou a lata no chão, depois se inclinou para trás novamente e cruzou as mãos sobre o estômago. Como se considerasse que sua posição sentado era inadequada para o que queria contar, balançou a cabeça e se inclinou para frente com os cotovelos apoiados nas pernas antes de dizer:

— Já naquela tarde começou o... encantamento.

Eu já imaginava, mas Felicia ainda não, então ela perguntou:

— Como assim encantamento?

Krutgubbe abriu a boca para responder, mas parou depois de olhar para a casa. Olhei para lá e vi que Matte estava na sacada. Não seria menos óbvio perceber que tentava ouvir se suas orelhas tivessem antenas parabólicas.

Não sabia porque Krutgubbe relutava tanto em compartilhar a história com seu neto, mas a réplica de Matte sobre *aquela merda antiga que o vovô inventa* poderia ter algo a ver com o assunto. De qualquer forma, Krutgubbe baixou tanto a voz que fomos obrigados a chegar mais perto para ouvir. Até mesmo Burken levantou as orelhas e olhou para nós sentados com as cabeças encostadas junto com o dono como se estivéssemos planejando um futuro golpe de estado.

— O *canto*. Em todo caso, era como Anders o chamava.

Pelo canto do olho, vi que Felicia me olhava, mas não queria corresponder a seu olhar, com medo de provocar pensamentos equivocados. Agora, pelo menos, ela sabia que não fora apenas eu que encontrara coisas.

Krutgubbe fez uma careta indicando desgosto e disse:

— Eu ouvi apenas uma vez e não chamaria de canto, mas... tem efeitos diferentes nas diferentes pessoas.

Pensando em Helena, eu realmente poderia assinar embaixo da última afirmação. Mesmo se os outros foram influenciados, ninguém era tão forte quanto ela. Talvez até houvesse pessoas que não seriam afetadas de forma alguma.

— Mas o Anders... ele começou a ouvir o canto o tempo todo, mesmo quando razoavelmente não poderia ouvir. Quando estávamos deitados em nosso quarto durante a noite, com as janelas fechadas. Então ele levantava e ficava de pé olhando para nada e quando eu perguntava ele dizia que elas o encantavam, embora eu não ouvisse nada.

Krutgubbe fez um gesto para Felicia e baixou a voz ainda mais quando disse:

— Sereia, você disse. Não é impossível que Anders... porque eu falei errado agora. Ele não disse que *elas* o encantavam, ele disse que *ela* fazia isso, como se fosse... uma amante que o chamava lá do mar.

Mesmo se Felicia e Maria também quisessem usar o pronome *ela* dificilmente poderiam entender a atração encantadora do canto. Eu entendia muito bem. Krutgubbe bebeu mais um gole de cerveja, acenou com as mãos e disse:

— E o resto talvez vocês possam adivinhar.

— Ele... se afogou? — perguntei.

— Sim. Uma semana mais tarde acordei pela manhã e ele não estava na sua cama. Havia saído durante a noite. Ficou desaparecido por três dias. Até aparecer flutuando.

Krutgubbe passou os dedos pelo rosto e disse:

— As enguias haviam... — pousou os dedos na testa, balançou a cabeça e concluiu: — Chega disso. Mas naquele tempo havia muitas enguias.

Ficamos sentados calados em nosso pequeno círculo fechado. Matte havia deixado a sacada. As novas informações me lembraram de Helena. Será que a sereia realmente entrou no quarto embaixo do cais para atrair Helena para a água?

Mas por quê? Como o caso do irmão de Krutgubbe, o motivo dificilmente seria vingança. Tudo ainda estava muito confuso.

Krutgubbe bebeu sua cerveja e Felicia, Maria e eu nos afastamos um pouco quando ele usou os braços da cadeira como apoio para se levantar e disse:

— Não, não pode ser mais divertido do que isso. Mas foi bom ver vocês ouvindo um velho maluco.

Krutgubbe soltou Burken e foi para a casa com o cão na coleira depois de um:

— Até logo.

Felicia falou para suas costas:

— Não achamos o tio maluco, achamos que o tio é uma raridade.

Krutgubbe parou um segundo, balançou levemente a cabeça e depois continuou. Acho que Felicia naquele momento e lugar ultrapassou os limites razoáveis de sua esperteza.

— *Uma raridade*? — ponderou Maria.

Felicia parecia genuinamente despreocupada quando balançou os ombros e disse:

— Sim, e daí? Achei que "bom" seria uma palavra errada e "fofo" seria demais, então... *uma raridade*.

— Mas quem fala assim?

— A vovó diz isso às vezes, então eu pensei... ah, vai. Grande coisa. Tipo, é verdade além de tudo.

Levantamo-nos e olhamos ao redor para nos orientar em uma realidade alterada. Não era apenas a história de Krutgubbe, mas também o simples fato de ele nos contar enquanto sentamos em um semicírculo ao redor dele. Até mesmo nos meus pensamentos começava a ter dificuldade para pensar nele como Krutgubbe e tendia mais para "Tio Janne".

Olhamos para a sacada de Mattias, mas lá não havia nem um dedo médio esticado, então fomos para a estrada e continuamos descendo a colina. Quando chegamos ao meio do caminho, Maria parou e disse:

— Escutem. Pensei em uma coisa.

Paramos ao lado de uma roseira com cheiro tão forte que parecia uma onda de perfume no ar. Maria fez um gesto amplo para o mar e disse:

— Ele, o Danne. Na véspera do solstício de verão, Krille disse que era tipo *impossível* que ele tivesse se afogado, pensem se *ela* teve algo a ver com isso. Ela ou... o seu povo.

13

Continuamos especulando enquanto caminhamos lentamente para casa. Contei com mais detalhes o que aconteceu quando encontramos a sereia e como depois fui investigar a corda e os resultados aos quais cheguei.

— Por um momento lá com... — hesitei, mas decidi testar como soaria: — ...com o *Tio Janne* eu pensei que poderia ter sido ele, como vingança pelo seu irmão mais velho, mas não sei. Como teria conseguido pegar ela, e aquela corda... simplesmente não acredito.

— Eu também não. Pensando em como ele contou tudo. Não parece que ele teria... não, também não acredito.

— E a Helena então? — questionou Felicia. — A sereia pode ter algo a ver com isso?

— Não sei — respondi. — Não faço ideia.

A menção de Helena provocou um silêncio grave. Eu andava no lado direito e os pelos do meu braço direito se arrepiaram quando tive a sensação de que Helena caminhava ao meu lado. A sensação era tão forte que tive que olhar para ver se ela não estava lá. Nada. Apenas os lilases.

Quando chegamos ao portão de Felicia e nossos caminhos se separaram, Maria disse:

— Escutem? Amanhã... vamos investigar um pouco aquilo de Danne?

— Como vamos fazer isso?

— Não sei, mas talvez... olhar o barco. Conversar com seus pais.

Pensei mais uma vez em Helena e agora principalmente em sua mãe. Como estava abatida com o luto. A ideia de falar com os pais de Danne não parecia muito atraente, mas quando ouvi Felicia dizer *Tô nessa*, então talvez me senti obrigado a concordar:

— Claro que eu também.

14

Fiquei um longo tempo deitado na minha cama olhando para o teto, visualizando o relato de Krutgubbe. Quão assustados os dois garotos devem ter ficado lá em Svärtan há sessenta anos. Primeiro a criatura infantil no arpão e depois o ataque da sereia. Presumi que não contaram para nenhum adulto, mas devem ter ficado acordados durante a noite conversando em seu quarto. Até a sereia começar a cantar.

Não duvidava de uma palavra da história, sentira pessoalmente a força hipnótica, a atração magnética. Meu pensamento anterior sobre o *canto da sereia* era mais ou menos correto. Ela podia usar isso para encantar as pessoas para a depravação.

Por um momento achei que as linhas e fendas do teto formavam os contornos do corpo de Helena, como eu a vira flutuando acima de mim quando nadei para o quarto. Pisquei e tentei afastar a imagem da minha retina, mas agora que se manifestava na realidade externa era impossível afastar. Resignei-me. Será que a sereia realmente nadou para o quarto e encantou Helena para entrar na água? Teria Helena atacado ela com uma faca? Como teria feito isso? Simplesmente não podia acreditar que as feridas e o olho faltando da sereia seriam obra de Helena, não parecia possível. Adicione a isso a meia declaração de amor de Helena e tudo se tornava diretamente impossível.

Sentei para me livrar da imagem de Helena no teto e abracei o corpo com os braços, tremendo com os calafrios internos enquanto sentia sua presença pairando diretamente atrás da minha nuca. Virei a cabeça e fitei os olhos do E.T. Estremeci novamente quando percebi que não restava mais nada lá. Nenhuma saudade, nenhuma confiança. Levantei-me com um nó na garanta e removi os quatro pregos que o mantinham na parede, enrolei o cartaz e guardei na gaveta da cômoda. A magia estava quebrada.

Sentei-me na cama com os braços caídos e nem sequer aguentava chorar, achei que não tinha o direito de sentir pena de mim mesmo porque minha infância havia acabado. Sem ser convidada, a fotografia interna apareceu: como ficamos sentados enfileirados no cais com as pernas penduradas esperando a barca de Vaxholm. Parecia que isso pertencia a outra era, outra vida, uma realidade paralela. Não aquela onde vivia agora.

Fitei minhas revistas em quadrinhos, meu walkman, a gaveta da mesa de cabeceira onde estava o *Hollywood Wives* porque não queria olhar para ele, a gaveta da cômoda com o cartaz do E.T. Não tinha para onde fugir e só queria gritar. Ou melhor ainda: dormir. Duvidava de que este último me seria concedido, mas mesmo assim, tirei a roupa e a pousei, arrumada, na cadeira, menos a cueca, antes de ir ao banheiro. Parei no alto da escada porque ouvi um barulho, possivelmente o único barulho que na situação atual poderia me animar um pouco: o barulho de dados rolando na mesa da cozinha. Murmúrio, escrita no bloco. Fiquei um longo tempo encostado no corrimão, sim, *gostava* de ouvir meus pais jogando Yatzy.

Cinco minutos depois caí no sono e dormi a noite toda.

X

A AJUDA

1

Naturalmente uma boa noite de sono e a esperança de meus pais continuarem sua vida em comum não seria suficiente para reparar tudo o que estava estragado, mas ajudava um pouco. Um exemplo típico: quando acordei na manhã seguinte e olhei para o teto, imediatamente vi os contornos de Helena, que não se materializou em uma presença assustadora. Pela primeira vez comecei a acreditar que ainda havia um caminho para sair disso tudo.

Quando desci para a cozinha, meus pais estavam lá. Perguntaram, como sempre, como eu estava e respondi, como sempre, que estava ok. A diferença era que naquele dia a resposta era mais verdadeira, da mesma forma como suas perguntas eram menos parecidas com mentiras. Não que estivessem rindo e alegres e dançando com a música suave do rádio, não, mas uma dureza amolecera e uma tensão diminuíra. Como se os dois dessem um suspiro de alívio ao mesmo tempo.

Comi cereal com iogurte e tomei um copo de suco. Foi a mesma coisa como ouvir a partida de yatzy na noite anterior. Não sabemos o quanto apreciamos a normalidade antes de começar a ruir. Banal, eu sei, mas as percepções mais importantes frequentemente são as mais banais, quando finalmente assentam. O iogurte estava gelado e saboroso, o cereal crocante e o suco doce. Normalmente eu nem percebia o que comia.

Enquanto lavava meu prato na pia, bateram à porta. Achei que seriam Felicia e Maria, por isso gritei que já abriria. Minha presunção estava correta, com a adição de Lovisa e Melinda, que também chegaram. Era um recorde de meninas na nossa entrada.

— Oi... Todo mundo?

Lovisa deve ter percebido uma leve ironia na minha voz porque colocou as mãos na cintura e disse:

— A Felicia contou. Sobre o avô de Mattias. E disse também que vocês serão dectectives e então nós...

— Detetives — corrigiu Melinda.

— O que foi que eu disse então?

— Dec-tec.

Lovisa virou-se para Felicia.

— Eu disse isso mesmo?

Antes que Felicia tivesse tempo de responder, eu perguntei:

— *Você* realmente disse isso? Que seremos detetives?

Felicia balançou a cabeça.

— Foi a conclusão das meninas.

— Exatamente — disse Melinda. — É nisso que somos boas. Conclusões. E por isso somos detetives tão boas.

Ouvi passos leves na cozinha e passei pela porta com os sapatos nas mãos antes que mamãe chegasse e admirasse o fato de eu ter tantas amigas. Claro que apreciava ver papai e ela juntos novamente, mas precisava ter algum limite.

Como Felicia e Maria não eram grandes entusiastas das bicicletas, as duas meninas menores haviam deixado suas bicicletas em casa e fomos caminhando pela estrada de cascalho. Era um belo dia, com a vegetação na sua melhor forma depois do período de chuva. Tudo o que poderia florescer estava florescendo e as folhas, antes murchas, agora estavam revigoradas. Era difícil não ser influenciado e deixar alguns raios de luz iluminarem a névoa escura que se estendia do peito até o estômago.

— Lovisa, Melinda. Se vamos conversar com os pais de Danne... vocês entendem que eles estão muito tristes? Que não podemos fazer brincadeiras e coisas assim?

Lovisa olhou quase chocada para mim:

— Você acha que somos tão idiotas assim? Claro que entendemos!

Levantei as mãos.

— Ok, peço desculpas. Apenas queria ter certeza.

Lovisa e Melinda olharam uma para a outra, rolaram os olhos e balançaram as cabeças para minha monumental desfeita de sua inteligência emocional.

Quando nos aproximamos da casa de Danne, que ficava apenas a três propriedades da casa de Wille e Lovisa, perguntei:

— Ok, como faremos agora? O que queremos saber e como vamos perguntar?

— Eu acho que — começou Maria — são pessoas de luto e precisamos demonstrar um pouco de emoção. O que parece correto.

Suspirei.

— Isso é bem uma resposta de menina.

— E? — indagou Felicia. — Como seria a *resposta de menino* então? Bater na cabeça até contarem o que queremos saber?

Talvez porque prometeram ficar sérias as duas meninas menores cobriram a boca com as mãos enquanto riam.

— Não foi uma crítica. Apenas uma constatação.

— Hum. Então posso dizer que foi realmente uma constatação de menino.

Suspirei. Quatro contra um. Não tinha nenhuma chance, e, ainda por cima, percebia que Maria tinha toda razão, então me contentei em dizer:

— Eu me rendo.

Continuamos entrando no jardim que estava tão malcuidado quanto o de Helena. Estava cercado de árvores decíduas e sem cortar, havia galhos secos caídos cobertos de musgo e folhas secas em montes maiores e menores. Danne se afogou no início do verão e nem mesmo a limpeza básica após o inverno foi realizada.

Era uma visão triste e não melhorava quando as grandes árvores mantinham o terreno na sombra e todo o espaço parecia triste. Todos devem ter sentido o mesmo porque baixamos a voz para quase um sussurro quando falamos.

— Vamos todos juntos? — perguntou Felicia. — Ou será tipo demais?

— Talvez — respondi. — Mas quem vai nesse caso?

Mais algumas réplicas antes de ouvir uma voz masculina nas nossas costas:

— Estão procurando por nós?

Viramos. No canto mais distante do jardim, com as eternas moitas de lilases dos dois lados, havia uma forte mesa de jardim com quatro cadeiras igualmente fortes. Duas das cadeiras estavam ocupadas pelos pais de Danne. Eu não os conhecia, mas sabia como se pareciam.

Ou como *haviam parecido*, melhor dito. É um clichê, mas realmente pareciam ter envelhecido dez anos desde que os vi pela última vez, no verão passado.

Não me darei o trabalho de descrever seus rostos, basta dizer que irradiavam um *cansaço* do tipo que não pode ser aliviado com o sono.

Na mesa havia um jarro pela metade do que poderia ser um suco, chá gelado ou cerveja. Dificilmente esta última porque podia ver alguns cubos de gelo quase totalmente derretidos. Lovisa e Melinda, normalmente tão extrovertidas, ficaram atrás quando nos aproximamos. A tristeza realmente brotava daquele canto escuro.

— Olá. Esperamos não estar perturbando — Maria se adiantou.

— Não — disse a mãe. — Sentem-se, onde for possível. Infelizmente não temos mais cadeiras.

Não movia mais do que a boca ao falar, e mal fazia isso. A falta de mímica tornava impossível entender o que pensava de nossa visita. O pai apenas nos olhava. Tinha um copo vazio nas mãos. Ele também não era fácil de entender. Fiz um gesto para Felicia e Maria se sentarem. Hesitaram por um momento, não queriam chegar desnecessariamente perto do centro da dor, mas perceberam que não seria educado recusar um lugar à mesa. Sentaram-se com cuidado, como se as cadeiras fortes fossem de madeira balsa fraca.

A mãe apontou para o jarro e disse:

— Suco de sabugueiro. Podem pegar copos na cozinha se quiserem.

— Posso pegar — disse eu. — Se alguém quiser?!

Murmúrios de *não, obrigada*, cabeças balançando. Percebi que as outras também não queriam ficar naquele canto escuro mais do que o necessário. Era como se houvesse um gás de tristeza entrando lentamente no corpo.

— O que desejam? — perguntou o pai. Não com desgosto, mas sem entonação.

Lovisa e Melinda se sentaram no chão, com os braços ao redor das pernas, enquanto me apoiei no encosto da cadeira de Felicia e respondi:

— Temos algumas perguntas. Sobre... sobre o Daniel.

— Ah... sim?

— Entendo se vocês não quiserem falar disso, mas se possível...

— O que desejam saber? — perguntou a mãe, piscando os olhos cansados.

— Como foi? — perguntou Felicia quase em um sussurro. — Quando... quando aconteceu?

Os pais olharam um para o outro e a mãe fez um aceno quase imperceptível para o pai incentivando-o a contar. Ele se inclinou para trás na cadeira, esfregou os olhos e disse:

— É incompreensível. A polícia achou isso também. Ele sabia nadar. Estava de colete salva-vidas. O mar estava calmo. Era um garoto feliz e bem centrado que nunca... vocês entendem.

— Mas deve haver alguma teoria?

— Nenhuma. Nunca foi dito explicitamente, mas pensam que talvez houvesse outra pessoa envolvida. Que o Daniel teria sido... afogado. Mas quem poderia ser? E por quê? Eu vi quando o Daniel saiu e estava sozinho no barco. É simplesmente incompreensível.

— Pode ter batido a cabeça? — perguntou Maria.

— Eles... o examinaram e não havia, como disse, nenhum sinal de ferimentos externos.

— Por que estão interessados? — interrompeu a mãe.

Felicia olhou para Maria antes de dizer:

— Nossa amiga também se afogou. Há quase uma semana, e...

A mãe cobriu o rosto com as mãos durante alguns segundos antes de baixar as mãos e dizer:

— Desculpe. Eu deveria ter entendido. Sinto muito. É terrível.

— Também sinto muito. Sinto aparecer aqui e... recordar as coisas. Mas nossa amiga... também foi incompreensível.

O silêncio caiu pesadamente sobre a mesa. Maria esfregou os olhos, talvez secando as lágrimas. Lovisa e Melinda estavam sentadas quietas na grama com os olhos bem abertos, talvez a conversa estivesse em um nível adulto que não estavam acostumadas a ouvir. A mãe limpava migalhas invisíveis na mesa e o pai rodava seu copo vazio.

Finalmente o pai pigarreou e disse:

— Não sei como foi com sua amiga. Ela se chamava Helena, não é?

Acenamos concordando. O pai também acenou antes de continuar:

— Houve uma coisa que a polícia achou especialmente difícil de entender. Quando examinaram o Daniel... — o pai disse a palavra "examinaram" de forma sucinta, curta e percebi que ele queria dizer "autópsia" mas não conseguiu dizer a palavra ou achou que não a conhecíamos — ...puderam ver, não sei como, acho que foi alguma coisa nos pulmões, mas puderam perceber que ele... se afogou a uma profundidade de, pelo menos, dez metros. Ninguém conseguiu explicar isso. Dez metros de profundidade. Com colete salva-vidas.

2

Depois que deixamos os pais de Danne na sombra do seu jardim e chegamos à estrada ensolarada, fomos juntos para o cais da barca. Todos estavam perdidos nas próprias divagações, até Lovisa e Melinda estavam caladas. Chegamos exatamente à frente do cais quando eu disse:

— Acho que estamos todos de acordo sobre o que aconteceu, não é?!

— Sim. Ela puxou ele para baixo — respondeu Maria, pensativa.

— A pergunta é por quê.

Perguntamos aos pais e eles disseram que seu barco de plástico, que Danne usou, continuava na pequena marina ao lado do cais. Não conseguiram ou não quiseram se preocupar com aquilo depois que a polícia terminou, e naturalmente não tinham vontade de sair para o mar. Mesmo sem entenderem de que adiantaria, disseram que podíamos examinar o barco.

Todos olharam de longe para o cais quando viramos para a direita, provavelmente pensando a mesma coisa. Não estivemos presentes quando a polícia tirou Helena da água, então teoricamente ela ainda poderia estar no quarto. Naturalmente não estava, mas a sensação era essa. Pensava se algum dia poderia ficar no cais sem sentir um desconforto. Achava que não.

Com as vozes abafadas, os pais haviam descrito o barco. Um Evinrude Uttern, bastante novo com vinte cavalos de potência, modelo antigo. Encontramos o barco atracado mais perto da terra em um dos três piers que se estendiam para a baía. Soltamos e removemos a cobertura que a polícia com algum tipo de sentimento havia colocado sobre o barco. Ficamos parados em um grupo por um momento olhando para o barco, como se o próprio casco fosse o local do descanso final de Danne.

— O que estamos procurando? — perguntou Lovisa.

Dei de ombros.

— Não faço ideia, realmente. Apenas se algo parece... estranho. Simples especulação.

Melinda apontou.

— Aquilo lá, como se chama, as riscas lá. Tá um pouco estranho.

Deitei de barriga na madeira quente do cais para estudar o costado do barco. Felicia se deitou ao meu lado e nossas testas quase se encontraram. Passei o dedo sobre o que Melinda chamou de riscas e que na verdade eram quatro arranhões paralelos com espaçamento de alguns centímetros.

Como disse, o barco era bastante novo e o costado em geral parecia intacto. Felicia também passou os dedos pelos arranhões e eu perguntei:

— Tá pensando a mesma coisa que eu?

— Uhum. Garras.

A distância entre os arranhões correspondia em geral à distância entre os dedos da sereia com suas garras afiadas. Será que tentou subir no barco?

— Olhem ali — disse Maria acima de nossas cabeças. — Isso é... sangue?

No lado interno, perto da popa, havia manchas secas e pingos que poderiam ser qualquer coisa, mas o sangue seria um dos principais candidatos.

— Mas o que foi que disseram?

— Nenhum... ferimento externo, então ele não pode ter...

Maria estalou os dedos e disse:

— Mas vocês não lembram do que o Krille falou lá na véspera do solstício de verão? Que era estranho que havia sangue de peixe no barco, mas nenhum peixe!

Felicia e eu entramos no barco para estudar as manchas mais de perto. Quando olhei com mais atenção, encontrei mais manchas, espalhadas por toda a parte traseira do barco. Como se viessem de algo que *espirrou*. Felicia soltou uma escama seca do costado do barco e me mostrou. Era pequena e parecia quadrada.

— A sereia tem dessas. Só que maiores.

Felicia acenou e disse:

— Tenho uma teoria.

Sentamo-nos com as pernas cruzadas em um círculo no cais. Lovisa e Melinda apoiaram o queixo nas mãos e ficaram com aqueles olhos grandes, como se estivessem prontas para ouvir uma história de terror. Felicia apontou para o barco e disse:

— Estou pensando naquilo que Krutgubbe contou sobre seu irmão.

— O quê?! Vocês falaram com *Krutgubbe*? Ele é muito perigoso!

— Simmm... e aquele cachorro nojento.

— O cachorro se chama Burken e é muito bonzinho. Posso continuar?

As meninas pequenas acenaram ansiosas e Felicia continuou:

— Pensa se o Danne pegou... uma criança do mar no anzol quando estava pescando?

— Desculpe — interrompeu Lovisa. — O que é uma criança do mar?

— Como a sereia. Só que pequena. Filho da sereia.

— Ah.

— Esse sangue tá tão... espalhado. Fora essa escama. Parece que o Danne pescou uma criança do mar e colocou no barco onde ficou se debatendo e sangrando. Deve ter ficado tão assustado como o irmão do Tio Janne naquela vez. E depois veio a sereia — Felicia apontou para os arranhões no costado. — E tentou subir no barco.

— Mas não deve ter conseguido. Tô pensando naquelas garras. O Danne estaria totalmente... estraçalhado em todo caso.

— Sim. Talvez ele tivesse um arpão ou coisa parecida e conseguiu mantê-la afastada. Mas depois ela conseguiu pegar a criança afinal.

— Mas por que ele se afogou então? — perguntou Melinda. — Se ela não conseguiu pegar ele?

Como Felicia não encontrou a resposta imediatamente, não pude deixar de responder em seu lugar:

— Ela atraiu ele para o mar com o *canto*. Depois que ele estava lá, pegou ele pelo colete e o arrastou para as profundezas até ele parar de respirar. Depois ela soltou e ele flutuou.

Todos concordaram e olharam para o vazio, para as imagens na sua frente. Lovisa virou a cabeça e olhou para as manchas de sangue antes de questionar:

— Vocês acham que a criança sobreviveu?

— Talvez. Um anzol na boca apesar de tudo é melhor do que um arpão nas costas.

— O que é um arpão?

— Não faz diferença. Sim, acho que a criança se salvou.

— Mas então por que ele foi afogado? — estranhou Melinda.

— Olha! — exclamou Lovisa antes que eu pudesse responder. — Pensa se alguém colocasse um anzol na boca do *seu* filho, seria engraçado?

— Eu não tenho filhos — disse Melinda aborrecida. — E ele não *colocou* o anzol lá.

Lovisa não queria se render. Enquanto Felicia, Maria e eu levantamos, ela disse:

— Mas pense ver *seu* filho desse jeito, como se diz, *espetado* e arrastado para um barco com sangue escorrendo da boca...

Deixamos as meninas pequenas continuarem sua discussão sobre quando a morte poderia ser justificada, recolocamos a cobertura no lugar e deixamos o cais. Quando começamos a subir a ladeira, Maria disse:

— Mas não conseguimos saber mais.

— Não. Poderíamos examinar o colete salva-vidas, ver se ele tá rasgado ou... — pensei nos pais do Danne e na grande tristeza no seu jardim — ...mas acho que eu não aguento.

— E a Helena? — perguntou Felicia olhando para o cais.

— Não faço ideia. Acho que não descobrimos muita coisa sobre isso.

Ouvimos passos correndo e logo as meninas pequenas estavam ao nosso lado. Pareciam ter chegado a algum tipo de consenso e estavam bem coordenadas como sempre.

— Pra onde vão? Podemos acompanhar?

Antes que alguém conseguisse responder, Melinda continuou:

— Queremos...

— Isso mesmo — disse Lovisa e como se nós tivéssemos feito a pergunta, ela terminou: — Afinal de contas, não queremos acompanhar.

— O que vão fazer então?

— Vamos brincar.

— Exatamente. Brincar de Danne e sereia.

Balancei a cabeça e contive um sorriso, mas afinal de contas todos temos nossos métodos para lidar com o incompreensível.

3

Depois que Felicia e eu nos separamos no seu portão, fui para minha casa com as mãos nos bolsos da calça e a cabeça perdida nos pensamentos. Parei quando cheguei ao jardim. A bicicleta de Mattias estava lá, apoiada no suporte e Mattias estava sentado à nossa mesa de jardim rasgando uma folha em pedaços pequenos. A mesa estava verde com pedaços de folha, então devia estar lá há algum tempo.

— Oi.

Disse e parei dois metros distante da mesa, ainda com as mãos nos bolsos.

— Tá fazendo o quê?

— O que parece? Esperando você.

— Parece um desastre ambiental em pequena escala.

— Não fica parado aí como um... Senta.

Sentei no lado mais distante da mesa. Matte não olhou para mim e continuou brincando com a folha dizendo:

— Aconteceu uma confusão lá na casa de barcos da última vez.

— Sim. Aconteceu.

— Vamos esquecer essa merda toda?

— Com certeza podemos fazer isso.

Sabia que Matte podia guardar rancor por muito tempo e fiquei admirado com sua iniciativa bastante generosa de esquecer o conflito, achei que poderia demorar todo o verão. Dissemos palavras bastante duras. Para mostrar minha boa vontade, estendi a mão para Matte e perguntei:

— Amigos?

Matte sorriu para o gesto desnecessariamente adulto, mas pegou minha mão, sacudiu e disse:

— *Absolutamente*, senhor.

Seus dedos estavam verdes e sujos, então, depois de limpar o excesso na mesa, ele esfregou as mãos uma na outra antes de dizer:

— Pensei em uma coisa.

— Hum?

— A casa de Hasse. Se podemos ajudar.

Não consegui entender muito bem o que Matte pretendia, então perguntei:

— O que quer dizer?

— A pintura, pelo menos. Se todos ajudarmos. Poderíamos resolver isso em alguns dias. Temos tinta vermelha Falu a vontade no depósito.

Será que Mattias havia batido a cabeça ou o quê? Achei que sua proposta era boa, mas havia um problema. Cocei minha nuca e disse:

— Bem. Eu nunca pintei nada.

Algo do Mattias habitual apareceu quando ele bateu na testa e disse:

— Gênio. Vermelho Falu, sabe. É só espalhar. Os cantos e juntas e coisas assim. Felicia e eu podemos fazer.

Nem mesmo o pensamento de Felicia e Mattias fazendo juntos um projeto poderia me fazer pensar que era uma má ideia. Mesmo assim balancei a cabeça e disse:

— Então... como você chegou a essa ideia?

Mattias desviou meu olhar, abaixou o olhar, lançando-o para a mesa e disse:

— Foi quando vocês estavam sentados lá com o vovô, parecia que... não sei bem como dizer...

— Parecia ruim?

— Sim, tipo assim. Como foi que vocês se acertaram com ele?

Resumi a história de Krutgubbe, o que encontramos quando examinamos o barco do Danne e nossas conclusões. Que foi a sereia quem o matou. Quando terminei, Mattias estava sentado e ficou parado um pouco antes de dizer:

— Foi uma merda...

— Sim. Não diz nada pro Krille.

— Por que eu faria isso?

Mattias ainda não conseguia usar minha terminologia, então baixou a voz e disse:

— Você acha que foi... *aquilo* que... que matou a Helena?

— Realmente não faço ideia. O que você faria se fosse assim? Mattias desviou o olhar e ficou sentado um momento e apenas piscou antes de dizer:

— Não sei. Só quero saber. É estranho pra diabo e... sim, acho que é minha culpa. Também.

Embora achasse muito triste, apesar de tudo, era bom que Mattias e eu pudéssemos conversar sobre a morte de Helena sem gritar um com o outro. Que todos pudéssemos falar sobre isso. Por um momento realmente parecia que Mattias começaria a chorar. Depois se sacudiu como um ganso na chuva e disse:

— Outra coisa.

— Sim?

— *Live Aid*. É amanhã.

Desde Helena, eu não havia dedicado nenhum pensamento para o que parecera tão importante antes durante o verão. *Live Aid*, sim. Não parecia... correto nos reunirmos e nos divertirmos sem a Helena. Disse para Mattias:

— Não, não acredito. Não parece bom fazer uma festa agora.

— Não precisa ser uma festa. Vamos simplesmente assistir. Eu... eu sei, mas só acontece uma vez. Podemos assistir lá em casa. O pai comprou uma TV nova.

— Então... não sei.

— Você acha que a Helena iria querer que perdêssemos isso?

Já ouvira esse argumento nos filmes e provavelmente Mattias também. Achava isso uma bobagem. Por que diabos Helena se importaria com o que fazíamos ou deixávamos de fazer? Talvez ela achasse que não merecíamos assistir TV pelo resto de nossa vida. Mesmo assim eu disse:

— Veremos como parecerá amanhã.

E Mattias poderia se contentar com isso.

Antes que eu fosse embora, ele deu um tapinha cuidadoso no meu ombro, algo totalmente novo. A pintura da casa de Hasse, reconhecimento de sua culpa na catástrofe de Helena, tapinha no ombro. Talvez realmente tivesse batido a cabeça.

4

No dia seguinte tudo parecia bastante confuso novamente. Dormi mal e quando finalmente adormeci realmente, já de madrugada, fui atormentado por pesadelos. Desta vez não vi Helena, mas sim eu mesmo afundando nas profundezas. Em algum lugar distante, no escuro, havia corpos sem forma se movendo e eu sabia que se aproximavam para me devorar.

Quando finalmente acordei, lá pelas onze horas, me sentia confuso e letárgico. A única coisa que queria era dormir novamente e fazer esse dia desaparecer. Desde a morte de Helena, a realidade tinha uma tendência para perder o significado subitamente. Continuei deitado por vinte minutos e, como o sono não queria chegar, acabei levantando.

Meus pais estavam lá fora, no jardim, então servi um prato de mingau de frutos de roseira. Quando abri o freezer para pegar o pote de plástico com sorvete de creme, parei e fechei o freezer. O sorvete parecia muito… festivo, e eu não queria isso. Sentei à mesa, apoiei a cabeça na mão direita e mecanicamente comi o mingau com a mão esquerda. Tudo parecia sem significado.

Depois de lavar o prato, fui para a varanda e continuei descendo para o cais. Sentei na ponta mais distante e fiquei olhando para Domarö, para o monte de pedras no seu pico mais alto, vi uma onda gigante na minha frente que varreu a ilha e somente o pico de pedra ficou visível.

Na água clara sob meus pés havia pequenos peixes nadando para cá e para lá. Gostaria de ser um deles, sem nenhuma preocupação além de conseguir a próxima refeição. Não, eles também temiam a boca afiada do lúcio. Queria ser um lúcio e fiquei sentado até começar a sentir um gosto ruim na boca. Levantei-me sem saber para onde ir.

Na falta de decisão melhor resolvi ir até a Árvore. A sensação do tronco gigantesco contra minhas costas tinha a capacidade de confirmar minha existência. Duvidava se funcionaria, mas não consegui pensar em um lugar melhor para ir.

Cheguei a andar uns cinquenta metros na estrada quando Lovisa e Melinda vieram de bicicleta no outro sentido. Tive um impulso de querer me esconder atrás de um arbusto, mas em parte não havia um motivo para isso e em parte elas já haviam me visto. Chegaram nas bicicletas e pararam.

— Oi. O que tá fazendo?

Eu não queria que as meninas inventassem de me seguir até a Árvore, então apenas dei de ombros e disse:

— Nada. Só tô andando.

— Mas tá indo na direção errada — disse Melinda.

— Como assim?

Lovisa apontou.

— O Mattias mora pra lá.

— Mas agora não vou pro Mattias.

— Claro que vai. A transmissão ao vivo já vai começar.

— Não tô tão interessado. Mas então... vocês tão indo pra lá?

— Sim. Felicia disse que podíamos.

— Exatamente. Estamos na turma agora.

Eu sorri. Por mim estava tudo ok ter as meninas pequenas junto ao grupo, mas previa que Wille teria opiniões sobre se estavam "na turma" ou não. Talvez seria apenas uma ocasião especial durante o *Live Aid*.

Lovisa olhou séria para mim e disse:

— Claro que você precisa assistir o *Live Aid*.

Deve ter ouvido alguém apresentar o argumento porque terminou com:

— Isso só acontece uma vez na vida.

— Uma vez. Somente *uma* vez.

O fato de as meninas pequenas participarem realmente mudou minha percepção de tudo. Havia imaginado o ambiente estranho que ocorreria com todos reunidos sem Helena. As meninas alteravam o equilíbrio, misturavam o mingau, facilitavam a situação.

— Sim, sim. Ok, acompanho vocês.

— Assim que se fala. De outra forma você se arrependeria.

— Por toda a vida.

As meninas desceram das bicicletas e levaram até meu jardim, onde peguei a minha. Antes de partir, perguntei:

— Mas então, todos esses artistas que vão tocar... vocês ouvem suas músicas e tal?

Lovisa balançou a cabeça e disse:

— Algum dia podemos começar a ouvir.

5

Chegamos exatamente na hora. Na TV uma orquestra tocava *God save the queen* e príncipe Charles e lady Diana estavam sentados parecendo que gostariam de estar em outro lugar e o mais longe possível um do outro.

Mesmo nossa turma parecia estar com receio de se tocar. Claro que Felicia e Maria se sentaram cada uma na sua ponta do sofá de três lugares, mas Mattias e Hasse se sentaram nas poltronas o mais longe possível um do outro, enquanto Wille se sentou no chão na frente da TV. O normal seria pelo menos quatro pessoas sentadas no sofá.

Lovisa e Melinda não tinham problemas e se sentaram no sofá entre Felicia e Maria. Fiquei em dúvida, mas finalmente peguei uma almofada e me sentei no chão atrás de Wille. Ele virou a cabeça, me viu e disse:

— Oi. Tudo bem?

— Mais ou menos.

Wille acenou e olhou para o sofá onde as meninas pequenas sorriam com as cabeças juntas. Ele suspirou e balançou a cabeça.

— Vamos andar com essas aí agora?

— Elas não fazem nada.

— Mas são tão... teimosas.

— Teimoso é você — Lovisa apontou para a TV. — Quem são esses velhos?

O Status Quo ocupava o palco de Wembley e dançava tocando *Rockin' all over the world* para um público que aplaudia entusiasticamente.

— Status Quo — respondeu Mattias laconicamente.

— O que significa isso? — perguntou Melinda.

— Nada. É só um nome.

— Não — explicou Wille resignado. — Significa, como posso dizer, que nada acontece ou como se diz... um impasse!

— O clube dos interessados tá anotando — ironizou Hasse.

Krutgubbe apareceu na porta e a sala ficou em silêncio enquanto o Status Quo continuava com o rock ao redor do mundo. Krutgubbe olhou ironicamente para mim e para Wille sentados no chão, mas seu olhar ficou mais tenro quando viu Felicia e Maria no sofá. Felicia levantou a mão em um pequeno aceno e Krutgubbe disse:

— E tão sentados todos juntos aqui.

— Sim. É o *Live Aid*.

— E o que é isso, pode me dizer?

— Um concerto. Que vai durar noite e dia inteiros.

Krutgubbe balançou a cabeça e resmungou:

— Cada coisa que eles inventam... — antes de desaparecer no corredor. O silêncio continuou até Lovisa acenar para a TV e gritar: — Que música chata e como o cara canta mal!

— Super chato — Melinda ecoou.

Esse diálogo pode servir como um resumo das primeiras horas do *Live Aid*. Uma atmosfera ligeiramente azeda e apenas algumas observações escassas de Lovisa e Melinda desprezando todos os artistas. Nem Ultravox, nem Spandau Ballet as agradou e afundavam cada vez mais no sofá. Achei que logo ficariam cansadas.

Depois aconteceu alguma coisa e foi Nik Kershaw. Durante as duas primeiras músicas as meninas se endireitaram no assento e quando tocou *The riddle,* as meninas começaram a balançar no ritmo e cantarolar o refrão. Quando a música terminou, Melinda exclamou:

— Ele foi bom!

— Hum. Mas seu penteado é esquisito.

— Super nerd.

Hasse se contorceu na poltrona. Como disse, seu penteado era quase idêntico ao de Nik Kershaw. Lovisa notou seu movimento, olhou para lá e percebeu o óbvio. Apesar de tudo foi suficientemente sensível para dizer:

— Até que não é tão esquisito.

— O quê? — Começou Melinda, mas Lovisa deu uma cotovelada e apontou para Hasse.

— Ah! É, o penteado é bem legal, realmente.

Todos entenderam o que aconteceu e, mesmo com Hasse meio aborrecido, a atmosfera na sala melhorou.

— De que tratava a canção? — perguntou Lovisa.

— Nada — disse Matte e se levantou da poltrona. — Exceto se você tiver alguma outra teoria, Wille?

Wille balançou a cabeça e disse:

— Talvez seja profundo demais pra mim, mas acho que você tá certo. São apenas palavras, enfim.

Quando Matte voltou, trouxe um saco gigante de salgadinhos sabor churrasco e uma tigela. Derramou tudo na tigela e colocou na mesa, o que serviu de incentivo para chegar mais perto dos outros, melhorando a atmosfera mais um pouco sem ficar alegre demais.

Na TV estavam preparando o palco para o próximo artista. Mattias reduziu o volume e se sentou no chão, ficando no meio do grupo, e disse:

— Falei disso com Johannes, mas... Hasse, se você quiser, talvez podemos ajudar com tudo, na sua casa. A pintura enfim.

Hasse parecia surpreso e perguntou:

— Como assim... pintura?

Sem nenhuma indicação de malícia, Mattias respondeu:

— O que você não entendeu? Vamos ajudar a pintar sua casa. Enfim... Alguns dias e tudo resolvido. Eu tenho a tinta.

— Tô nessa! — exclamou Lovisa.

Logo depois Melinda também disse:

— Eu também!

Todos na sala acenaram e concordaram, dispostos a participar. Hasse parecia não saber para onde olhar quando coçou a nuca e disse:

— Então, eu não sei, afinal de contas é...

— Vamos lá, seu palhaço — Felicia se esticou para tocar no ombro de Hasse. — Vai ser legal.

— Tudo bem. Nesse caso...

— Obrigado, então. Boa.

— Mas toma cuidado pra não pintar o cabelo! — Brincou Lovisa, fazendo com que dessa vez Hasse risse também.

A descontração iniciada continuou nas horas seguintes. Matte e Hatte arrastaram as poltronas para mais perto do sofá e Wille e eu chegamos para trás. Finalmente nos sentamos quase como costumávamos fazer.

A sala ficou bastante quente e durante a tarde Mattias abriu completamente a janela. Os artistas se revezavam. Lovisa e Melinda ocasionalmente eram obrigadas a dar uma pausa e correr ao redor do jardim por um tempo antes de retornar para criticar o próximo artista que aparecia.

No final da tarde foi a vez de uma banda cuja participação estava incerta e que esperávamos ver: Queen. Realmente pode-se dizer que seu concerto foi o ponto alto do dia e agradou até aos olhos de Lovisa e Melinda. Lovisa chegou a dizer que Freddy Mercury cantou bem.

Apesar do que aconteceu e das reservas, seria impossível negar. Quando Queen terminou com *We are the champions,* todos acompanhamos cantando. Sentamo-nos muito perto uns dos outros, balançamos no ritmo e cantamos: *We are the champions my friends, and we'll keep on fighting 'til the end.* E então parecia que a canção era sobre nós. Foi um belo momento e eu fiquei com um nó na garganta.

Quando terminou, senti que precisava de uma pausa, tudo foi demais. Levantei-me e fui para a porta. Mattias fez um gesto para a TV e disse:

— Onde você vai? É o Bowie agora.

— Só vou respirar um pouco. Volto logo.

Abri a porta e saí para a noite de verão, aspirei o perfume dos lilases em respirações profundas. Depois desci para o cais.

6

Não tinha um destino especial para minha caminhada, talvez quisesse apenas ver o mar, descansar os olhos em sua superfície aberta depois de tantas horas na sala de Mattias, olhando para a tela. Desci a ladeira e aspirei fundo o perfume das rosas. Pela janela aberta ouvia David Bowie cantando uma canção que eu não reconhecia. Parecia que todos estavam sentados grudados em seus aparelhos.

Todos menos um. Quando cheguei ao cais vi que Krutgubbe levara sua cadeira e se sentara na frente da casa de barcos. Burken estava aos seus pés e sobre suas pernas estava a espingarda. No braço da cadeira havia um par de protetores de ouvido. Adivinhei de que se tratava e não queria saber. Mesmo assim continuei.

— Acho que entendi — disse ele quando cheguei a alguns metros dele. — Você tá envolvido nisso?

Não sabia o que dizer já que não sabia exatamente o que ele queria dizer com *nisso*, então me contentei com um aceno não comprometedor com a cabeça.

— Deve ser por isso que vieram com perguntas, eu suponho. Sobre meu irmão e tudo o que aconteceu — Krutgubbe passou a mão pela coronha da espingarda.

Acenou para a casa de barcos e perguntou:

— Há quanto tempo estão mantendo isso aqui?

Não vi motivo para mentir, então respondi:

— Umas duas semanas. Ela saiu por um tempo, mas depois voltou por conta própria.

Krutgubbe fez uma careta:

— Não diga *ela* desse jeito. Não estamos falando de uma mulher. Onde a encontraram?

— Em Svärtan. Estava... amarrada.

Krutgubbe acenou.

— Então eu apenas terminei o que começaram.

— Como... o que o tio quer dizer?

— É assim que castigam os seus. Como peixes em terra.

— Mas por quê?

— E como vou saber como pensam. Acho que foi... — Krutgubbe apontou para a casa de barcos — ...o que matou o Daniel. Talvez tenham uma sentença de morte para isso, o que sei eu. Contato com as pessoas. Agora de qualquer forma foi resolvido.

Aproximei-me da porta com o cadeado trancado no lugar e perguntei:

— O quê... o que o tio fez?

— Preguei a janela. Tranquei a porta. Depois tirei o tampão da banheira. Quando toda a água escorreu, começou a bater na porta. Depois o canto — Krutgubbe apontou para os protetores de ouvido. — Não adiantou. Finalmente se calou — Krutgubbe olhou para seu relógio de pulso. — Mais ou menos há três horas.

Acho que Krutgubbe sabia mais sobre o *Live Aid* do que desejava aparentar. Sabia que era algo que muitas pessoas queriam assistir, que as pessoas ficariam em casa, então ele poderia realizar seu trabalho com calma, talvez com a intenção de vingar seu irmão.

Dei alguns passos para a porta e ele disse:

— Eu não iria até lá se fosse você. Não é uma visão agradável — levantou-se da cadeira e dobrou-a. — Devo limpar tudo algum outro dia. Vem Burken, agora vamos pra casa. — Krutgubbe começou a subir a ladeira com o Burken acompanhando, parou, virou e perguntou: — Foi divertido? Esse *Live Aid* ?

Concordei e Krutgubbe resmungou algo sobre "invasão", talvez relacionado com a quantidade de pessoas em sua casa. Depois continuou andando. Fiquei parado e vi sua figura volumosa ficando cada vez menor enquanto Burken se movia como uma bola para frente e para trás entre as valetas da estrada.

Dei um passo hesitante para a casa de barcos, mas logo perdi a coragem. Provavelmente a sereia estaria logo atrás da porta e *não seria uma visão agradável.* Mesmo assim, queria saber, então escolhi um caminho intermediário e fui até a janela.

Muito corretamente, Krutgubbe pregara duas tábuas de madeira na frente da janela, mas havia quatro aberturas do tamanho de um punho. Prendi a respiração, coloquei as mãos ao redor dos olhos e me inclinei para a frente. Estava escuro no quarto, mas a luz da noite de verão era suficiente para conseguir ver o essencial, a jacuzzi estava seca e a única água no quarto eram as manchas úmidas no chão, na frente da porta.

Ela estava lá. Na falta de umidade, seu corpo havia secado e encolhido, como uma múmia. Sua mão imóvel ainda estava encostada na porta e havia morrido fazendo uma última tentativa desesperada para tentar escapar. O corpo estava opaco e sem brilho. Respirei e a janela ficou embaçada novamente. A sereia desapareceu e eu afastei a cabeça.

Assim termina meu relato sobre o que aconteceu no verão de 1985.

Este livro foi impresso nas oficinas gráficas da Editora Vozes Ltda.,
Rua Frei Luís, 100 – Petrópolis, RJ.